COLLECTION FOLIO

Marie Ferranti

Une haine de Corse

*Histoire véridique de Napoléon Bonaparte
et de Charles-André Pozzo di Borgo*

Gallimard

© *Éditions Gallimard, 2012.*

Marie Ferranti est née en 1962 à Bastia. Elle a enseigné la littérature avant de se consacrer entièrement à l'écriture. Son premier roman, *Les femmes de San Stefano*, a reçu le prix François Mauriac en 1995. *La princesse de Mantoue* a été couronné par le Grand Prix du roman de l'Académie française en 2002. *La chasse de nuit* a obtenu le Grand Prix des lecteurs de Corse en 2004 et *Une haine de Corse* le prix du Livre corse 2012 et le Grand Prix du mémorial de la ville d'Ajaccio.

À ma mère.
À Lucien et à Maria.
À mes amis.

AVERTISSEMENT AU LECTEUR

Ce livre est un livre d'amateur et il est fort à craindre qu'il ne satisfasse personne. Dans la préface à sa *Vie de Napoléon,* Stendhal évoquait déjà les difficultés présentées par cette sorte d'ouvrage : « Chacun a une pensée arrêtée sur Napoléon et il est également difficile de satisfaire les lecteurs en écrivant sur des objets ou très peu ou trop intéressants. »

Au vrai, je dois de l'avoir écrit à Jean-Paul Poletti, en compagnie de qui je dînais un soir de juillet, sur les quais de Saint-Florent. Il parla avec beaucoup de feu et d'éloquence de la haine qui lia, plus sûrement que ne l'aurait fait la plus sincère des amitiés, Charles-André Pozzo di Borgo à Napoléon Bonaparte. Il m'encouragea à raconter cette histoire, m'assurant que cela n'avait jamais été fait. Là-dessus, il se trompait : je me rappelais avoir lu, avec grand plaisir, le roman d'Yvon Toussaint, *L'Autre Corse,* dont c'était justement le thème.

Par la suite, je découvris que le sujet avait été maintes fois pris et repris, comme je m'apprêtais à le faire moi-même, mais il me sembla trop vaste pour être jamais épuisé et le point de vue *étriqué* de la haine que Pozzo et Napoléon se vouaient, cette *réduction* — qui est le contraire de l'épopée — me fascinait.

J'hésitais cependant. J'avais depuis toujours repoussé l'idée d'écrire quoi que ce soit touchant à Napoléon. Je craignais d'être obnubilée par la passion de Napoléon, tels certains historiens ou certains rêveurs qui la nourrissent leur vie durant. J'avais peur de me perdre dans cette foule. Du reste, qui sait, alors que je trace ces lignes, si cela n'est pas déjà advenu ? Mais enfin, comme je ne déteste pas les labyrinthes, l'envie de raconter, *a modo mio*, cette histoire extraordinaire l'emporta. La littérature est aussi un jeu, me répétai-je.

J'ai emprunté le titre à Talleyrand, non tant par goût de la provocation — ou pas seulement —, mais parce que Talleyrand, composant ses *Mémoires* et se souvenant de Pozzo, a, comme toujours, le mot *juste* : « M. Pozzo di Borgo, écrit-il, est un homme de beaucoup d'esprit, aussi Français que Bonaparte, contre lequel il nourrissait une haine qui avait été la passion unique de sa vie, haine de Corse. »

On appréciera, au passage, le coup de griffe de Talleyrand à Napoléon *redevenu* Bonaparte après sa chute et considéré quasiment comme un étranger. Pour le prince de Bénévent, « haine de Corse » relève d'une idée *exotique* de la sauvagerie, d'une violence de sentiment étrangère à ce grand aristocrate d'Ancien Régime. Il est vrai qu'il était un maître dans la modération même si cette *haine de Corse* lui fut, *in fine*, fort utile. Cependant, huit mois après la mort de Napoléon, le 21 décembre 1821, encore que l'expression de la haine soit fortement atténuée et même effacée, Charles-André Pozzo di Borgo, dans une lettre à Hudson Lowe, ne dit pas autre chose : « Il a été, pour ainsi dire, avoue-t-il, le thème de toute ma vie. »

J'oublie sûrement des auteurs par légèreté, ingratitude ou paresse, mais ce livre doit beaucoup à Yvon Toussaint, Las Cases, Jean Tulard, Marc Fumaroli, François Furet, la comtesse de Boigne, John M. P. McErlean, Jean-Jacques Rousseau, le prince Charles Napoléon, Antoine-Marie Graziani, Michel Vergé-Franceschi, Jean-Paul Kauffmann, James Boswell, Voltaire, Francis Beretti, François-René de Chateaubriand, Mme de Staël, Victor Hugo, Stendhal, Talleyrand, et il doit presque tout à

Napoléon Bonaparte et à Charles-André Pozzo di Borgo et aux récits qu'ils ont fait de leur vie.

Comme je ne possède pas le talisman de Catherine de Médicis, dont j'aurais pu faire miennes certaines des inscriptions écrites en hébreu sur la médaille : *Fara Na Heil* (Donne-moi, je t'en conjure, la force), *Hipes Piliah* (Accorde-moi tes vertus miraculeuses) ou *Darag Ni El* (Apparais-moi, ô Dieu), durant tout le temps que dura la composition de cet ouvrage, certains livres firent office de talisman et ne quittèrent pas ma table de travail : *La Barque silencieuse* de Pascal Quignard, *Mon dernier rêve sera pour vous* de Jean d'Ormesson, *Langue morte* de Jean-Michel Delacomptée, les *Lettres* de Kafka à Max Brod et la plupart des livres de Walter Benjamin.

Enfin, comme sous ma plume ce qui paraît vrai tient le plus souvent de l'invention — ou le contraire —, je signale au lecteur que tout ce qu'il lira est exact. S'il ne le sait déjà, ce qui est fort improbable, il pourra vérifier que les dates, les événements, les personnages : rien n'est inventé. Cependant, des impressions et des sentiments m'appartiennent. Cela pourrait être une définition convenable de ce que certains, de nos jours, appellent un roman, dont justement le *romanesque* serait banni.

Du reste, Napoléon ne disait-il pas : « Qu'est-ce que l'Histoire, sinon un conte sur lequel on s'accorde » ?

Voilà qui est fait.

I

LE JARDIN DES MILELLI

> Le jardin, depuis le fond de l'Antiquité, est un lieu d'utopie. On a peut-être l'impression que les romans se situent facilement dans les jardins : c'est un fait que les romans sont sans doute nés de l'institution même des jardins. L'activité romanesque est une activité jardinière.
>
> Michel FOUCAULT, *Les Hétérotopies*

Il faisait chaud. On avait ouvert les fenêtres pour donner un peu d'air. La rumeur de la rue leur parvenait faiblement. C'était après dîner. Les hommes s'étaient retirés dans un salon pour causer et fumer sans indisposer les dames. Pozzo conversait avec Talleyrand, avec qui il s'était réconcilié. Lord Strafford s'approcha, salua et leur dit à voix basse que Napoléon Bonaparte était mort, deux mois plus tôt, au début du mois de mai. Il le tenait lui-même de Pasquier, alors ministre des Affaires étrangères, qui rapporta la scène à la comtesse de Boigne; celle-ci ne manqua pas de la relater dans ses *Mémoires* où je l'ai moi-même puisée.

À l'annonce de la nouvelle de la mort de l'Empereur, Talleyrand et Pozzo affectèrent l'indifférence, mais, plus tard dans la soirée, Pozzo dit que c'était une triste catastrophe et qu'il ne pouvait s'empêcher d'éprouver un sentiment de tristesse, ce dont la comtesse douta, et ses contemporains avec elle. On ne le crut pas sincère ; je crois qu'il l'était.

Près de vingt ans plus tard, retiré de la vie publique, Pozzo habitait un hôtel particulier, rue de l'Université, non loin de celui où avait vécu Eugène de Beauharnais, et de l'hôtel de Talleyrand — mort deux ans plus tôt —, à deux pas de la rue du Bac — où vivait encore Chateaubriand — et des Invalides, où fut inhumé Napoléon.

On ne sait rien de ce que Pozzo pensa ou vit de la cérémonie des funérailles de l'Empereur. On ignore même s'il y assista.

On sait par Victor Hugo, qui l'a consigné dans *Choses vues,* qu'il faisait très froid. Vit-il, comme Hugo, « le dôme[1], avec son pavillon et son crêpe, glacé de reflets métalliques, estompé par la brume sur le ciel lumineux » ou bien resta-t-il assis auprès du feu, rêvant et somnolant, entendant la rumeur de la foule, qui s'était répandue dans les rues dès le matin ? Ne souffrant pas, comme Hugo, ce mélange de « mesquin habillant le grandiose », fustigeant le gouvernement qui « semblait avoir peur du fantôme qu'il évoquait ». « On avait l'air tout à la fois, écrit Hugo, de montrer et de cacher Napoléon. [...] On a escamoté le cortège impérial dans le cortège militaire, [...] on a escamoté les Chambres dans les Invalides, on a escamoté le cercueil dans le cénotaphe. »

Chateaubriand aussi détesta la mise en scène ratée de la cérémonie : « Rien n'était beau, hormis le bateau de deuil qui avait porté en silence sur la Seine Napoléon et un crucifix. »

Il aurait préféré que Napoléon repose à Sainte-Hélène pour l'éternité : « Privé de son catafalque de rochers, Napoléon est venu s'ensevelir dans les immondices de Paris [...] Que ferons-nous de ces magnifiques reliques au milieu de nos misères ? »

---

1. Celui des Invalides.

Pozzo aurait pu partager l'indignation de Hugo et de Chateaubriand. Bien qu'il fût un ami du régime de Louis-Philippe, il se faisait une idée de la monarchie qui ne coïncidait pas tout à fait avec ce qu'était « le roi des Français » et une plus haute idée encore de ce que fut Napoléon. Enfin, tout ce que nous savons de cette froide journée du 15 décembre 1840 est que Pozzo, qui œuvra tant pour exiler Napoléon à Sainte-Hélène, par un dernier tour du destin, vécut assez longtemps pour voir le retour des cendres de l'Empereur déchu à Paris.

Deux ans plus tôt, « sentant venir la fin », selon ses propres mots, Charles-André Pozzo di Borgo avait mis de l'ordre dans ses affaires : il avait classé le double de ses rapports, lettres et originaux de tout ce qui lui avait été adressé et il avait rédigé des notes auxquelles on donne un peu abusivement le nom de Mémoires. Ceux-ci ne couvrent qu'une partie de sa vie — jusqu'en 1796 —, comme si, après qu'il eut quitté la Corse, les choses eussent pris un tour qui, d'une certaine manière, n'avait plus rien de commun avec la vie qu'il avait voulue ou rêvée jusqu'alors.
Pozzo fut-il jaloux du succès du *Mémorial de Sainte-Hélène* ou au contraire impressionné par son ampleur ? On ne sait. Quoi qu'il en soit, il renonça à écrire des mémoires qui eussent mis en lumière l'écart extraordinaire du destin de Napoléon et du sien et eussent terni et amoindri la valeur de sa carrière. Ce dernier trait de lucidité n'est pas le moins remarquable.

Dans les derniers mois de sa vie, Charles-André Pozzo di Borgo ne supportait plus que l'on prononce devant lui le nom de Napoléon Bonaparte. Il en était excédé. Pourtant, sans être dupe que cette nostalgie était aussi celle de sa jeunesse, il avouait songer encore quelquefois avec un peu de mélancolie aux étés passés à Ajaccio, aux conversations passionnées qu'ils avaient eues, dans le jardin des Milelli, la maison de campagne des Bonaparte.

Plus d'un demi-siècle plus tôt, après la mort de leur oncle Lucien, l'archidiacre, dont elle avait hérité, Letizia Bonaparte avait pu l'aménager et fuir, l'été, le mauvais air d'Ajaccio et de ses ruelles. La propriété, qui donnait sur les Sanguinaires, était plantée d'oliviers, d'arbousiers, de roses trémières, de bégonias et d'agapanthes, de palmiers ventrus et de vigne, et aussi de mûriers, dont la culture manqua de ruiner Charles, le père de Napoléon.

Un figuier immense marquait l'entrée du domaine. Napoléon raffolait des figues noires.

« Il les mangeait sans même en ôter la peau. Il était goulu », dit Pozzo.

On imagine Napoléon avide, en effet.

Par les journées de grosse chaleur, le vent, qui venait de la mer, apportait un peu de fraîcheur et faisait s'agiter les branches des grands arbres. Des après-midi entiers, Pozzo et Napoléon ressassaient le projet de constitution que Rousseau avait écrit pour la Corse et qui était resté inachevé. Le philosophe avait songé à s'établir dans l'île ; ils regrettaient qu'il ne l'ait pas fait, mais après un de ses accès de la paranoïa qui le dévora lentement, Rousseau préféra l'Angleterre à la Corse. Il n'y fut pas heureux, se disant le « captif de Hume », dénonçant à longueur de lettre des complots imaginaires ou réels.

Cela ne devait guère préoccuper nos deux jeunes gens qui, sans doute, l'ignoraient. Pour eux, Rousseau était l'immortel auteur du *Contrat social*, dont ils ne se lassaient pas de répéter ce passage, qu'ils avaient appris par cœur : « Il est encore en Europe, écrivait Rousseau, un pays capable de législation : c'est l'île de Corse. La valeur et la constance avec lesquelles ce brave peuple a su recouvrer et défendre sa liberté mériteraient bien que quelque homme sage lui apprît à la conserver. J'ai quelque pressentiment qu'un jour cette petite île étonnera l'Europe. »

L'Europe d'alors, c'était le monde. En voulant exercer leur domination sur la Corse, Napoléon Bonaparte et Charles-André Pozzo di Borgo désiraient l'un et l'autre être admirés de la fine fleur de la civilisation européenne. Ils ne doutaient pas qu'ils réussiraient, mais ils étaient certains de ne pouvoir réussir ensemble. L'un des deux devrait s'effacer. Ces joutes verbales n'étaient que le prélude de luttes plus âpres et moins policées, mais ils étaient jeunes alors, ils ne doutaient pas d'eux-mêmes, ils ne doutaient pas de la victoire, en vérité, ils ne doutaient de rien, et pendant quelque temps Pozzo eut même l'illusion d'avoir vaincu Napoléon. Ce ne lui fut pas une consolation. Il lui arrivait de penser, non sans amertume, qu'il eût mieux valu voir le triomphe de son rival et avoir été condamné à l'exil et à l'opprobre à sa place : le cours de l'histoire en eût été changé.

Il le connaissait depuis sa plus tendre enfance, mais il ne l'avait jamais beaucoup aimé. Il lui avait toujours préféré son frère aîné, Joseph, d'un naturel plus doux, qui s'accordait mieux au sien. Mais, à l'âge de l'adolescence, une passion commune pour Rousseau, l'admiration de Pascal Paoli, le goût de la politique, l'ambition dévorante qui les animait tous deux, avaient fini par créer entre eux ce qu'il appelait encore cinquante ans après, du bout des lèvres, *une sorte d'amitié*, car il ne pouvait se résoudre à donner le nom d'ami à celui qui fut son ennemi, au-delà même de la mort.

Si, comme l'affirme La Bruyère, il y a « un goût dans la pure amitié où ne peuvent atteindre ceux qui sont nés médiocres », Napoléon Bonaparte et Charles-André Pozzo di Borgo — deux êtres pourtant fort au-dessus du médiocre — n'auront jamais connu la douceur d'une amitié partagée. Sans doute s'en approchèrent-ils dans leur extrême jeunesse, mais cette amitié ressemblait davantage à une *convergence de vues* qu'au sentiment, qui fait dire à Montaigne, après la perte de La Boétie : « Nous étions la moitié de tout. J'étais déjà si fait et si accoutumé à être deuxième partout qu'il me semble n'être plus qu'à demi. »

Qu'ils n'aient pas connu la douceur de l'amitié, longtemps considérée comme une passion, au même titre que l'amour, peut faire douter que Napoléon et Pozzo aient connu l'amour véritable.

À ce sujet, de Pozzo, on ne sait à peu près rien. Il resta célibataire, incapable, semble-t-il, de se résoudre à se marier et à fonder une famille. On disait de lui qu'il était un séducteur, ce qui ne veut pas dire grand-chose. On disait qu'il était un homme secret, ce qui veut dire qu'on ne savait rien de lui, pas même si les choses de l'amour l'intéressaient. Yvon Toussaint évoque une charmante Lituanienne, la comtesse Danuté Lanskoronska, à qui il dédie son livre, car elle s'est sans doute réincarnée dans une beauté moderne. Je ne sais si cet amour a existé. La seule chose *réelle* et connue de Pozzo était la haine qu'il proclamait partout de Napoléon Bonaparte.

Quant à Napoléon, la passion qu'il eut pour Joséphine de Beauharnais — que son frère Lucien décrit comme « vieille, laide, avec des dents noires », ce qui me stupéfie, car elle passait pour une des plus jolies femmes de son temps —, les lettres d'amour enflammées — et parfois un peu stupides — qu'il lui écrivit en témoignent. Cette passion n'était-elle pas liée à l'inexpérience des choses de l'amour de Napoléon, domaine où l'on disait Joséphine fort experte ? On peut le penser.

Quoi qu'il en soit, en amour, Napoléon ne progressa guère. Devenu empereur, il expédiait ses maîtresses entre deux rendez-vous, sans même dissimuler son impatience de les voir partir, et l'on finit par murmurer à la Cour que l'Empereur était un piètre amant, ce qui lui porta tort. La passion de l'amitié ou de l'amour n'était donc pas son fort non plus qu'à Pozzo, mais leur amitié *manquée* décidera de leur destin.

Du reste, ne dit-on pas que c'est sur la foi en l'amitié du tsar — très exagérée par Napoléon — que l'Empire fut perdu ? Le tsar, en qui il avait une confiance *aveugle*, et qui était mené en sous-main par son ennemi mortel, Pozzo. Celui-ci savait quelle corde il fallait faire vibrer pour toucher le cœur de l'Empereur. Les résultats dépassèrent ses espérances ; mais il est vrai qu'alors Napoléon *mollissait*.

Il fut une époque où, au contraire, il semblait toujours animé par une sorte de mouvement électrique : c'était au temps où Pozzo commença à s'intéresser à lui, encore qu'il ait été un peu rebuté, selon ses propres termes, par « la passion impérieuse que le jeune Napoléon mettait dans tout ».

La beauté des lieux, la douceur du climat, rien n'apaisait cette sorte de rage qui l'habitait. Pozzo prenait les choses avec calme, faisait toujours preuve de sérénité. Il y voyait une forme de supériorité sur le jeune et bouillonnant Bonaparte. Il comprit beaucoup plus tard que ce qu'il avait pris pour une excitation nerveuse, due à la jeunesse, n'était que l'effet de son génie *contenu.*

Ces deux jeunes gens, que nous avons laissés conversant dans le plus beau jardin du monde, étaient tous deux nobles et leurs familles étaient liées depuis toujours. Cependant, Pozzo ou Bonaparte n'étaient pas issus d'une aristocratie comparable à celle qui dominait ou vivotait à Versailles ou au fond de la province française. Les nobles corses étaient des chefs de clan qui avaient réussi : ils savaient se faire élire, possédaient des terres, les exploitaient, et les bergers étaient leur bras armé.

Ce qui distinguait les Pozzo di Borgo et les Bonaparte n'était pas négligeable : les premiers avaient des biens et de l'argent et les seconds durent attendre la mort de leur oncle Lucien, archidiacre d'Ajaccio, pour en *voir* ; on usait plus souvent du troc que d'espèces sonnantes et trébuchantes : « Dans ma famille, dit Napoléon à Las Cases, le principe était de ne pas dépenser. L'argent était fort rare. C'était une grande affaire que de payer avec de l'argent comptant. »

On était alors très éloigné du temps où la Cour impériale ferait étalage d'un « luxe érudit », selon le mot de Talleyrand, qui résume son mépris de grand aristocrate pour « la parure qui ne sait pas dérober la magnificence sous le charme de tous les arts du goût ».

Aux yeux de certains, ce lustre trop clinquant était une faiblesse de parvenu. Beaucoup ne le diront qu'après en avoir profité et avoir abandonné Napoléon. Dans son exil, il assure qu'il ne leur tient pas rigueur de leur trahison qu'il impute aux seules circonstances. Davantage que de la bonté, j'y vois une stratégie qui préserve l'avenir. À Sainte-Hélène, Napoléon me semble un *fauve assoupi*.

Il n'en demeure pas moins que les Bonaparte, encore inconnus du monde, ont été redevables à la France d'exister et même de survivre. Ainsi, sans l'appui de Marbeuf, dont la rumeur disait qu'il était l'amant de sa mère, Napoléon Bonaparte n'aurait pas obtenu de bourse ni pu suivre cette école d'officier sur le continent, qui marqua le début de sa carrière.

Quant à Charles-André Pozzo di Borgo, son destin semblait tout tracé : il étudierait le droit à Pise, serait avocat et reviendrait prendre la suite de son père et de son grand-père. Ce qu'il fit.

Pozzo exagéra beaucoup l'influence qu'il avait eue sur le jeune Bonaparte. Il disait l'avoir fait profiter de l'enseignement qu'il avait reçu à Pise ; ils auraient relu ensemble Corneille et Voltaire et surtout Montesquieu, Platon, Tite-Live et Tacite. En réalité, Pozzo et Napoléon Bonaparte parlaient politique et commentaient les abus de pouvoir des représentants du roi, ce qui avait forgé et consolidé l'opposition de Napoléon à la monarchie.

D'autre part, Pozzo assura avoir été le mentor de Napoléon et lui avoir fait se remémorer le parler corse et les coutumes d'un pays qu'il avait quitté à l'âge de neuf ans et était resté sept ans sans revoir.

Napoléon ne savait pas le français quand il quitta l'île pour Brienne. Freud nous aura au moins appris que les souvenirs d'enfance ne s'effacent pas si facilement ; il prétend même que ce sont les seuls que l'on n'oublie pas. À Sainte-Hélène, Napoléon évoqua « les impressions fortes de l'enfance ». Il cultivait leurs souvenirs et, dans sa prime jeunesse, il considéra avoir été sur le continent comme en exil : sa vie entière en fut marquée. Ainsi, il souffrit par deux fois de l'exil, la première fois dans l'enfance et la deuxième à la fin de sa vie. Je ne suis pas certaine que l'expérience initiale ne fut pas la plus terrible des deux.

« À l'école, je vivais à l'écart », confia le Premier consul à Claire de Rémusat, et, en août 1815, sur le *Bellérophon*, il dit à Las Cases que, à Brienne, il avait un statut d'étranger qu'il « fallait dissimuler comme un bâtard » et cela apporta « un profond changement de son caractère ».

Cela ne plaide pas en faveur de l'oubli de la langue mais, au contraire, de son *ressassement*. Il est donc fort peu probable que Pozzo ait joué le rôle de mentor qu'il s'attribue auprès de Napoléon. Il en eut peut-être l'illusion, ce qui aggrava sans doute son amertume et son inimitié par la suite, si cela avait été possible, ce que je ne crois pas.

Pozzo disait aussi n'avoir jamais rêvé du destin de Napoléon. Il mentait par orgueil. Revenant sur leur rupture, il affirme, dans ses *Mémoires,* qu'il ne désirait que le gouvernement de la Corse et n'avait jamais songé à se comparer à Napoléon : « S'il m'était permis de me nommer en me plaçant à quelque distance qu'il plaira de m'assigner et qui ne sera jamais assez grande, je placerais à cette période l'époque de notre séparation. Il ira, lui, dans sa patrie, développer le génie des batailles et la puissance de ses conceptions, qui n'attendaient que son bras pour devenir irrésistibles. Je resterais, moi, dans l'enceinte d'une petite île pour y continuer le rôle et les fonctions qui m'appartenaient. En moins de quatre ans, les victoires de Napoléon m'obligeront d'en sortir ; je n'aurai pas un seul point pour m'y appuyer, je prendrai le monde pour patrie et la cause opposée à la Révolution et la domination universelle pour la mienne. »

Quand il le put, Pozzo fit néanmoins éloigner Napoléon aux confins de la terre pour réduire et même anéantir cette *distance*, qui ne serait jamais assez grande. Cela ne changea rien : il mourrait obsédé de Napoléon et de sa grandeur.

Après l'exil de Napoléon à Sainte-Hélène et l'euphorie de l'avoir envoyé au bout du monde, de lui avoir fait sentir la chute vertigineuse qui était la sienne et avoir encouragé les Anglais à le lui faire sentir encore davantage, Pozzo avoua s'être trompé. Il comprit que l'austérité, la peine, l'éloignement étaient les sources de la légende.

Napoléon, s'il avait mené la vie à laquelle il pouvait prétendre, n'aurait jamais dicté ses mémoires : il eût été trop occupé. L'exil avait créé les conditions idéales du *roman* et du goût de raconter, vite devenu, au dire de Las Cases, un besoin.

Napoléon ne se plaint quasiment jamais de

la solitude, du renoncement à toute vie sociale. D'autres s'en chargeront. Le silence, la résignation altière jouent pour lui. Alors que Pozzo veut que Napoléon sente la dureté de son exil, Napoléon s'en préoccupe à peine ou s'en réjouit en secret. Pozzo, qui n'a pas la hauteur de vue de son ennemi, s'apercevra trop tard que Napoléon, comme d'habitude, l'a *pris de vitesse*.

Napoléon se complaît dans la solitude, l'abandon et l'isolement. C'est le grand orgueil des insulaires qui reflue en lui. Comme il ne sait rien accomplir sans génie, il raconte sa vie passée pour faire revivre son ancienne grandeur et il parvient à en *inventer* la nostalgie.

De l'Empereur, il conserve la quintessence du signe du pouvoir ; il revêt l'uniforme, non pas d'apparat, mais des campagnes militaires, qui le faisait reconnaître entre mille : une vieille redingote grise, des bottes noires et le « petit chapeau » en castor noir, sans autre ornement qu'une cocarde tricolore, glissée dans une ganse de soie avec bouton.

Cette silhouette, emblème de sa gloire passée, la rappelle sans cesse. Aussi, quand son entourage s'offusque des mauvaises manières des Anglais, Napoléon les ignore : « Laissez-les dire ce qu'ils veulent, ils ne m'empêcheront pas d'être moi. » Il était, en effet, trop tard pour l'empêcher d'exister *encore*.

La France était lasse de la guerre et Pozzo avait pensé, à juste titre, qu'on oublierait Napoléon, mais il n'avait pas imaginé qu'un livre — le *Mémorial* de Las Cases — aurait le pouvoir de faire pénétrer Napoléon dans l'intimité du foyer des Français, distillerait le poison du regret de l'Empire dans les esprits et les cœurs, et avec la lenteur voulue, celle de la lecture sur laquelle on peut s'attarder et surtout *revenir*.

Avec le *Mémorial*, Napoléon préparait aussi sa succession. L'Empereur exilé songeait à son fils. Le roi de Rome mourut à vingt ans et on sait ce qu'il advint de Napoléon III. Il est vrai qu'il avait pour ennemi Victor Hugo, qui s'y entendait lui aussi en fabrication de légende. Il n'est qu'à lire *Les Châtiments* pour y voir, et saisir sur le vif, la violence inouïe, née chez Hugo d'une soif de légende *contrariée*.

Il manqua peu de chose, cependant, pour que les Napoléon ne devinssent les nouveaux Bourbons. De loin, Napoléon avait préparé leur retour, mais les temps avaient changé : il était trop tard et le *Mémorial* avait placé son génie trop haut. Rien ni personne ne pourrait soutenir la comparaison avec le sien.

En 1823, nous savons que lorsque parut le *Mémorial de Sainte-Hélène* Pozzo fut impatient de le lire. Il se le procura au plus vite et le lut avec passion. Il resta éveillé deux jours et deux nuits pour mener à bien sa lecture. Il dit avoir ressenti de la honte dans cette impatience qui le poussait à savoir ce qu'avait pensé Napoléon dans les dernières années de sa vie.

Il se demanda si l'Empereur avait imaginé certains des protagonistes *lisant* ses Mémoires et s'il avait glissé quelque message personnel dans ce livre. Quelle ne fut pas sa déception quand il vit que le récit où il figurait était interrompu par la négligence de Las Cases ! Il se sentit flatté pourtant que Napoléon reconnaisse que, sur ses conseils, le tsar

Alexandre avait marché sur Paris et que, de ce seul fait, lui, Pozzo, avait « décidé des destinées de la France, de celles de la civilisation européenne, de la face et du sort du monde ».

« J'avais, dit-il, le cœur gonflé d'orgueil et du regret de ne pas en savoir davantage sur les sentiments de l'Empereur. Curieusement, cela me révéla pleinement le sens *personnel* de cette victoire que j'avais longtemps espérée, pour laquelle j'avais œuvré de toutes mes forces, et je me reprochais d'avoir attendu, pour en jouir pleinement, de connaître l'avis de l'Empereur. Encore qu'il n'ait pu ignorer l'ampleur de sa ruine, j'avoue que je fus quelques jours à me délecter qu'il l'ait su et surtout l'ait fait savoir avec une telle précision. Cela me donna pour lui un mouvement d'admiration *désintéressée* que je n'avais plus eu depuis notre jeunesse. Je me reprochai cette faiblesse. Je l'attribuai aux atteintes de l'âge et, si je les eusse éprouvées plus tôt, Napoléon serait encore sur le trône. «

Cette confidence, Pozzo la fera à une comtesse de Boigne stupéfaite d'une telle *ingénuité*. Il ne lui avait pas semblé que Pozzo eût négligé de revendiquer la part de ce qui lui revenait dans la victoire des Alliés.

Enfin, à Hudson Lowe, le dernier gouverneur de Sainte-Hélène, Pozzo confia qu'il l'enviait d'avoir vu Napoléon tous les jours — même de loin et sans pouvoir réellement l'approcher — et le plaignait d'avoir eu le triste privilège de donner des ordres dérisoires pour lui faire sentir l'humiliation de son état. Hudson Lowe ne répondit pas, sans doute offusqué par ce reproche, méprisant par son silence celui qui l'avait encouragé à ne pas adoucir l'exil de

Napoléon et qui s'y était employé depuis le vieux continent.

Pozzo avouait aussi qu'il avait été ému à la lecture de certaines choses, sans dire lesquelles, et que la force de Napoléon était de savoir provoquer cet *attendrissement*. Quand il n'y parvint plus, selon Pozzo, il perdit sa couronne : « L'odeur de mort et de charogne empêcha l'encens de Napoléon de flatter les narines. La puanteur était telle que toute l'Europe en était infestée. Le sortilège ne jouait plus. »

Il jugea dommage que la déchéance de Napoléon fût connue : « Après qu'on aura oublié les malheurs qu'il occasionna à son pays, ce qui ne manquera pas d'arriver, on le plaindra », disait-il.

Il ne doutait pas non plus que cette expérience de l'exil eût affûté l'intelligence de l'Empereur et lui en eût rendu la puissance « comme la faim aiguise la cruauté des bêtes fauves ».

Pozzo écrivait à Hudson Lowe en anglais, autrement il pratiquait le russe, l'allemand, l'italien et le français, mais la langue qu'il préférait entre toutes était celle dont il usait avec Napoléon et qui n'avait cours nulle part en Europe. Il en avait quelquefois la nostalgie, car il n'avait plus personne avec qui la parler.

Dans leur prime jeunesse, dans ces jardins odoriférants des Milelli, les conversations se tenaient en italien, mâtiné de parler ajaccien. Pozzo était né Italien — en 1764, la Corse était encore sous domination génoise — et avait fait ses études à Pise. Napoléon avait appris le français à Brienne et garda toute sa vie un fort accent, qui trahissait sa langue maternelle. On dit qu'il ne sut jamais l'orthographe; mais on dit aussi cela de Louis XIV, ce qui ne l'empêcha pas d'être le plus grand roi du monde. D'ailleurs, tous deux écrivaient le français admirablement, *d'oreille*.

Ainsi les plus belles pages de Napoléon ont-elles été dictées. Dans celles évoquant sa jeunesse, Napoléon dit à Las Cases que, à l'âge de la puberté, il devint « morose, sombre; la lecture fut pour lui une espèce de passion poussée jusqu'à la rage ».

Cette passion, Stendhal s'en souviendra. Dans *Le Rouge et le Noir*, le père Sorel, d'un coup violent, fait tomber dans le ruisseau le livre préféré de son fils, le *Mémorial de Sainte-Hélène*, et manque de tuer Julien, qui s'était réfugié sous la soupente pour lire.

« Chien de lisard », dit-il à son fils, expression qui m'avait beaucoup frappée quand je la découvris, à quinze ou seize ans, et me semble, encore aujourd'hui, contenir toute la haine qu'on peut éprouver pour la lecture quand sa passion est « poussée jusqu'à la rage ». Il m'est arrivé d'être en butte à cette haine. Pour ceux qui n'aiment pas les livres et leur accordent un pouvoir qu'ils n'ont plus depuis longtemps et qu'ils n'ont peut-être jamais eu — délicieux paradoxe de l'ignorance! —, lire est une preuve de perversité, de sournoiserie, de jouissance cachée et dangereuse. Au vrai, lire est surtout une façon de rechercher la solitude pour cacher *sa joie*. J'étais lisant — et le suis encore — aussi inaccessible que Julien Sorel, perché sur une poutre, au-dessus du ruisseau, dans la scierie paternelle. Tout cela, même saisi confusément, donne des envies d'autodafé. Il me faudra raconter tout cela — et le reste — un jour, dans un livre, qui ne sera pas davantage un roman que celui-ci. Mais je m'éloigne de mon propos, revenons à Pozzo.

Il eut, on le sait, une éducation différente de celle de Napoléon. Ce fut une éducation *italienne*.

À Sainte-Hélène, Napoléon lisait Corneille : « S'il vivait, je le ferais prince », disait-il à Las Cases, ce qui m'émeut. Il lisait aussi Racine et *L'Avare* de Molière pour distraire ses compagnons d'infortune. Dans les salons, il arrivait à Pozzo de *réciter* du Dante. Comme on le voit, la France ne serait jamais sa patrie.

Quand il se remémorait cette époque de sa vie, Pozzo disait que Napoléon, *à sa manière*, avait réalisé la prédiction de Rousseau. Le miracle s'était accompli. C'était ce Napoléon, honni depuis l'enfance, dont le visage sombre, émacié et jaune s'était, avec le temps, curieusement épanoui et avait changé au point d'être presque méconnaissable, qui avait étonné l'Europe.

Quand Pozzo avait cru enfin triompher de son rival, il était dans l'ignorance de ce qui se préparait dans l'ombre avant d'éclater au grand jour ; ce n'était que le commencement d'une conquête, d'une ascension qui donnait le vertige. Son aveuglement l'avait humilié : selon ses propres mots, Pozzo ne se pardonna jamais cette *imbécillité*, mais, comme l'écrit Chateaubriand, « Un Bonaparte inconnu précède l'immense Napoléon », et il était *insoupçonnable*.

Aussi Pozzo craignait-il le don inouï d'improvisation de Napoléon, ce mépris des obstacles qui les lui faisait surmonter tous. Ce don, Pozzo ne l'avait pas, mais il savait le reconnaître et il sentit quand Napoléon le perdit : c'était devant Moscou en flammes.

Aux Milelli, Pozzo se souvenait que, sur le coup de cinq heures, les jeunes filles de la maison servaient du café odorant, qu'on laissait tiédir pour mieux le goûter. On devinait la silhouette de Letizia Bonaparte qui traversait les allées d'un pas alerte et disparaissait parfois derrière les haies taillées à hauteur d'homme ; quand elle apercevait les jeunes garçons, elle les saluait d'un geste gracieux de la main et eux lui rendaient son salut en faisant une profonde révérence. Puis, Letizia entrait dans la maison et son ombre se confondait avec celle des murs épais, badigeonnés à la chaux chaque printemps, parce que Letizia tenait que c'était la meilleure façon de garder la fraîcheur.

Pozzo admirait l'imposante beauté de la mère de Napoléon À ses yeux, même la beauté de Pauline Borghèse, célébrée par Canova, n'avait jamais approché la noblesse de celle de sa mère. Je soupçonne Pozzo d'avoir été secrètement amoureux dans sa jeunesse de Letizia Bonaparte, comme on peut l'être à cet âge, d'une femme d'exception.

Savait-il, le jeune Pozzo, puisqu'on dit qu'en Corse tout se sait, que Letizia fut épousée à contrecœur par Charles, *in casa*[1], c'est-à-dire non pas à l'église, mais à la maison, pour éviter le scandale — prévisible — qu'aurait pu causer une amoureuse délaissée par Charles? Savait-il que Charles Bonaparte quitta Ajaccio presque au lendemain de ses noces, non pour réclamer un héritage improbable en Toscane, mais sans doute pour faire annuler ce mariage car, la Corse étant régie par les lois du concile de Trente, il pouvait en demander l'annulation?

J'ai la conviction que Pozzo n'ignorait rien de ces histoires et que cela avait encore accru son admiration, vaguement amoureuse, pour Letizia Bonaparte.

Alors que son jeune et fringant mari voyage en Italie, j'imagine Letizia, petite jeune fille de quatorze ans abandonnée et qui perdra son premier enfant, apprenant tout de la vie avec une brutalité inouïe.

La vie est courte alors — l'espérance de vie ne dépasse guère trente ans pour les femmes; il n'y a pas de temps à perdre et Letizia tirera les leçons de cet échec: Napoléon, en son exil, dira de sa mère qu'elle lui a donné des « leçons de fierté »: « Tout ce que j'ai de bien, dit-il à Las Cases, je le dois à ma mère. »

Outre la fierté, je crois que Letizia lui a appris le sens du temps et de la brièveté de la vie. Elle lui a appris à reconnaître, et à ne pas négliger, l'opportunité à saisir. Les Arabes n'ont-ils pas surnommé le général Bonaparte « Sultan Kébir », ce qui signifie

1. Voir Michel Vergé-Franceschi, *Napoléon, une enfance corse.*

le père du feu ? Quand il grossit, qu'il devient lent, Napoléon est perdu. Il a oublié les vertus de la fulgurance enseignées par sa mère. Il n'a plus cette sensibilité au frémissement, qui change tout.

Du temps que l'horizon de l'ambition napoléonienne se bornait à la Corse, entre les Pozzo di Borgo et les Bonaparte, la période d'entente fut de courte durée. Mme Letizia et ses filles durent abandonner les Milelli dans la plus grande précipitation. Elle quitta la Corse avec sa famille le 11 juin 1793. Ils embarquèrent tous de Calvi pour rejoindre Toulon où les attendaient Lucien et Joseph.

La maison, dont le souvenir faisait naître parfois chez Charles-André Pozzo di Borgo le sentiment d'avoir connu le bonheur, échappa de peu au pillage et fut laissée à l'abandon ; au milieu du XIXe siècle, il n'en restait à peu près que des ruines.

À Ajaccio, les partisans de Paoli n'épargnèrent pas l'appartement des Bonaparte : ils le mirent à sac. À cela Pozzo ne pensait pas sans quelque répugnance ; son naturel l'inclinait davantage à la modération, mais pour ce qui était de Napoléon, il avait dérogé à ce principe et s'y était tenu sa vie durant sans faillir.

Ainsi, le 21 décembre 1821, huit mois après la mort de Napoléon, il écrit à Hudson Lowe, qui fut, on s'en souvient, le dernier gouverneur de Sainte-Hélène : « Il a été, pour ainsi dire, le thème de toute ma vie. Qu'on l'ait servi, qu'on voulût attacher ses pas aux siens, qu'on désirât recueillir un peu de la poussière de la gloire qui le nimbait, je l'ai toujours compris, sans jamais l'approuver, car j'étais — et suis encore — trop sensible à la tyrannie et à ses effets pour céder aux sirènes, non d'une gloire usurpée, mais d'un *État* usurpé. »

Pour preuve de cette usurpation, Pozzo citait souvent, paraît-il, cette phrase de Pascal, qui introduit le *Discours sur la condition des Grands* : « Un homme est jeté par la tempête dans une île inconnue, dont les habitants étaient en peine de trouver leur roi qui s'était perdu, et, ayant beaucoup de ressemblance de corps et de visage avec ce roi, il est pris pour lui et reconnu en cette qualité par tout ce peuple. »

Il me semble que Pozzo détourne la pensée de Pascal, qui veut prouver au contraire — comme Napoléon le pensait aussi — que les grands établissements sont dus le plus souvent à une accumulation de hasards. Cette pensée connaîtra la fortune que l'on sait, au XVIIIe siècle, mais enfin, ce reproche d'avoir usurpé le trône, Pozzo n'était pas le seul à le faire à Napoléon : tous les partisans de la monarchie et de la Contre-Révolution européenne considéraient que c'était la faute majeure et originelle de l'Empire. Napoléon y avait répondu : « Je n'ai point usurpé la couronne, je l'ai relevée dans le ruisseau, le peuple l'a mise sur ma tête : qu'on respecte ses actes. »

Du reste, toute dynastie n'est-elle pas fondée sur une usurpation, un pillage, une guerre, dont le chef de lignée sort victorieux et sur laquelle il assied son pouvoir ? L'ancienneté de la monarchie française, qui confortait sa légitimité, fit qu'on oublia sur quel fondement elle reposait : celui de la loi du plus fort. Les Bourbons restèrent sur le trône tant qu'ils furent les plus forts : Louis XVI périt aussi par *faiblesse.*

Après l'été qui vit une *certaine amitié* naître entre les jeunes gens, on ferma la maison des Milelli. Pozzo et Napoléon se séparèrent. L'un, pour finir d'étudier son droit à Pise, l'autre, pour apprendre l'art militaire. On sait ce qu'il en advint.

Ils se revirent l'été suivant. Pozzo était avocat, Napoléon Bonaparte n'était presque rien encore, mais il était sanglé dans un uniforme d'artilleur — un habit bleu avec collet rabattu, parements et doublures rouges, veste et culottes bleues — qu'il aimait tellement qu'il en conserva toujours le modèle et l'emporta avec lui à Sainte-Hélène.

Quelques années plus tard, Napoléon, alors qu'il n'était que le lieutenant Bonaparte et quittait la Corse, voué aux gémonies, promit à Pozzo, non sans menace dans la voix, qu'ils se retrouveraient. Il ne croyait pas si bien dire. Charles-André n'avait aucune intention de le *perdre de vue*. Il le suivrait comme son ombre et cette ombre s'épaissirait un jour jusqu'à recouvrir Napoléon d'un linceul.

Pozzo semblait toujours aux aguets ; il traquait l'ennemi sans relâche : ce fut sa force. Il cultiva l'amertume et le ressentiment : ce furent ses armes ; il se forgea une constance dans la haine qui, par moments, l'épouvantait presque.

« Napoléon, écrit Stendhal, se lia intimement avec le célèbre Paoli et avec Pozzo di Borgo, jeune Corse plein de talent et d'ambition. Depuis, ils se sont portés tous deux une haine mortelle. » Mais la haine de Napoléon devait être forcément d'une autre *nature* que celle que Pozzo lui vouait. Napoléon avait de la méfiance envers Pozzo, mais sa position, l'existence qu'il menait, lui interdisaient d'en être obsédé, alors que lui était au cœur de toutes les préoccupations de Pozzo. Il est vrai que Napoléon était au cœur de tout ce qui comptait alors en Europe.

Mais, avec le temps, tout porte à croire que Napoléon *oublia* Pozzo et ce qui était devenu pour lui de vaines querelles. Tout porte à croire aussi que Pozzo le savait; cet oubli entra en ligne de compte dans sa stratégie et fut un atout majeur dans son jeu. Pozzo voulut — et sut — se faire oublier assez pour être décisif et mortel dans sa lutte contre Napoléon.

Tout avait commencé avec le retour de Pascal Paoli en Corse.

Celui-ci se méfiait des Bonaparte. En 1769, après la défaite des Corses à Ponte-Novu, il avait considéré que Charles, le père de Napoléon, s'était rallié trop facilement aux Français. Napoléon lui-même critiqua vivement ce ralliement. Il dit à Bourrienne qu'il ne pardonnerait jamais à son père, qui avait été l'adjudant de Paoli, d'avoir concouru à la réunion de la Corse à la France : « Il eût dû suivre sa fortune et succomber avec lui » ; et, se confiant à Antomarchi, son médecin corse, Napoléon, alors prisonnier à Sainte-Hélène, avouera : « Les maux que nous avait faits Paoli n'avaient pu me détacher : je l'aimais, je le regrettais toujours. »

Paoli n'était pas le seul homme que Napoléon ait admiré, mais il était le seul qu'il disait avoir admiré *toujours*. Il faut, pour le comprendre, revenir brièvement sur l'origine des choses.

La Corse fut longtemps sous le joug génois. Et la république de Gênes, avant d'être son alliée, fut ennemie de la France.

En 1684, moins de cent ans avant que la République cède ses droits sur la Corse à la France, le doge de Gênes avait commis l'erreur de défier Louis XIV en fournissant des galères à l'Espagne ; il avait aggravé les choses en traitant avec désinvolture l'ambassadeur de France, François Pidou, chevalier de Saint-Olon. Louis XIV ne s'embarrassa pas longtemps d'un ennemi si négligeable : le Grand Roi fit envoyer dix mille bombes incendiaires des galiotes de Duquesne sur Gênes ; la ville fut dévastée en moins de six jours.

Alors qu'il lui était interdit de quitter la ville durant son mandat, le doge dut aller s'humilier à Versailles, vêtu d'un habit de velours[1], en plein mois d'août. À Louis XIV qui lui demandait ce qui l'avait le plus étonné à Versailles, le Génois, maître de la ville qu'on appellera la « New York du Moyen Âge » avec ses somptueux palais hauts de huit étages et cette *strada nuova* dont Mme de Staël dira qu'elle était « la rue des rois et la reine des rues », n'eut l'air étonné de rien. Il répondit avec simplicité : « *Mi chi* » (Moi ici).

La même année, dans son discours de réception à l'Académie française de Thomas Corneille, qui succède à son frère, « le grand Corneille », Racine, qui n'oubliait jamais qu'il était d'abord un courtisan, fit l'éloge des victoires militaires de Louis XIV.

Jean-Michel Delacomptée résume magnifiquement les choses : « Louis, devenant Jupiter, tourne sa foudre contre les inconscients, ordonne qu'on

---

1. Cela fit la fortune du velours de Gênes, dont la Cour s'engoua.

prenne Luxembourg, s'avance aux portes de Mons, écrase Gênes sous les bombes et raye Alger de la carte[1] ».

L'art de Racine est grand et ne se *perd* pas.

En ce temps-là, la Corse était donc sous domination génoise.

Avant Paoli, son père, le général Hyacinthe Paoli, fit tout ce qu'il put pour délivrer l'île de cette tyrannie.

La révolution corse éclata en 1729[2]. Elle n'eut pas, loin s'en faut, le retentissement de la Révolution française — qu'elle précéda de beaucoup — et ce, pour des raisons aisément explicables et qu'il est donc inutile de développer, mais enfin elle eut lieu et ce n'est pas indifférent.

Durant deux ans, les Corses tentèrent d'alerter les Cours de toute l'Europe, mais ce furent les Génois qui obtinrent de Vienne l'envoi de troupes. Contre toute attente, les Corses infligèrent de sérieux revers aux troupes autrichiennes et il fallut envoyer des renforts avec, à leur tête, le duc de Wurtemberg. Ce dernier comprit les causes profondes de l'insurrection corse et invita la république de Gênes à faire des « concessions gracieuses », c'est-à-dire à donner satisfaction aux insurgés.

La troupe autrichienne partie, Gênes non seulement ne tint pas ses promesses, mais emprisonna les chefs de la rébellion, qui ne durent d'avoir la vie sauve qu'à l'intervention du prince Eugène. Sous la

1. *Racine en majesté.*
2. Voir Jean Defranceschi, « La Corse », in *Dictionnaire Napoléon*, dirigé par Jean Tulard.

conduite de Hyacinthe Paoli, l'insurrection reprit et s'étendit à toute la Corse. Le 8 janvier 1735, une Consulta réunie à Corte proclama l'indépendance nationale.

Une constitution fut promulguée, un gouvernement établi, avec à sa tête une direction collégiale de trois personnes — dont Hyacinthe Paoli — déclarées primats du royaume, de la diète et du gouvernement, avec le titre honorifique d'Altesses royales. Je passe sur les détails. Gênes tente un blocus. Le désespoir gagne les Corses, quand débarque Théodore de Neuhoff[1], en 1736, sur une plage d'Aléria. Il a de l'argent. Il est richement vêtu, a de l'allure et des idées. L'espoir renaît. On le fait roi. C'est le roi évoqué par Pascal.

Ce règne ne dure qu'un été, mais il laisse une empreinte durable : on a jeté les bases d'une monarchie constitutionnelle, battu monnaie, créé une noblesse et pris la décision de poursuivre la guerre. Très vite, cependant, l'argent vient à manquer et, au mois de novembre, le roi s'en va. Il disparaît comme un mirage, mais tout est changé.

Les Génois, qui, avant l'arrivée de Neuhoff, dominaient la situation, sont une nouvelle fois contraints de faire appel aux Cours étrangères. La France vient en aide à la République. Ses troupes sont écrasées à Borgo, mais finissent par venir à bout des Corses, dont les chefs doivent s'exiler. En 1745, Hyacinthe Paoli part pour Naples, accompagné de son fils, Pascal.

La France aide Gênes, mais sans violence, à réta-

---

1. Voir Jean-Claude Rogliano, *Les Mille et Une Vies de Théodore, roi de Corse.*

blir sa souveraineté dans l'île. Un parti français, qui inquiète Gênes, commence à se former. En 1753, les Français quittent l'île. Un gouvernement corse, avec le général Gaffori à sa tête, se met en place. Gaffori est assassiné.

En 1755, une Consulta élit Pascal Paoli général de la nation ; une nouvelle constitution est promulguée qui fait de la Corse la première démocratie de l'époque moderne, saluée par Rousseau.

Le 12 mars 1768, la république de Gênes cède ses droits sur la Corse à la France. Les insulaires protestent, puis déclarent la guerre à la France, qui possède la première armée du monde.

« Leur courage était si grand, écrit Voltaire, que dans un des combats, vers une rivière nommée le Golo, ils se firent un rempart de leurs morts pour avoir le temps de charger derrière eux, avant de faire une retraite nécessaire ; leurs blessés se mêlèrent parmi les morts pour raffermir le rempart. On trouve partout de la valeur, mais on ne voit de telles actions que chez les peuples libres. »

Après la défaite, le modèle communautaire corse, qui garantissait des conditions de vie acceptables pour tous, est ruiné par le modèle français qui crée une noblesse, des frontières, jamais établies auparavant, dans les villages et leurs alentours, favorise une centaine de familles au détriment de la grande majorité. Après quarante ans de luttes et de sacrifices pour se défaire de Gênes, la pilule est amère.

En 1769, quand Napoléon Bonaparte voit le jour, la Corse est un champ de ruines. Voilà ce qu'écrivait, quelques années plus tard, le jeune Bonaparte au vieux général Paoli : « Je naquis quand la patrie périssait. Trente mille Français, vomis sur nos côtes, noyant le trône de la Liberté dans un flot de sang, tel fut le spectacle odieux qui vint le premier frapper mes regards. Les cris du mourant, les gémissements de l'opprimé, les larmes du désespoir environnèrent mon berceau dès ma naissance. »

On ne peut nier que le jeune Bonaparte n'eût très tôt le sens du *drame*, mais on ne peut comprendre l'admiration qu'il porte au vieux général si on ignore que ce dernier était apparu comme un précurseur à tous les esprits éclairés de cette Europe du XVIIIe siècle : il était devenu le symbole de la lutte contre une oppression injuste, celle de Gênes ; on vantait partout sa tentative d'établir un système de gouvernement inspiré des philosophes des Lumières, en particulier de Montesquieu et de Rousseau. Ainsi, sans qu'ils reconnussent jamais la Corse comme un État indépendant, Frédéric II et Catherine de Russie ne cachaient pas leur admiration pour le général corse.

« Toute l'Europe est Corse », s'exclamait Voltaire, un peu excédé par un engouement qu'il ne partageait pas tout à fait.

Cette notoriété, Paoli la devait à un jeune Écossais : James Boswell.

Né à Édimbourg en 1740, James Boswell était le fils aîné de lord Auchinleck. Son père le destinait à être avocat, mais le jeune homme, qui avait l'esprit vif et curieux, fit le Grand Tour comme beaucoup de jeunes gens de bonne famille qui voulaient parfaire leur éducation.

Il faut dire ici un mot du caractère du jeune lord.

Son grand-père avait souffert de mélancolie. Son

frère était interné. Lui-même était hypocondriaque. Selon Rousseau : « Il a eu dans sa jeunesse la tête enfarinée de la dure théologie calviniste, et il lui reste une âme inquiète et des idées noires[1]. »

La Corse, vue à travers le prisme des écrits de Rousseau et de la philosophie, put sembler au jeune homme fougueux et déprimé — ce n'est pas antinomique — une thérapie possible. Francis Beretti le suggère dans sa remarquable préface à la *Correspondance* de Boswell et Paoli.

Tout avait commencé par la rencontre de Boswell et de Rousseau. Le jeune homme avait été reçu à Motiers par Rousseau qu'il vénérait. Ce dernier lui fit partager son intérêt pour la Corse au point que, à l'insu de son père, Boswell décida de s'y rendre. Il avait pour laissez-passer une lettre de Rousseau avec son cachet *Vitam impendere Vero*[2], devise que le philosophe avait empruntée à Juvénal et décidé de faire sienne, comme il l'avait écrit solennellement à d'Alembert quelques années plus tôt. Tout cela, le jeune Boswell ébloui l'avait appris de la bouche même du maître.

Le 12 octobre 1765, muni de la lettre de Rousseau, de celle du comte de Rivarola, l'ami de Paoli qui résidait à Livourne, et d'un passeport donné par le commodore Thomas Harrison, James Boswell débarqua a Centuri.

Paoli se méfia de l'enthousiasme un peu délirant du jeune homme : il le soupçonnait d'être un espion, mais ne mit pas longtemps à se convaincre

---

1. Cité par Francis Beretti dans la préface à la *Correspondance* de Paoli et Boswell.
2. « Consacrer sa vie à la vérité. »

que celui qui avait été surnommé dans le pays « *l'ambasciadore inglese*[1] » était inoffensif.

Boswell ne séjourna en Corse que sept jours, mais cette semaine bouleversa sa vie. Il ne pensait plus qu'à « être utile à la société. » Sur la route du retour, de Lyon, il écrit à Rousseau : « Ce voyage m'a fait un bien merveilleux. » Il le raconta dans un livre.

Horace Walpole était connu pour son esprit et pour avoir le goût difficile. Selon Francis Beretti, il considérait Boswell comme un importun et un vaniteux, mais il trouva son livre amusant et invita son ami Thomas Gray à partager ce plaisir de lecture.

Fils du Premier ministre anglais, député lui-même, inventeur du roman gothique anglais, Walpole fit parvenir à Mme du Deffand — qui le considérait, Dieu seul sait pourquoi, comme son amant — *An Account of Corsica. The Journal of a Tour to that Island and Memoirs of Pascal Paoli*, de Boswell, sobrement traduit en français par *Le Tour de Corse*.

Le bref séjour en Corse avait révélé des talents chez Boswell qui ne demandaient qu'à s'épanouir : ce jeune homme pressé avait le « sens de la communication ». « Il devient, écrit Antoine-Marie Graziani, le correspondant du *London Chronicle*, une gazette de fort tirage : sept articles en un peu plus d'un mois font connaître l'événement qu'il a lui-même créé : son voyage en Corse[2]. »

Cela produisit jadis les mêmes effets qu'aujourd'hui : le livre fit un triomphe et Boswell fut au comble de la joie. En Angleterre, la troisième édi-

---

1. « L'ambassadeur anglais. »
2. In *Pascal Paoli*.

tion du *Tour de Corse* se vendit à près de cinq mille exemplaires. Cela peut laisser froid de nos jours, mais, dans les années 1930, Virginia Woolf, dans son *Journal*, se dit stupéfaite — et même épouvantée — d'avoir mille lecteurs ! Ce genre de détail devrait amuser Amélie Nothomb et Bernard Werber, qui écrivent respectivement, l'une sur les Japonais (entre autres) et l'autre sur les fourmis (exclusivement).

Il y eut trois éditions anglaises du livre de Boswell, trois irlandaises, quatre françaises, deux allemandes, une hollandaise et une italienne. On songea même à une édition russe, mais la Russie d'alors était assez francophile pour l'avoir connue dans l'édition française. *Le Tour de Corse* eut aussi un grand écho dans les colonies américaines. La constitution de Paoli fut une source d'inspiration pour celle des États-Unis et la figure du général corse devint si populaire que six localités portent son nom : il y a une *Paoli city* dans les États de Pennsylvanie, de l'Indiana, de l'Oklahoma et du Colorado !

Bref, après avoir lu Boswell, que croyez-vous que Mme du Deffand répondît à son cher Walpole ? Elle est bouleversée. Elle s'empresse de lui écrire : « J'en ai la tête tournée ; j'aime l'auteur à la folie, son cœur est excellent, son âme est pleine de vertus. »

Encore que l'on puisse soupçonner dans cet émoi inhabituel chez Mme du Deffand le désir de plaire à Walpole, un tel enthousiasme chez celle qui suppliait Voltaire de la « désennuyer » et qui inspira à Cioran — de qui elle était admirée pour sa *noirceur* — le titre de son essai *De l'inconvénient d'être né*, n'est pas négligeable.

Voltaire, qui s'était beaucoup occupé de la Corse

pour des raisons fort peu philosophiques, reçut lui aussi l'ouvrage de Boswell. Son ami, Gabriel Seigneux de Correvon, le lui fit parvenir ; il le blâmait de soutenir l'entreprise française : « Vous êtes digne de plaindre cette belle nation, lui écrit-il, comme je plains infiniment la vôtre de vouloir la subjuguer. »

Mais Voltaire apporta un soutien indéfectible à Choiseul, son protecteur, qu'il avait surnommé le « Corsique », et, après Ponte-Novu, à l'annonce de la prise de Corte, en proie à une exaltation certaine, il écrivait à la duchesse de Choiseul : « Nous sommes à Corte ! Oui, nous sommes à Corte et il[1] triomphera de tout. »

Il rendrait néanmoins à Paoli un hommage tardif dans son *Précis du siècle de Louis XV* : « Quelque chose qu'on ait dit de lui, il n'est pas possible que ce chef n'eût de grandes qualités. »

Boswell, lui, sera toujours fidèle à ce qui fut la grande cause de sa vie. Ainsi, au lendemain de la défaite corse de Ponte-Novu, lors des fêtes du Jubilé de Shakespeare, il apparut à un bal masqué dans un costume de chef corse. Le *London Magazine* du 4 octobre 1769[2] s'en fit l'écho : « Il portait une veste de drap grossier, courte, de couleur sombre, un gilet et un pantalon écarlates ainsi que des guêtres noires ; sur le devant était brodé en lettres d'or : "Viva la Libertà" ; sur sa veste était cousue une tête de Maure, emblème de la Corse, entourée de branches de laurier. »

Pour être juste, il faut dire que ce déguisement

1. Le duc de Choiseul.
2. Cité par Antoine-Marie Graziani, in *Pascal Paoli*.

ne fut pas du goût de tout le monde. Lord Holland[1], alors secrétaire d'État à la Guerre, était furieux : « Il se peut que nous soyons idiots, déclara-t-il, mais pas assez pour faire la guerre parce que Boswell est allé en Corse. »

Il n'en demeure pas moins que Boswell, jusqu'à sa mort, survenue en mai 1795, fut pour Paoli un ami fidèle. Celui-ci lui survécut plus de dix ans, regrettant cette précieuse amitié, qui l'avait fait connaître de l'Europe entière, quelque vingt années plus tôt.

Dans ce XVIIIe siècle finissant, beaucoup étaient fascinés par l'audace de l'extraordinaire expérience que Paoli avait tentée. C'était le combat de David contre Goliath, qui vit David vainqueur, pour peu de temps, il est vrai. Les choses sérieuses n'allaient pas tarder à commencer. Il suffisait d'attendre et de s'armer de patience : en 1768, la France occupe la Corse militairement et Pascal Paoli prend le chemin de l'exil.

Il fait un tour d'Europe triomphal. À Livourne, à Florence, où il est accueilli par le comte Rosenberg-Orsini, à Bologne, où l'empereur Joseph II séjourne et lui accorde une audience. De l'Italie, il passe en Autriche : à Vienne, écrit l'ambassadeur d'Autriche, le public ne jure que par Paoli. À Francfort, il ren-

---

1. Issu d'une des plus illustres familles d'Angleterre, son petit-fils fut celui-là même qui écrivit *Souvenirs des cours de France, d'Espagne, de Prusse et de Russie*. Au nom de l'*habeas corpus*, il s'opposa à l'exil de Napoléon et intervint plusieurs fois à la Chambre des lords pour prendre sa défense. Ses Mémoires sont d'ailleurs « respectueusement » dédicacés « à Jérôme Bonaparte, le seul survivant des frères de Napoléon ».

contre un jeune homme encore inconnu : Goethe. « Lorsque Paoli, écrit ce dernier, traversa l'Allemagne pour se rendre en Angleterre, il gagna tous les cœurs. »

En Hollande, précédé du triomphe allemand, il reçoit un accueil délirant de la population, ce qui provoque le mécontentement des autorités françaises. Le prince de Thurn und Taxis lui rend visite. Une artiste française exécute son portrait. On n'en finirait pas de citer tous les grands personnages qui se pressent pour le rencontrer.

Le 18 septembre 1769, il embarque enfin pour l'Angleterre et touche au port de Harwich. À Londres, il habite, Old Bond Street, « le plus somptueux appartement meublé qu'on puisse trouver », selon Boswell. Paoli est fêté partout. George III le reçoit officiellement. Le souverain a lu le livre de Boswell, *of course*. Il octroie à Paoli une pension de deux mille livres, ce qui, à l'époque, est une somme considérable. Une semaine plus tard, il est présenté à la Cour. Paoli est l'homme du jour. Le général se prépare, sans le savoir, à mener pour les vingt ans à venir l'existence d'un gentleman anglais.

Pendant ce temps, en France, on croyait préparer l'avenir.

En 1770, un an après la réunion de la Corse à la France, sur une île du Rhin, au milieu du fleuve, un pavillon somptueux fut élevé pour accueillir l'archiduchesse d'Autriche, épouse du dauphin, le futur Louis XVI.

Au passage de la frontière, lors de la cérémonie de la *remise*, Marie-Antoinette, suivant en cela l'étiquette, se défit de tout ce qu'elle avait emporté d'Autriche. Elle laissa sa suite, composée de cent trente-deux personnes et près de quatre cents chevaux, dit adieu aux personnes de sa maison, abandonna ses petits chiens à ses suivantes ; elle fut déshabillée entièrement et revêtit des atours à la française, envoyés de Paris, ce qui, selon la baronne d'Oberkirch, qui assista à la scène et la relata dans ses *Mémoires*, la rendit « mille fois plus charmante. [...] Le soir, la ville entière fut illuminée ; la cathédrale, depuis la croix jusqu'aux fondements, n'était qu'une flamme ».

Quatre ans après, Louis XV meurt de la petite vérole.

En 1778, Voltaire fait un retour triomphal à Paris. Il meurt trois mois plus tard, suivi de peu par Jean-Jacques Rousseau. Dans les années suivantes, presque tous les grands écrivains qui ont fait l'Encyclopédie — d'Alembert, Diderot, Buffon — disparaissent à leur tour.

Le 14 juillet 1789, on prend la Bastille. La prison, vétuste, ne compte que sept prisonniers. Les autres — dont le marquis de Sade — ont été transférés ailleurs, peu de temps avant.

Le jeune vicomte de Chateaubriand est à Paris : « J'assistai, comme spectateur, à cet assaut contre quelques invalides et un timide gouverneur : si l'on eût tenu les portes fermées, jamais le peuple ne fût entré dans la forteresse. »

La prise de la Bastille aurait donc pu passer *inaperçue*. Ce jour-là, Louis XVI inscrit dans son *Journal* : « Rien. » Un ami, Patrick Perraudeau, m'a signalé que ce « Rien » ne figurait pas dans un journal intime mais sur une sorte de journal de bord, qui faisait aussi office de carnet de chasse où le roi consignait chaque jour ses prises. Cette erreur, selon lui, fut répétée pour discréditer Louis XVI. Mais Versailles était déjà *out of order*. Le roi ne savait rien. S'il avait été informé de ce qui se passait à Paris, je suppose qu'il n'aurait pas pris le temps de noter son *fiasco* à la chasse, qui en masquait certains, encore moins glorieux, et en annonçait d'autres, autrement plus funestes.

Quoi qu'il en soit, ce n'était pas, comme on l'a dit, souvent et à tort, de l'aveuglement de la part du roi, mais de l'ignorance.

Il apprit le lendemain seulement que le peuple de Paris s'était révolté et que la Bastille avait été prise. Louis XVI ne rattrapa jamais ce temps de retard. Le 14 juillet 1789, tout était déjà *joué*. « La grande lumière née de l'éclair de juillet » dont parle Michelet n'a jamais touché Louis XVI.

Personne, mieux que Cioran, n'a défini les causes de la Révolution : « La Révolution fut provoquée par les abus d'un règne où les privilèges appartenaient à une classe qui ne croyait plus à rien, même pas à ses privilèges, ou plutôt qui s'y agrippait par automatisme, sans passion ni acharnement, car elle avait un faible ostensible pour les idées de ceux qui allaient l'anéantir. La complaisance pour l'adversaire est le signe distinctif de la débilité, c'est-à-dire de la tolérance, laquelle n'est, en dernier ressort, qu'une *coquetterie d'agonisants*[1]. »

Rien de tout cela chez Pozzo, qui a vingt-cinq ans, et encore moins, si c'était possible, chez Napoléon,

1. *Anthologie du portrait.*

alors à peine âgé de vingt ans. Eux savent qu'ils n'ont pas de temps à perdre. Désormais, les destins et, à défaut de génie, les carrières se font et se défont à la *vitesse du feu*.

Aux commencements de cette Révolution française dans laquelle les Corses mirent d'abord tous leurs espoirs, car ils y virent une résurgence de leur propre révolution, l'Assemblée de Corse décida l'envoi de deux adresses à l'Assemblée nationale et au roi pour les remercier d'avoir rendu à la Corse sa liberté et de l'avoir unie à la France.

Pozzo fut envoyé à l'Assemblée constituante pour représenter l'île. Il se lia d'amitié avec Mirabeau, qui avait participé dans sa première jeunesse à la conquête de la Corse, s'en repentait et voulait « réparer les torts qu'il avait causés et l'injustice qu'il avait faite à ce peuple généreux ».

Le 30 novembre 1789, un décret de la Constituante faisait de la Corse un département français à part entière, et de ses habitants, des citoyens régis par la même constitution que les autres Français. Grâce à l'appui de Mirabeau, le retour des proscrits y était ajouté et Paoli, qui était en exil à Londres, put rentrer en Corse.

Quelques mois plus tôt, l'Assemblée nationale s'est proclamée Assemblée nationale constituante ; la Bastille a été prise ; dans la nuit du 4 août, les privilèges ont été abolis et, le 26 du même mois, on a publié la Déclaration des droits de l'homme. Un monde s'écroule et la monarchie avec lui.

Paoli rentre en France. À son retour d'exil, il n'a rien oublié : aux Bonaparte, il préfère les Pozzo di Borgo et, en particulier, Charles-André.

Il fait une halte à Paris où, le 3 avril 1790, il est accompagné par La Fayette qui le présente « comme un nouveau Washington ». Robespierre le reçoit à la Société des amis de la Constitution : « Vous avez, lui dit-il, défendu la liberté à une époque où nous n'osions même pas l'espérer. »

La députation extraordinaire envoyée de Corse et le comte de Biron, futur duc de Lauzun — qui s'était battu si bravement en Corse en 1769 qu'il avait reçu par dispense d'âge la croix de Saint-Louis —, accompagnent Paoli lors de sa présentation au roi. Celui-ci déclare : « Mes derniers enfants sont les plus fidèles et les plus sages. » Le lendemain, Paoli est présenté à la reine.

À la suite de leur rencontre, Louis XVI lui enverra une lettre écrite de sa main, lui disant qu'il « se fie à ses lumières, son crédit et ses vertus pour que la paix et la concorde règnent entre les anciens et les nouveaux Français ».

Enfin, Paoli voit Mirabeau. C'est avec lui qu'il se sent le plus d'affinités. Ils pressentent tous deux les dangers d'un désordre qui va croissant et veulent le faire cesser. Leur collaboration fut de courte durée : Mirabeau eut le bonheur de mourir l'année suivante — il n'aurait pas autrement échappé à la guillotine.

Rien, pourtant, ne l'aurait laissé présager : « Le convoi de Mirabeau, écrit la duchesse de Tourzel dans ses *Mémoires*, fut une espèce de triomphe. [...] Il commença à défiler à cinq heures et ne finit qu'à minuit. [...] L'Assemblée décréta ensuite un deuil de huit jours pour tous ses membres. »

Tous les honneurs lui sont rendus ; Mirabeau sera le premier — Voltaire, le second — à être inhumé à l'église Sainte-Geneviève, changée en cette occasion en Panthéon, ce qui s'accorde mieux au rejet de l'Église et à la référence constante que l'époque fait à l'antique. « On fit piquer les beaux bas-reliefs de cette église, ajoute Mme de Tourzel, pour y substituer des emblèmes patriotiques et irréligieux. »

Deux ans après ce « triomphe », des papiers et des lettres sont découverts, qui confirment les soupçons de l'attachement de Mirabeau à l'Ancien Régime et à la Cour, il est convaincu de trahison *à titre posthume* : ses restes sont dispersés.

Même si Lucien Bonaparte, dans ses Mémoires, affirme que son frère Napoléon fut « vivement affligé par la mort de Mirabeau[1] », à Ajaccio, où, en présence de tous les notables de la ville, on avait dit une messe pour honorer sa mémoire, on s'empressa d'oublier le grand homme.

Le 19 juin 1790, les titres de noblesse sont supprimés. À peine quelques jours plus tard, le 22 juin, Paoli quitte Paris. Joseph Bonaparte et Pozzo sont chargés de l'accueillir sur la route du retour. Joseph est reçu avec froideur. Entre Paoli et les Bonaparte, les choses ne vont pas s'arranger.

Pozzo est réélu député et se partage entre Paris et

---

1. Cité par Paul Silvani, in *Le Bonapartisme, Une saga corse*.

la Corse. Il est absent d'Ajaccio quand se produit l'épisode qui va bouleverser le cours de son existence, car il marque le début de la brouille avec les Bonaparte.

L'histoire a des exigences de précision que le roman peut éluder : je vais donc retracer à grands traits les moments décisifs de cette période.

En 1791, Napoléon Bonaparte, par permission spéciale, obtient de rentrer en Corse, mais, le 3 février, la guerre menace et les députés votent une loi enjoignant à tous les officiers de rejoindre leur unité à partir du 1er avril, avec interdiction de rester dans la garde nationale, à moins d'être lieutenant-colonel. Or, dans le deuxième bataillon de la garde nationale d'Ajaccio, deux postes de lieutenant-colonel se libèrent. Napoléon[1] se présente contre Peraldi et Mathieu Pozzo di Borgo, tous deux frères des députés qui siègent à Paris.

Le clan Bonaparte, uni autour de Napoléon, mène une campagne dure. Les incidents se multiplient. Napoléon provoque Peraldi en duel. Le

---

1. On a coutume de distinguer Bonaparte de celui qui deviendra Napoléon. En nommant celui qui n'est encore que Bonaparte Napoléon, je suis l'usage corse d'appeler par leur prénom les notables ou les hommes politiques — ce sont souvent les mêmes —, ce qui veut donner l'idée d'une proximité et d'une familiarité souvent illusoires. Le fait est que Paoli lui-même parlait des Bonaparte en tant que clan, mais toujours de Napoléon pour le nommer. À partir de la fuite de Napoléon et de sa famille vers le continent, j'adopterai l'usage français et ne le nommerai plus que Bonaparte — jusqu'à l'Empire. Quant à Charles-André Pozzo di Borgo, il échappe à la règle. Paoli l'appelle toujours par son nom de famille, souvent en abrégeant Pozzo di Borgo en Pozzo, comme je l'ai fait moi-même après lui et après la comtesse de Boigne.

27 mars, à la veille du vote, il enlève par la force l'un des officiels devant contrôler le vote. Certains ont vu dans ce coup d'État miniature la répétition du 18-Brumaire. On peut y voir sûrement une certaine constance de point de vue et de méthode, la marque d'un grand caractère, mais, à propos de Napoléon, il y a peu de risque à l'affirmer ; il dépassa les plus folles prévisions à son sujet. Il tomba sur la France comme la foudre.

Enfin, dans un climat détestable de menaces, de corruption, d'intrigues, Napoléon est élu. Mathieu Pozzo di Borgo proteste contre les irrégularités du scrutin. Il est molesté et blessé gravement au visage et à la tête. Pozzo attribuera à cet épisode la mort prématurée de son frère. Il ne le pardonnera pas à Napoléon. Sa nièce, Valentine de Crillon, en témoigne dans ses *Mémoires* : « Quarante ans plus tard, parvenu au terme de sa vie, il n'avait rien oublié : il ne parlait qu'avec les larmes aux yeux de son frère cadet qu'il perdit à l'âge de vingt et un ans. Jamais il ne se consola de sa mort. »

La lutte bascule alors d'une rivalité légitime, entre deux jeunes gens également talentueux, à la haine d'un clan pour un autre. Jérôme Pozzo di Borgo, le patriarche, empêcha la vendetta de s'exercer sur-le-champ, mais Pozzo se sentit toute sa vie le dépositaire de cette vengeance dont il se fera l'exécuteur, même tardif, car les oppositions entre Pozzo et Napoléon s'exacerberont avec la montée en puissance de Napoléon. Pourtant, lors des événements qui affectent si gravement son frère et sa famille, Pozzo garde un silence prudent, dicté par Paoli. La prudence fait d'ailleurs le fond de son caractère et le silence n'est que le prélude à la rumination, qui est une pratique nécessaire à l'entretien de la haine, car elle en nourrit le feu.

Après son élection, Napoléon décide de se rendre à Paris pour obtenir du ministère de la Guerre sa réintégration dans l'armée régulière. Mais, à Ajaccio, le dimanche de Pâques, le 8 avril 1792, un différend éclate et dégénère en fusillade. La garde nationale tire sur la foule à la sortie de la messe. De nombreux fidèles sont blessés, d'autres tués, dont un prêtre, neveu du député Peraldi. L'émeute qui s'ensuit dure trois jours. Napoléon devient impopulaire. Pozzo, qui avait joué la carte de l'apaisement, laisse éclater sa colère. Il écrit à Cesari, le neveu de Paoli et l'un de ses fidèles alliés : « *Napoleone è la causa di tutto*[1]. » Cependant, comme l'avait recommandé Paoli dans une lettre adressée à l'Assemblée, il n'accuse pas Napoléon, ce que fera Peraldi. Napoléon écrit à son frère Joseph que la guerre contre les Peraldi est déclarée ; il ajoute : « Pas de quartier. » L'avenir se dessine.

À cause des besoins en officiers, le ministère ne donne pas suite et néglige l'incident : Napoléon est promu capitaine. Début août, il encourage son frère Joseph à devenir député : « Tu dois devenir membre de la prochaine législature ou tu n'es rien d'autre qu'un imbécile. » Joseph sera battu, non parce qu'il était un imbécile — un homme qui aime les jardins et les livres ne peut l'être tout à fait — mais parce que Pozzo, en sous-main, mettait tout en œuvre pour l'évincer. La défaite de Joseph Bonaparte est la preuve de l'emprise grandissante de Pozzo sur

1. « Napoléon est la cause de tout. »

Paoli. Il écrit à Cesari : « Les Bonaparte, comme vous le savez, sont nos ennemis-nés. »

À Paris, le tour que prend la Révolution inquiète Pozzo. Il ne supporte plus, dit-il, « les exécrations des scélérats et les insultes vulgaires de la racaille ». Il sent la monarchie menacée. Il se tourne vers la diplomatie, se fait élire au Comité diplomatique. Cet apprentissage sera précieux pour la suite de sa carrière.

En 1792, Napoléon est lieutenant-colonel en second ; il est à Paris pendant les émeutes des Tuileries, le 20 juin. Il écrit à son frère Joseph : « Les Jacobins sont des fous qui n'ont pas le sens commun. »

Il verra encore les émeutes du 10 août et assistera au massacre des gardes-suisses, qui lui laissera, de son propre aveu, une impression d'horreur que rien ne surpassera : « Je me hasardai à pénétrer dans le jardin. Jamais, depuis, aucun de mes champs de bataille ne me donna l'idée d'autant de cadavres que m'en présentèrent les masses de Suisses, soit que la petitesse du local en fît ressortir le nombre, soit que ce fût le résultat de la première impression que j'éprouvais de ce genre. »

Mme Campan, qui aura pour pensionnaires, à Saint-Germain-en-Laye, dans l'institution qu'elle a fondée après la chute de la monarchie, Caroline et Pauline Bonaparte, raconte, dans ses *Mémoires*, cette terrible journée. Une image à elle seule témoigne de la violence de la scène qui se déroule aux Tuileries : « Les brigands, écrit Mme Campan, avaient cassé des fontaines qui étaient dans la première antichambre de la reine ; l'eau mêlée au sang avait teint le bas de nos robes blanches. »

Pozzo, Napoléon Bonaparte, Chateaubriand, Talleyrand sont à Paris.

À l'issue de cette journée, Talleyrand, à qui peu de changements ont échappé, écrit dans ses *Mémoires* : « La royauté, telle qu'elle était sortie de l'Assemblée constituante, n'était plus qu'une ombre, et une ombre qui allait chaque jour s'effaçant. »

Le 10 septembre, dix jours avant Valmy, Napoléon s'embarque pour Ajaccio. Le 21 septembre, la royauté est abolie. Le 22, la République est proclamée ; on change d'époque en même temps que de calendrier : c'est le 1er vendémiaire de l'an I.

Le nouveau calendrier, « chef-d'œuvre poétique et littéraire de Fabre d'Églantine, avec ses références naturalistes et le grand jeu des saisons, fut l'expression la plus révélatrice du grand projet de régénération totale, dont l'abolition du système en l'an XIII (1805) marqua clairement la fin[1] ».

De retour à Ajaccio, Napoléon crée un club des Jacobins à Alata, le fief des Pozzo. Celui-ci réplique en fondant avec les paolistes une *société de pensée*.

Jusqu'alors, rien ne séparait vraiment Pozzo et Napoléon. Les deux hommes étaient favorables à La Fayette et le soutenaient contre les Jacobins. Ils avaient peu d'estime pour les législateurs de l'Assemblée, avaient été horrifiés par les émeutes du 20 juin et du 10 août et cherchaient tous deux, mais pour Napoléon ce sera en vain, à entrer dans les bonnes grâces de Paoli, dont l'influence était alors si grande qu'il pouvait faire ou défaire une carrière.

1. André Chastel, *L'Art français. Le temps de l'éloquence 1775-1825*.

D'ailleurs, la défaveur dans laquelle Paoli tint Napoléon et sa famille fut la cause première de la rupture entre les Bonaparte et les Pozzo di Borgo. Ainsi, Paoli fait élire Pozzo procureur général-syndic. Il administre l'île et commande donc à Napoléon Bonaparte. Ce que Pozzo, dans ses *Mémoires*, appelle une « divergence », qui marque le début de la mésentente entre Napoléon et lui : « Napoléon, écrit Pozzo, continua néanmoins à cultiver le général Paoli ; nous nous traitions avec politesse, mais sans confiance telle qu'elle avait existé jusqu'à cette époque. » *Alea jacta est*.

Le 17 janvier 1793, la Convention vote la mort du roi.
Louis XVI est exécuté le 21 janvier 1793.
Paoli apprend la mort du roi près d'un mois après qu'elle est survenue.
Des nouvelles de moindre importance lui sont parvenues plus vite. Aucun courrier rapide n'est arrivé en Corse. Il pense d'abord que ce sont des opposants à la Révolution qui propagent des calomnies. Quand il acquiert la certitude que le roi est mort, il est atterré : « Je n'aurais pas voulu conserver Louis pour Louis même : mais j'aurais voulu le conserver pour l'intérêt de la France entière jusqu'à des circonstances moins critiques. J'aurais voulu, en même temps, éviter à la nation française les reproches que lui fera l'Histoire d'avoir fait couler le sang d'un roi devenu impuissant de toutes les manières. »
Ses positions étaient connues : il déclare dans sa correspondance avoir été insulté par des soldats français, à Ajaccio, comme « l'ami de Louis XVI ».

Saliceti, que Paoli a longtemps considéré comme son fils, est le seul des quatre députés corses qui a voté la mort du roi. Napoléon, devenu empereur, s'en souviendra, mais Saliceti a déjà beaucoup servi et il est peut-être devenu inutile. Ainsi, alors que Saliceti est ministre de Murat à Naples, Napoléon écrit au général Dumas qu'il ne souhaite pas son retour en France : « Qu'il reste à Naples. Qu'il sache que je n'ai pas assez de puissance pour défendre du mépris et de l'indignation publique les misérables qui ont voté la mort de Louis XVI. » Il est vrai que lui-même est alors empereur et que les dynasties ne lui semblent plus vouées à être abattues, mais perpétuées.

Paoli ne pardonnera pas non plus à Saliceti le rôle qu'il a joué en Corse, en tant que commissaire, mandaté par la Convention. En juin 1802, dans une lettre adressée au colonel Pitti-Ferrandi, il dit : « Saliceti, qu'il écrive ou qu'il agisse, est toujours le même. Il n'a ni foi dans le cœur, ni de vérité sur les lèvres. On ne peut qu'être fier d'être son ennemi[1]. »

Il est des haines de toutes sortes. Celle-ci n'est que mépris. Celle que se vouent Napoléon et Pozzo est plus respectueuse de l'adversaire et, d'une certaine façon, plus *profonde*.

Au lendemain de l'exécution du roi, la France rompt ses relations diplomatiques avec l'Angleterre. Dans le même temps, la Convention donne ordre au vice-amiral Truguet de réunir une flotte à Toulon et de préparer une attaque de la Sardaigne. Robes-

1. Cité par Antoine-Marie Graziani in *Pascal Paoli*.

pierre et ses amis chargent un certain Buonarroti[1] de se joindre à l'expédition « pour aller prêcher au bon peuple de Sardaigne la doctrine de la liberté et du bonheur ».

L'idée de la liberté et du bonheur des Sardes devait différer sensiblement de celle des révolutionnaires français, car ils les repoussèrent avec la dernière énergie. Paoli ne cache pas ses réticences : « Pour donner la liberté aux autres peuples, écrit-il à son neveu, l'Assemblée nationale veut trop risquer la nôtre. »

Le 25 janvier 1793, les volontaires marseillais, conduits par le général Casabianca, embarquent à Ajaccio pour Cagliari. L'attaque de la Sardaigne est un échec cuisant. Napoléon Bonaparte dit en avoir « le cœur empli de douleur et de confusion ». Il réclame la sévérité pour les traîtres qui ont fait échouer l'expédition.

Paoli sera accusé d'avoir été le principal instigateur de la défaite. Les causes en étaient plus sûrement l'impréparation, le manque de matériel, de véritable commandement et l'indiscipline des soldats, les Marseillais, qui semaient la terreur, y compris dans leur propre camp.

Du reste, les Sardes ayant été de tout temps les alliés des Corses, et la Sardaigne, une terre d'accueil pour eux, Paoli était opposé à cette conquête impro-

---

1. Descendant d'une grande famille pisane, intellectuel nourri de la philosophie des Lumières, fidèle robespierriste, naturalisé français en 1793, il sera un des inspirateurs de la Conspiration des Égaux, avec à leur tête Babeuf, devenu Gracchus pour l'occasion et exécuté une fois le complot démasqué ; Buonarroti fut condamné à la déportation.

bable. Il lui semblait plus urgent de se débarrasser des troupes continentales, qui se conduisaient en vandales : à Bastia, les Marseillais, logés dans des couvents, avaient tout saccagé et profané des tombes ; à Ajaccio, ils s'étaient rebellés contre l'autorité du général Casabianca. Paoli écrit à la Convention pour exprimer son indignation. Pozzo écrit aussi de nombreuses lettres au ministre de l'Intérieur : « La lanterne n'est pas le signal distinctif des hommes libres et nous travaillons avec zèle pour que cet usage barbare ne s'enracine pas chez nous ; le peuple se sentirait déshonoré s'il devait s'habituer à ces scènes atroces. »

Pozzo ne cherche pas à dissimuler son mépris des méthodes et de l'esprit révolutionnaires et, davantage que de longues phrases, son ironie cinglante traduit son sentiment d'indignation. Cela lui vaudra d'être traité de contre-révolutionnaire. On sait ce qu'il pouvait en coûter de déplaire au pouvoir, mais Pozzo avait senti le danger que faisait courir une révolution qui durait trop longtemps ; la mort de Louis XVI l'avait définitivement convaincu que le pays sombrait dans l'anarchie.

Comme Pozzo et Paoli pouvaient s'y attendre, après la déroute militaire des Français contre les Sardes, commence contre eux une campagne de dénigrement auprès de la Convention. Elle est menée par Lucien, le frère cadet de Napoléon, depuis le club des Jacobins de Toulon, dont il est un des membres les plus actifs : il signe ses missives du nom de Brutus, le sans-culotte. Il n'est pas le seul. Les Brutus sont nombreux. C'est la première fois que Lucien sera le doigt du destin de Napoléon. Ce ne sera pas la dernière.

Dans ses *Mémoires*, Lucien Bonaparte reviendra sur les circonstances qui l'amenèrent à accuser Paoli. Il met en avant le feu de la jeunesse, l'improvisation, l'influence de la foule et le succès remporté par son discours, qui l'avaient enivré et fait parler « deux heures durant, à tort et à travers ».

Je crois plutôt que Lucien avait compris que la rupture avec Paoli était nécessaire pour *exister*. Napoléon hésitait. Lucien trancha. Ce n'est pas dans l'événement, mais dans la *complicité* qui lie les deux frères, que je vois la véritable répétition du 18-Brumaire. Du reste, une lettre que Lucien écrivit à ses frères Napoléon et Joseph fut interceptée et imprimée. Lucien affirmait : « *Pozzo e Paoli decretati e la nostra fortuna è fatta*[1]. »

Plus tard, Pozzo, commentant cette phrase, écrivit : « On riait de cette prophétie et la prophétie s'est accomplie par les faits étonnants de Napoléon », mais, sur le moment, il n'eut pas de mots assez durs pour qualifier l'attitude de Lucien Bonaparte. Napoléon tâchera, en vain, de minimiser son rôle. Paoli et Pozzo traitèrent Lucien Bonaparte de « jeune et furibond démagogue », persuadés que Napoléon dirigeait en sous-main ce frère fougueux et inconséquent à leurs yeux.

La dénonciation à la Convention de Lucien Bonaparte aura brisé les derniers liens entre Napoléon et Pozzo. Ce dernier le confiera à Alfred de Vigny, qui le note dans son *Journal* : « Il a trouvé le moyen de me dire que la source de sa haine contre Bonaparte avait été cette dénonciation, qu'il avait lutté contre

---

1. « Paoli et Pozzo décrétés d'accusation et notre fortune est faite. »

lui toute sa vie et avait fini par lui porter le dernier coup. »

Les événements se succèdent à une vitesse folle.
Le 1er février, la France déclare la guerre à l'Angleterre et à la Hollande. On rappelle alors l'amitié de Paoli pour les Anglais. On accuse Pozzo qui, selon Saliceti, a la pire des influences sur Paoli « d'avoir des intentions perfides envers la France ».
Le 7 mars, la France déclare la guerre à l'Espagne.
Le 18, Dumouriez est défait à Neerwinden. Le 25, l'Angleterre et la Russie se lient contre la France. Le 28, les émigrés sont frappés de mort civile et bannis à perpétuité du territoire national.
Le printemps 1793 voit l'entrée en guerre de l'Angleterre, du pape, de l'Espagne, des princes allemands et italiens. « Cette immense coalition, écrit François Furet, si mal organisée qu'elle soit, fait réapparaître bientôt le spectre de la défaite et la menace d'invasion, renouvelant en 1793 la situation de l'année précédente, qui avait été la toile de fond du 10 août[1]. »
J'avoue m'être demandé comment, dans un tel chaos, on trouvait encore le temps de s'occuper de la Corse. Le 2 avril — quelques jours à peine après le début de l'insurrection vendéenne[2] —, à la tribune de la Convention, Escudier lit l'adresse de la Société patriotique de Toulon qui dénonce le « despotisme de Paoli ». Il l'accuse non seulement d'avoir fait échouer l'expédition de Sardaigne mais

1. *La Révolution I, 1770-1814.*
2. Non pas à cause de l'exécution du roi, comme le rappelle François Furet, mais de la conscription forcée.

de vouloir livrer l'île aux Anglais. Il accuse aussi le général corse de viser la couronne et il en donne pour preuve l'acquisition d'un trône sur lequel Paoli monterait quelquefois « pour voir s'il y est bien » !

Marat — décrété d'accusation et acquitté à la fin de ce même mois d'avril 1793, à qui il ne reste plus que trois mois à vivre avant de finir assassiné par Charlotte Corday, immortalisé dans sa baignoire par David, dans un tableau que l'on peut encore voir à Bruxelles[1] —, Marat, donc, qui est alors député de Paris, prend la parole et demande le décret d'accusation contre Paoli et la dissolution du régiment suisse « qui le protège ».

« Qui, dit-il, ne connaît Paoli, ce lâche intrigant, qui prit les armes pour asservir son île et faisait l'illusionné pour tromper le peuple ? Craignez qu'aujourd'hui il ne laisse la Corse aux Anglais qui lui ont donné des secours. »

Marat est bien informé. Paoli songe sérieusement à se rapprocher de l'Angleterre et à se séparer de la France dont le régime lui fait horreur. Il écrit à Horace Quenza : « La justice et la politique me dictent de rompre les relations, non pas avec la France, elle-même victime, mais avec une faction dangereuse qui dévore la France. »

En ce début du mois d'avril, les noms de Paoli et

---

1. Au contraire d'un autre tableau de David qui a disparu : *Le Peletier, martyr de la liberté*, du nom du conventionnel régicide, assassiné par un royaliste la veille de l'exécution de Louis XVI. Jean d'Ormesson évoque ce lointain ancêtre dans *Au plaisir de Dieu*. Haï dans la famille monarchiste de sa mère, au point, dit-on, que ce tableau de David fut emmuré dans le château familial.

de Pozzo sont hués à l'Assemblée et la Convention décrète qu'il faut s'assurer d'eux par tous les moyens possibles et les traduire devant la Convention. Deux ans plus tôt, les mêmes accusations avaient été rejetées, mais la période « romantique » de la Révolution, comme l'a appelée François Furet, est terminée.

Paoli écrit à Quenza : « Notre patriotisme de soixante-cinq ans n'est pas soumis à la censure d'esclaves émancipés depuis trois ans. »

Paoli est terriblement orgueilleux. Dans ses *Mémoires*, Pozzo rapporte un mot de Paoli, recueilli par Boswell : « Je possède, disait-il, un orgueil indicible. L'approbation de mon propre cœur me suffit. » Il ne semble pas impressionné par ce qui fut la plus vieille monarchie d'Europe. Cependant, il ne faudra pas s'étonner que ces « esclaves émancipés depuis trois ans » avancent à marche forcée.

En moins d'une année, le pays verra la création du Tribunal révolutionnaire, du Comité de salut public, le début de la Contre-Révolution à Lyon, les journées parisiennes du 31 mai et du 2 juin : la lutte à mort entre Girondins et Montagnards, qui s'achèvera par la victoire des Montagnards et se soldera par l'instauration de la Terreur ; l'insurrection de la Vendée, de Bordeaux et du Calvados, le procès et l'exécution de la reine.

Si Paoli était d'un orgueil inouï, son jugement était clair : la Révolution fait plonger la France des Lumières dans la Terreur. Il ne pense plus qu'à préserver la Corse de cette folie sanguinaire.

Alors que le 3 avril le général Dumouriez est passé à l'Autriche, que le 6 a été créé le Comité de salut public — qui le balaiera —, à la tribune de la Convention, Clavière, girondin et ministre des Contributions et Revenus publics, attaque violemment les Corses qui sont, dit-il, une lourde charge pour la France, de véritables « sangsues ». L'argument sera repris sous tous les régimes.

De tout temps les mêmes causes ayant les mêmes effets, quand le rapport Clavière fut connu, Paoli sortit de sa réserve et publia un manifeste adressé « aux Corses libres et français ». Certains y virent la plume de Pozzo, qui veillait dans l'ombre à ne pas *céder* et à ne pas perdre une liberté si chèrement acquise.

Paoli proteste de son innocence : « Quels sont les arguments qui ont pu persuader ce ministre de faits aussi injurieux pour un peuple entier et pour un individu qui a, jusqu'à présent, bénéficié d'une certaine faveur dans l'opinion publique de ses contemporains ? »

Mauvais signe : on ne daigne pas lui répondre. Trois commissaires sont déjà en route pour la Corse. Un seul, Saliceti, parle le corse, ce qui équivaut à lui donner les pleins pouvoirs dans une île où personne ne parle français. « Voici comment la Convention, en reprenant à la Corse ce que la Constituante lui avait rendu, contraignit les Corses à répondre à la force par la force et à s'entendre avec les Anglais[1]. »

« Il nous était impossible, note Pozzo dans ses *Mémoires*, de mettre nos têtes à la discrétion d'un tel homme et à celle de ses collègues. »

Pozzo sait à qui il a affaire. Il a connu Saliceti braconnier, transformé en garde-chasse, avant d'être élu

---

1. Jean Defranceschi, « La Corse », in *Dictionnaire Napoléon*.

député. Il craint donc le pire et n'a pas tort. En effet, on décrète Paoli d'accusation avant même que les commissaires soient arrivés à destination, ce qui rend toute action quasiment impossible : ils se révéleront incapables d'organiser l'arrestation de Paoli. Le 14 avril, quand le décret de la Convention arrive en Corse, les commissaires ne le font pas publier. Ils attendront le 18 avril.

C'est un tollé. Par la plume de Napoléon, la municipalité d'Ajaccio fait connaître sa réprobation à la Convention. Napoléon déplore et blâme que l'on ait osé s'attaquer au « patriarche de la liberté » à qui les Corses « devaient tout, jusqu'au bonheur d'être dans la République française ».

Il ne mentionne pas Pozzo. Paoli, qui a eu connaissance de la lettre de Lucien Bonaparte à la Convention et ne lira jamais celle de Napoléon. Il est informé que celui-ci a pris sa défense, mais, le considérant désormais comme un ennemi, il ne lui répond pas.

Quelques jours plus tard, dans toute l'île, les républicains — et Napoléon Bonaparte avec eux — sont rejetés. La Corse bascule dans l'insurrection. La Convention ne domine plus que Bastia, Saint-Florent et Calvi.

Le 25 avril, Napoléon essaye, en vain, de s'emparer de la citadelle d'Ajaccio. On eût dit que tout ce qu'il tentait en Corse était voué à l'échec, comme une répétition *négative* de ce qui, ailleurs, fit la fulgurance de ses succès. Il semblait avoir le *mauvais œil*.

Averti par les Rocca et les d'Ornano, parents des Bonaparte, Jérôme Pozzo di Borgo, oncle de Charles-André, accompagné de membres de son clan, réussit à désarmer et à expulser les soldats de la citadelle, qui resta aux paolistes.

À Corte, Paoli rédige une circulaire pour calmer la « généreuse indignation des Corses » et les exhorter à faire confiance à la justice de la Convention. Dans le même temps, il écrit à la Convention pour l'assurer de sa fidélité, prétextant que, vieux et malade, voyager lui étant devenu impossible, il ne peut paraître devant elle comme on l'exige. Il préfère, dit-il, retourner en exil plutôt qu'être la cause de conflits. Pour gage de sa bonne foi, il entérine le remplacement de Pozzo par Panattieri, son suppléant, comme procureur général-syndic.

Pascal Paoli se retranche derrière l'âge, la fatigue, la maladie et laisse s'affronter deux hommes qu'il a eus l'un et l'autre pour dauphin : Saliceti et Pozzo di Borgo. Ce dernier réplique « en faisant connaître aux deux autres commissaires les turpitudes de Saliceti, l'accusant d'arbitraire, de cupidité, de despotisme[1] ». Saliceti, prudent, fait suspendre le courrier partant de Corse pour empêcher la Convention d'être informée.

Pozzo éprouve du dégoût pour la Terreur et pour la France. Il s'en détache définitivement et devient le chef de l'opposition aux commissaires. « Mon avis était de rompre avec les commissaires, écrit-il dans ses *Mémoires*, de prendre par surprise la citadelle et la caserne de Corte et de renvoyer le régiment de Salis pour Bastia, de déclarer que le décret avait été voté par une Convention prise au dépourvu ; de ne plus reconnaître l'autorité des commissaires, de donner à notre nouveau gouvernement une organi-

---

1. Antoine-Marie Graziani, *Pascal Paoli*.

sation provisoire ; d'appeler le peuple de l'intérieur aux armes ; d'opposer la force à la force et d'attendre les bénéfices du temps. »

Il faut admettre que c'était une décision courageuse : la France maîtrisait les mers et tenait toutes les casernes de l'île, mais, ajoute Pozzo, « la jeunesse, la conviction et le désespoir me donnèrent un courage que les années et l'expérience auraient peut-être contenu ».

Il est vrai que Pozzo devint un virtuose de la maîtrise de soi, ce qui est aussi une façon de se *contenir*. Pour exprimer pleinement sa nature, Napoléon avait besoin de frapper comme la foudre, Pozzo de se déployer. Le mouvement brusque de l'un s'oppose à la lenteur pernicieuse et vaguement hypnotique de l'autre.

Afin de restaurer l'ordre public, on décida de convoquer une assemblée.

La Consulta se tint à Corte, réunissant plus de mille représentants et près de trois mille spectateurs. Paoli fut désigné président de l'Assemblée ; une lettre fut adressée à la Convention, affirmant que le peuple de Corse était « loyal à ses serments et à ses promesses » ; il poursuivait « son union avec la République française, mais toujours librement et sans contraintes ».

Après Paoli, Pozzo prit la parole. Il ne se rappelait pas sans fierté l'enthousiasme qu'il avait suscité : « C'était en plein air. La curiosité et l'intérêt de m'entendre augmentèrent la foule des spectateurs, et les chênes verts, qui ornaient la place, étaient couverts d'hommes qui s'y étaient perchés, afin de me voir et de mieux comprendre ce que j'allais dire. »

Un des commissaires, Delcher, rendit compte de la Consulta au Comité de salut public : « Tout est consommé. La Contre-Révolution est complète. Paoli est nommé généralissime, c'est-à-dire souverain ; le clergé a été réintégré ; les émigrés sont rentrés. »

Le lendemain de cette Consulta, il fut décidé que : « Le peuple corse abandonnait les Bonaparte, nés de la fange du despotisme, à leurs propres remords et à l'opinion publique, qui les avait déjà condamnés à l'exécration éternelle et au déshonneur. »

Paoli ordonna qu'on arrête Napoléon. Celui-ci prit la fuite, manqua d'être tué à plusieurs reprises et réussit à quitter la Corse. Il n'oublierait pas de sitôt sa fuite honteuse, la destruction des biens de sa famille, le flot d'injures de l'Assemblée de Corse. Quittant la Corse, il dira sobrement : « *Questo paese non è per noi*[1]. » Il en choisira un à sa mesure.

Cependant, à Sainte-Hélène, il se rappellera la Corse comme un paradis perdu : « Tout y était meilleur, disait-il ; il n'était pas, écrit Las Cases, jusqu'à l'odeur du sol même ; elle lui eût suffi pour le deviner les yeux fermés ; il ne l'avait retrouvée nulle part. Il s'y voyait dans ses premières années, à ses premières amours ; il s'y trouvait dans sa jeunesse, au milieu des précipices, franchissant les sommets élevés, les vallées profondes, les gorges étroites ; recevant les honneurs et les plaisirs de l'hospitalité. »

Après sa fuite de Corse, l'humiliation pousse Bonaparte à agir. Le rejet de Paoli le contraint à le combattre. Il choisit la France contre Paoli. Il l'avait défendu en avril contre les accusations de la Convention, il le combat en juin.

Le 9 juillet, Joseph Bonaparte remet au gouvernement un mémoire, écrit de la main de Napoléon : *Position politique et militaire du département de la Corse au 1ᵉʳ juin 1793*.

1. « Ce pays n'est pas pour nous. »

Le 4 juillet, la propriété des Milelli, dont le bail emphytéotique a été révoqué et qui est donc revenue au domaine de l'État, a été adjugée à Jérôme Pozzo di Borgo.

À Paris, on donne des fêtes. Une des plus fameuses est celle donnée en août, pour commémorer la chute de la monarchie. Place de la Bastille a été élevée la fontaine de la Régénération, grande Isis nourricière où, un à un, les représentants de chaque département viennent s'abreuver. La foule est immense et fascinée par ce qu'elle a *produit*. Néanmoins, les symboles ne sont pas nouveaux. En septembre 1791, au Théâtre impérial de Vienne, Mozart a donné *La Flûte enchantée,* composée sur un livret maçonnique de Schikaneder, inspiré par les symboles ésotériques et égyptisants, déjà en vogue en France, et qui ne feront que se répandre encore davantage pendant la Révolution et sous l'Empire.

David, exilé à Bruxelles, se souviendra avec nostalgie du temps où il était directeur des arts de Robespierre : « Ah ! Monsieur, dit-il à son interlocuteur, vous ne pouvez vous faire une idée des merveilleuses processions, des brillantes cérémonies qu'amenait chaque jour ; [...] la Raison, la Liberté traînées sur des chars antiques, des femmes superbes, la ligne grecque dans toute sa pureté, de beaux jeunes gens en tunique, de belles jeunes filles en chlamyde qui jetaient des fleurs, et puis à travers tout cela, des hymnes de Lebrun, de Méhul, de Rouget de Lisle[1]. »

Chaque jour n'amenait pas que des fêtes. Cer-

1. Cité par L. Hautecœur, *Louis David.*

tains tableaux de David furent impossibles à achever, faute de pouvoir représenter des personnages guillotinés entre-temps, mais le peintre l'a oublié et, du reste, sa position illustre ce qu'avance Jean Starobinski : « Les mouvements de foule, les fêtes, les emblèmes sont les éléments d'un discours symbolique qui, tout ensemble, dissimule et manifeste un pas décisif de l'histoire[1]. »

Quoi qu'il en soit, en 1793, Napoléon Bonaparte est très loin de ces considérations esthétiques et morales. Il attaque Paoli et Pozzo : « Cet homme, écrit-il, a quelque talent et il est très actif, mais aucun crédit dans un pays où il est aussi bien connu par sa vénalité que par la mauvaise conduite qu'il a tenue à la législature, où il était député. C'était l'homme qu'il fallait pour Paoli et dont il n'avait rien à craindre. »

Il dit aussi de Pozzo qu'il a « quelque esprit, mais point de caractère ni de force, il est sans courage ». En cela, il se trompe. Le courage de Pozzo n'est pas *spectaculaire,* c'est-à-dire militaire. Il est vrai que Pozzo a sans doute un certain mépris pour ce qui est trop *éclatant* et hors de sa portée, mais il est doté d'une patience qui vaut tous les courages. Le futur empereur en fera les frais.

Après le rapport de Bonaparte, la réponse de la Convention ne tarde guère.

On ne mesure pas toujours sa chance d'habiter une île. Le 17 juillet 1793, Barère, celui-là même qui, l'année suivante, fera voter à la Convention le décret qui ordonne de « détruire la Vendée », parlant au nom du Comité de salut public, propose

1. *L'Invention de la liberté.*

un décret déclarant Paoli et Pozzo di Borgo traîtres à la patrie. En quelques mois, c'était la seconde fois qu'ils étaient accusés de trahison.

Le Conseil exécutif fut chargé de « déployer les forces de terre et de mer nécessaires pour mettre la Corse à l'abri de l'invasion des puissances coalisées et pour y faire exécuter les lois de la République ». Elles étaient féroces. La Terreur frappait à l'aveugle. La Corse, fort heureusement, y échappa.

En cette année 1793, Pozzo est satisfait d'être débarrassé d'un rival dont il commence à connaître la valeur et la puissance de nuire, à lui et aux siens. Il croit alors que la voie est libre, que son destin peut s'accomplir. Il n'imagine pas — et comment le pourrait-il ? — qu'il devra quitter lui-même la Corse trois ans plus tard pour ne plus jamais y revenir et sillonnera l'Europe sa vie durant. Tout ce qui lui importe alors est d'éviter à la Corse les excès de la Révolution.

Cependant, Saliceti produit un mémoire devant la Convention dont Paoli a connaissance et qui l'épouvante : « L'abandon semble être décidé. » Paoli se plaint aussi amèrement des façons des commissaires. Delcher a reçu les membres de l'administration départementale, ivre, et comme s'ils étaient « les mandataires d'un peuple esclave de l'Asie ». Il a eu, ajoute-t-il, « l'impudence de leur dire qu'on nous abandonnerait à nos poux et à notre rogne ».

Le mépris et la colère de Paoli laissent rapidement place à l'inquiétude. La protection de l'Angleterre lui apparaît comme un havre de paix possible pour les Corses car, même vieillissant, Paoli a encore le sens du rythme, il a le *tempo*. Il veut prendre les commissaires de vitesse. N'avait-il pas dit, en 1768, lors de l'invasion militaire des Français : « Si j'étais le maître de la foudre, je m'en servirais pour défendre mon pays » ?

La leçon ne sera pas perdue.

On ne sait pas grand-chose de ce que fait Bonaparte dans les deux mois qui suivent son arrivée sur le continent. Après le mémoire remis à la Convention, on sait seulement qu'il écrit des romans. Il hésite encore entre une carrière militaire et une carrière littéraire. Je ne peux m'empêcher d'être fascinée par l'idée que Napoléon était *aussi* un écrivain raté, encore qu'il faille nuancer ce jugement, mais c'est une autre histoire.

J'ai parcouru avec curiosité quelques-uns de ses écrits de jeunesse. Ce sont d'étranges récits un peu délirants, empreints de rousseauisme, qui disent sa haine de la France et des Français, « ennemis de la liberté », qui ont occupé son pays. Nous sommes encore loin du temps où Napoléon affirmera : « Je veux que le titre de Français soit le plus beau, le plus désirable sur la terre ; que tout Français voyageant en Europe se croie, se trouve toujours chez lui. »

Un conte m'a frappée. Son titre : *Le Masque prophète*. On dirait le récit d'un *rêve prémonitoire*. Voici ce conte. Hakem, se disant l'envoyé de Dieu, vient troubler le repos du royaume de Mikadi, qui règne à Bagdad en l'an 160 de l'hégire. Il prône l'égalité et plaît au peuple. Il finit par avoir une armée qui bat celle du calife, mais une maladie défigure Hakem. Il devient aveugle et porte un masque d'argent. « Il espérait plus que jamais dans le délire des peuples qu'il avait exaltés, lorsque la perte d'une bataille vint ruiner ses affaires. » À la veille de l'ultime bataille — *préfiguration* de Waterloo ? —, il empoisonne ses troupes, allume un immense brasier et se jette lui-même dans le feu.

Il m'a semblé voir dans ce conte la *métaphore orientale* du règne de Napoléon. Si Pozzo l'avait connu, sans doute y aurait-il vu aussi l'histoire d'un météore dont la folie précipite la fin. D'ailleurs, l'exil à Sainte-Hélène vaut le suicide d'Hakem par le feu. Il en a la beauté *radicale*.

Si Napoléon était obsédé de littérature, l'écrivain génial de son temps — et le seul, pendant très longtemps —, c'était Chateaubriand, de qui Napoléon disait qu'il avait reçu de la nature le feu sacré : « Son style est celui du prophète. »

Chateaubriand fut celui qui fonda la légende noire de Napoléon et celui qui en loua la grandeur dans les *Mémoires d'outre-tombe*.

Antoine Compagnon nous livre la clé de cette contradiction : « La littérature est d'opposition : elle a le pouvoir de contester la soumission au pouvoir. Il en résulte un paradoxe irritant, à savoir que la liberté ne lui est pas propice, puisqu'elle la prive des servitudes auxquelles résister[1]. »

Ce « paradoxe irritant » est incarné tout entier par Chateaubriand, qui avait pleinement cons-

---

1. *La littérature, pour quoi faire ?*

cience de la valeur *littéraire* de son opposition et de la grandeur personnelle et artistique qu'il pouvait tirer d'un régime despotique. Il restera dans l'opposition au retour des Bourbons, ayant compris que c'était un *point de vue* idéal. Ne déclare-t-il pas, au lendemain de la révolution de Juillet : « Quant à moi, qui suis républicain par nature, monarchiste par raison, et bourboniste par honneur, je me serais beaucoup mieux arrangé d'une démocratie, si je n'avais pu conserver la monarchie légitime, que de la monarchie bâtarde octroyée par je ne sais qui. »

Aussi, dans l'importance accordée par l'Empereur aux œuvres de Chateaubriand, faut-il voir le rôle essentiel et incontestable que l'époque accorde à la littérature.

Dans le duel que les deux hommes se livrent tout au long du règne, il y a des joutes de toute beauté. Ainsi Napoléon a-t-il corrigé de sa main le discours que Chateaubriand devait prononcer à l'Académie pour sa réception. Selon l'usage, il devait faire l'éloge de son prédécesseur, Marie-Joseph Chénier, le frère du poète, le « régicide », comme il l'appelle dans sa correspondance. On se doute dans quelle disposition d'esprit était Chateaubriand à son encontre. Voici, en guise d'éloge, ce qu'il écrivit : « Il serait intéressant d'examiner l'influence des révolutions sur les lettres, de montrer comment les systèmes peuvent égarer le talent, le jeter dans des routes trompeuses qui semblent conduire à la renommée, et qui n'aboutissent qu'à l'oubli. »

Tout le génie de Chateaubriand est dans cet art de l'évitement qui foudroie, dans l'emploi du conditionnel qui élude, dans le mépris de Chénier, exécuté en une phrase.

Le discours ne fut jamais prononcé et Chateaubriand ne fut pas reçu à l'Académie[1]. Le manuscrit du discours avait été porté à l'Empereur par Daru, secrétaire d'État à la Guerre. Quand on le lui rend, Chateaubriand éprouve une délectation impossible à faire saisir à qui n'a pas poussé la « passion de la lecture jusqu'à la rage » : « J'allai à Saint-Cloud. M. Daru me rendit le manuscrit, çà et là raturé, marqué *ab irato* de parenthèses et de traces au crayon par Bonaparte : l'ongle du lion était enfoncé partout, et j'avais une espèce de plaisir d'irritation à croire le sentir dans mon flanc. »

Il regrette d'avoir perdu le précieux manuscrit lors d'un incendie : « J'avais conservé le manuscrit raturé avec un soin religieux. » On le comprend : Napoléon est au cœur des *Mémoires d'outre-tombe*, dont le manuscrit raturé semble être le symbole, le palimpseste, révélant le désir secret de Chateaubriand de se hisser au rang de son ennemi.

Quelque temps après, Napoléon s'étonne pourtant que le *Génie du christianisme* ne soit pas proposé pour un prix de l'Académie ; il veut lui en donner un lui-même, nommer Chateaubriand surintendant de toutes les bibliothèques de France : « surintendance appointée, dit Chateaubriand, comme une ambassade de première classe ». Cela ne se fera pas, mais il n'est pas indifférent que Napoléon ait *pensé* le faire.

Ces sentiments mêlés étaient réciproques. Bien qu'il l'ait combattu presque toute sa vie,

---

1. Il le sera à la Restauration.

Chateaubriand aimait avec passion la puissance de Napoléon, et s'il relevait et dénonçait les faiblesses de son règne, il dénoncera aussi la lâcheté de ceux qui l'ont trahi, car la plupart devaient tout à l'Empereur.

Il est vrai que Chateaubriand aima mieux Napoléon quand il devint une *cause perdue*. Il put alors laisser libre cours à son génie *mélancolique,* qui était immense. Il connut le comble de la jouissance littéraire, il fut au sommet de la justesse et de la maîtrise de son art. L'impression que laisse la lecture des *Mémoires d'outre-tombe* est celle d'une corrida magnifique et désenchantée qui se joua à huis clos, faute pour les protagonistes d'avoir des adversaires — ou même des spectateurs — à leur *hauteur.*

Mais nous n'en sommes pas encore là ; les *Mémoires d'outre-tombe* n'étaient pas écrits du temps dont je parle. À la fin de l'année 1793, « la victoire ou la mort » est non seulement la règle de la Terreur mais celle du patriotisme. Dans l'armée, la promotion de jeunes chefs, comme Hoche et Jourdan, voit des victoires que l'on eût pensées impossibles quelques mois plus tôt. L'armée anglo-hanovrienne a été battue à Hondschoote, ce qui libère Dunkerque de la pression adverse ; en octobre, grâce à la bataille de Wattignies, Maubeuge est délivrée ; l'armée sarde est expulsée de la Savoie et les Espagnols repassent les Pyrénées. À l'automne, la situation est donc redressée aux frontières. Les foyers de guerre civile sont réduits au prix de nombreuses condamnations à mort, prononcées par le Tribunal révolutionnaire.

Le 16 octobre, Marie-Antoinette est exécutée à son tour. Elle était née le 2 novembre 1755, lendemain du tremblement de terre de Lisbonne. « Cette catastrophe, écrit Mme Campan, qui fut la première femme de chambre de la reine, semblait marquer d'un sceau fatal l'époque de sa naissance et, sans être pour la princesse un motif de crainte superstitieuse, cela avait pourtant fait impression sur son esprit. »

Un dessin de David montre Marie-Antoinette conduite au supplice dans une charrette. Celle qui fut la femme la plus élégante de son temps est dévastée, maigrie, vieillie avant l'heure, comme *desséchée* par le malheur. En contemplant ce profil, je n'ai pas éprouvé, cependant, une impression de déchéance ; il m'a semblé que la dernière *forme* qu'avait prise l'élégance chez Marie-Antoinette était le port de tête altier, comme une épure de ce qu'elle fut, et qui demeure.

Selon un chroniqueur du temps, bien qu'ayant les mains liées dans le dos, la reine descendit de cette charrette « avec légèreté et promptitude ». Cette grâce inoubliable, elle est encore dans les derniers mots qu'elle prononce. Marie-Antoinette marche sur le pied de son bourreau et lui dit : « Je vous demande pardon, monsieur. » Cette exquise politesse traduit un degré de civilisation qu'on ne reverra plus.

L'élégance, dépourvue des artifices et des accessoires qui la révèlent, est aussi une manière de se *tenir* ; c'est être toujours, d'une certaine façon, dans le dépassement de soi. Ainsi, comme l'affirme Stefan Zweig dans sa remarquable biographie de la reine : « À la dernière heure de sa vie, à la toute dernière heure, Marie-Antoinette, nature moyenne, atteint au tragique et devient égale à son destin. »

La reine avait en commun avec Napoléon de sentir le caractère inéluctable du destin et de savoir reconnaître le *deus ex machina* qui le met en branle. Elle avait toujours pensé que les astres ne lui étaient pas favorables. Elle s'attendait au *désastre*, ce qui pourrait expliquer sa futilité et son goût excessif pour le jeu.

Pour Marie-Antoinette, le *deus ex machina*, ce sera la bonté du roi, son optimisme — l'influence *oblique* des philosophes des Lumières? —, bonté doublée chez le roi d'une irrésolution maladive, qui les condamne dès le premier jour de la Révolution. De Louis XVI, Napoléon dira plus crûment qu'il était un lâche.

Le *deus ex machina* de Napoléon, ce sera le feu qui ravage Moscou et qu'il fuit, en vain, à bride abattue. On voit que le destin s'accorde à leur nature. Le feu pour Napoléon, une élégance *folle* pour Marie-Antoinette.

Rien de tel chez Pozzo. Il survivra à tout. Comme tous les grands stratèges dépourvus de génie, il provoque les catastrophes et les observe. Il ne voit ni ne connaît la grandeur de la chute : il n'en attend que les *bénéfices*.

On dut connaître l'exécution de la reine en Corse. Je n'ai pas trouvé trace de commentaires. L'époque était si agitée qu'on ne s'occupait plus des horreurs commises, on tâchait seulement de les éviter.

En cette fin d'année 1793, outre Marie-Antoinette, Louis Philippe d'Orléans — Philippe Égalité — a été guillotiné, mais également les partis battus de la Révolution : les Girondins, arrêtés ou suspects depuis le printemps, Brissot et Vergniaud en tête, ceux du groupe des Feuillants, Bailly et Barnave. Au total, on compte plus de deux cents exécutions. « La guillotine, écrit François Furet, liquide en même temps l'Ancien régime et les premières années de la Révolution[1]. »

Qui aurait pu imaginer alors que, quelques années plus tard, la future impératrice des Français serait Marie-Louise d'Autriche, petite-nièce de Marie-Antoinette et petite-fille de Marie-Caroline — la sœur de Marie-Antoinette était reine de Naples, jusqu'à ce que Napoléon la chasse du trône ? Marie-Louise, que le prince de Ligne trouvait « presque jolie », en 1812, à Prague, parlait un français parfait, car, dit le prince, on lui avait « donné la musique de la langue », mais elle n'avait rien de la grâce *française* de sa tante et affichait partout une *hauteur* allemande, héritée des souverains en sursis de l'ancien Empire austro-hongrois.

---

1. *Le Révolution I, 1770-1814.*

L'année 1793 verra la prise de Toulon par Bonaparte.

Tout commence avec cette victoire. Le 17 décembre 1793, suivant les plans de Bonaparte, Toulon est repris aux Anglais, qui l'évacuent le lendemain. Le 22, Napoléon se fait un nom sur le continent et devient le général Bonaparte. On a beaucoup discuté au sujet des représailles atroces qui suivirent la prise de Toulon pour savoir si Napoléon en fut l'ordonnateur. « Une partie de la puissance de Napoléon, écrit Chateaubriand, vient d'avoir trempé dans la Terreur. »

L'intéressé le niera mais, à Sainte-Hélène, quand il évoque Robespierre — qu'il n'a jamais rencontré —, Napoléon justifie la grande Terreur : « Robespierre n'aimait pas plus le sang que je l'aime. Il a été entraîné par les événements et, je le répète avec conviction, c'est par humanité, c'est pour arrêter les massacres, pour régulariser le mouvement de la rancune populaire qu'il a créé les tribunaux révolutionnaires, comme un chirurgien qui, pour sauver le corps, coupe les membres. »

Cette *rhétorique* ne tient pas devant les faits.

En 1794, grâce à Robespierre le jeune — frère de l'Incorruptible —, Bonaparte publie *Le Souper de Beaucaire*, qui met en scène des personnages édifiants et signe son ralliement définitif à la Révolution et aux thèses montagnardes. Il est fort peu probable que Pozzo ait connu l'existence de ce pamphlet. En revanche, il ne peut ignorer que le mémorandum, remis par Joseph Bonaparte au gouvernement et écrit de la main de Napoléon, est une déclaration de guerre, mais alors la préoccupation première de Pozzo est de se soustraire au pouvoir de la France de peur de sombrer dans la Terreur.

Dans ses *Mémoires*, Pozzo dit de Paoli : « *Egli capo, io mano*[1]. » Tout le poids des affaires, dit-il, repose sur lui : « Le général Paoli était l'objet de la vénération publique et la force du parti, mais j'en étais l'action. »

Aveu d'une impopularité dont il pâtira, car il veut vraiment réformer la Corse : il légifère sur tout. Les actes du parlement, tous contresignés de Pozzo, portent aussi bien sur l'usage du papier timbré, la vente du sel que sur le règlement des affaires ecclésiastiques ; on y trouve un code pénal, un code forestier, etc. Il s'occupe aussi du budget et d'édicter des lois sur les impôts, ce qui lui vaudra de solides inimitiés.

Paoli écrit beaucoup, et il faut y voir la *mano* de Pozzo ; ses lettres sont interceptées par le camp français ce qui établit sa trahison et n'arrange pas ses affaires. Il écrit à George III : « Délivré de tout engagement étranger, je retourne, Sire, sans tache et sans

---

1. « Il était la tête et moi la main. »

remords aux sentiments qui me sont personnels et que Votre Majesté connaît depuis longtemps. »

Mais à l'automne, l'argent et les vivres viennent à manquer; la position de Paoli est très difficile. Il vit dans le plus extrême dénuement. Les dissensions commencent à se faire jour, et l'opposition pressante. Les temps sont durs. En janvier 1794, les officiers anglais qui lui rendent visite notent qu'il n'a « ni livres, ni papier, ni aucune sorte de confort ».

II

UN JARDIN ANGLAIS

> J'étais monté sur un rocher en Corse, et j'avais plongé au beau milieu de la vie.
>
> James BOSWELL, cité par Brady,
> *The Later Years*

> Je me tiens devant ce livre comme on se tient au bord d'un gouffre, regardant la mer et les flots qui se brisent sur les rochers noirs, attirée par le vide, jalousant ceux que la peur n'arrête pas. Comme Boswell, je suis emplie du désir de plonger, avec à l'esprit l'image du plongeur peint d'Herculanum, figé dans les airs, tel un oiseau splendide. Moi aussi, j'ai envie de *savoir*.
>
> Marie F.

La Corse anglaise, qui s'en souvient? D'après l'érudit Robert R. Palmer : « Il aurait fallu être un expert peu ordinaire pour en avoir même entendu parler[1]. »

Dois-je avouer au lecteur que cette période m'a arrêtée longtemps? Alors que le monde changeait, qu'une civilisation s'effondrait, qu'une autre naissait, dans la hâte de m'en défaire, je ne savais comment aborder le royaume anglo-corse, cette parenthèse minuscule. Je finis par me persuader qu'il suffirait de tracer à grands traits la chronologie des événements, sans m'y attarder ou les développer plus que de raison; je pestais néanmoins d'avoir à m'y soumettre. Qu'on me pardonne mon manque d'enthousiasme; le royaume anglo-corse ne me passionnait pas : je lui préférais la campagne d'Italie de Bonaparte. Pourtant, c'est durant cette période que le destin de la Corse, comme celui de nos deux héros, a été scellé.

La Corse devint officiellement anglaise le 15 juin 1794. Son drapeau était frappé de la tête de Maure

1. Cité par John M. P. McErlean.

et des armes du roi, son hymne était le *Salve Regina* et la religion catholique, apostolique et romaine, la religion d'État. On voit par là que les Anglais faisaient preuve de souplesse et désiraient ardemment réussir à s'implanter au cœur de la Méditerranée.

À Paoli, qui avait déclaré naguère : « Nous pouvons avoir certes pour amies des puissances étrangères mais elles doivent rester *amici fuori di casa* », c'est-à-dire amies à bonne distance, le roi George III ne donna pas de couronne. Ce fut sir Gilbert Elliot qui devint vice-roi de Corse.

Je ne suis pas certaine que Gilbert Elliot fût l'homme qu'il fallait à ce pays. Il avait vécu longtemps à Paris, avait été un intime de Mirabeau dont il avait conservé un souvenir ébloui, fréquenté les salons de Mme du Deffand qui, on l'a vu, aimait l'Angleterre et les Anglais au-delà du raisonnable. Il ne pouvait guère comprendre les traditions corses, certes plus rustiques mais non moins complexes que les rites anglais. Cela engendra nombre de malentendus. Les Anglais et les Corses ne parvinrent jamais à s'entendre, pas même à s'estimer et encore moins à s'aimer. Cela vira assez rapidement au désastre. Ajoutez à cela une prédilection très ancienne et très marquée chez les Corses pour l'échec flamboyant plutôt que le sacrifice de leur liberté, et tout est dit.

La période anglaise ne fut donc qu'une suite de méprises entre gens persuadés chacun de leurs bons droits et de leur supériorité respective.

L'attitude de lady Elliot résume à elle seule ce qui opposait les Anglais et les Corses. Lady Elliot avait, m'a-t-on dit, une maison charmante à Saint-Florent dont le jardin, planté d'orangers, de rosiers, de myrte, était un petit cap qui s'avançait dans la mer. Cette maison, je la connais bien. Je peux la voir de mon jardin (après l'évocation de celui de lady Elliot, je me dois de préciser au lecteur que je donne par commodité le nom de jardin au bout de terrain qui borde ma maison).

Dans des temps moins anciens, la maison où avaient vécu lady Elliot et le vice-roi de Corse appartenait au grand-père de mon ami Henri Orenga de Gaffory, qui l'avait achetée lui-même à une Américaine. Les maisons aussi ont une histoire qu'il faudrait raconter. Le jardin n'existe plus, il a été dévoré par la mer, mais la maison a toujours ce point de vue unique, qui donne sur le large. Je comprends que lady Elliot ait trouvé de la consolation et un adoucissement de sa peine en contemplant le paysage : on se croit en paradis ; elle ne le nie pas : « Dans un pareil endroit, écrit-elle, mon bannissement n'est pas aussi lourd qu'il l'était pour le cœur de Sénèque[1]. » Cependant, la comparaison avec Sénèque montre à quelle hauteur se tient la dame, et le « bannissement » était tout de même compensé par le traitement de huit mille livres de son mari, en tant que chef de l'administration civile et militaire, ce qui le classait au troisième rang, derrière le vice-roi d'Irlande et celui des Indes.

Seul Pozzo trouvait grâce aux yeux de lady Elliot : « Je crois que M. Pozzo est, de tous les habitants de l'île, le seul qui soit réellement distingué. »

Pour ma part, je la crois amoureuse de lui. Le romantisme, largement répandu en Angleterre,

---

1. Cité par Yvon Toussaint in *L'Autre Corse*.

l'exigerait et l'ennui aussi, qui, pour être dissipé, inspire l'amour. Pour l'avoir compris, au siècle suivant, Flaubert en fera son chef-d'œuvre.

Quant à Pozzo, dans ses *Mémoires*, il n'évoque lady Elliot que pour dire qu'elle est charmante, ce qui est peu et beaucoup à la fois. On connaît la prédilection de Stendhal pour cet adjectif, mais Pozzo n'est pas Stendhal. Au lecteur de se forger une opinion. Je ne voudrais pas qu'un roman, somme toute secondaire, prenne le pas sur l'essentiel de l'histoire. Je ne retiendrai donc que l'incongruité que relève lady Elliot de se retrouver dans un pays si différent du sien et auquel elle ne parvient pas à s'habituer, non sans raisons, il est vrai.

Avant de poursuivre au triple galop, il faut donc revenir un moment sur les causes de la création de cet improbable royaume anglo-corse[1].

Cela remonte loin.

La situation géographique de la Corse l'ayant toujours fait convoiter par les grandes puissances, les prétendants furent nombreux.

La Corse eut longtemps des difficultés, non pas à se trouver un *maître*, mais un *allié*, qui conciliât un goût de la liberté, qui était, selon Voltaire, « une passion que ce petit peuple poussait jusqu'à la fureur », et un gouvernement qui fût le garant des lois et ne fût pas trop injuste — une certaine dose d'iniquité étant tolérable. Ainsi, durant près de trois siècles, on se chercha un allié intelligent et respectueux.

---

1. Pour plus de détails et de précision, on lira avec profit John M. P. McErlean, *Napoléon et Pozzo di Borgo*, Éditions de Paris.

Des partis se formèrent à cet effet[1].

Sait-on que l'un d'entre eux prônait le rattachement à Venise. Imagine-t-on la Corse vénitienne ? Je me prends à rêver à cette alliance de tout ce qu'il y a de plus *composé* avec la nature la plus *sauvage*.

Alors qu'il attend, en vain, la duchesse de Berry, Chateaubriand rêve, lui, d'une Venise bretonne, fondée par les Celtes : « Je regarde donc les Vénitiens comme des Bretons ; les gondoliers et moi sommes cousins et sortis de la corne de la Gaule : *cornu Galliae* » !

La réalité fut moins *romanesque*.

En Corse, à l'alliance de Venise, d'autres partis préféraient l'Espagne, ou étaient fidèles à Gênes. D'autres encore auraient mieux aimé voir la Corse rattachée à une puissance souveraine, comme la maison de Lorraine. Les tentations étaient nombreuses et souvent repoussées. Que Paoli se tournât vers l'Angleterre n'était donc pas une hérésie : il connaissait bien ce pays, il y avait vécu plus de vingt ans et croyait l'Angleterre assez éloignée de la Corse pour la protéger sans l'asservir — éloignée, il s'avérera qu'elle l'était presque trop.

Paoli avait quitté Londres quatre ans plus tôt, assurant George III de sa gratitude, son respect, son amitié et sa fidélité éternelle. Cela facilita des retrouvailles que Paoli avouait avoir toujours espérées au fond de son cœur. En outre, Paoli était franc-maçon, libre-penseur, il avait lu Montesquieu, Rousseau, avec qui il avait correspondu, Voltaire, naturellement ; l'utopie au XVIIIe siècle n'était pas un vain

---

1. Voir Michel Vergé-Franceschi, *Paoli, un Corse des Lumières*.

mot : l'Angleterre semblait le pays idéal. Ce que l'on appellerait de nos jours « la barrière de la langue » importait peu ; on conservait sa langue maternelle, on parlait et écrivait l'italien et le latin : on s'accommoderait de l'anglais. À cette époque, l'usage de plusieurs langues écrites et parlées semblait ne soulever aucune difficulté. Quant au français, il était parlé partout en Europe et considéré comme un patrimoine commun, non pas à tous, mais à une élite, sûrement. Le prince de Ligne ne disait-il pas : « On ne rit bien même décemment qu'en français » ?

La langue usitée était alors le signe d'une *condition* à laquelle on ne pouvait — avant la Révolution — ni prétendre ni parvenir si on n'était pas issu de la noblesse. L'Ancien Régime n'aurait pas souffert un Napoléon Bonaparte : il l'aurait méconnu.

Bref, alors que la Grande Terreur bat son plein en France, qui gouverne l'Angleterre ? William Pitt, profondément antirévolutionnaire, qui mettra sur pied la première grande coalition contre la France. Qui règne sur le Royaume-Uni, l'Irlande, l'Angleterre et s'apprête à ajouter un quatrième royaume — celui de Corse — à sa Couronne ? George III.

Le souverain mourut fou et aveugle en 1820.

Chateaubriand, alors qu'il visitait Windsor, obtint, contre un peu d'argent, d'apercevoir le roi à son insu. Il en fait un portrait halluciné dans les *Mémoires d'outre-tombe* : « Le monarque, en cheveux blancs et aveugle, parut, errant comme le roi Lear, dans ses palais, et tâtonnant avec ses mains les murs de la salle. Il s'assit devant un piano dont il connaissait la place, et joua quelques morceaux d'une sonate de

Haendel : c'était une belle fin de la *vieille Angleterre. Old England !* »

En réalité, dès 1810, George III avait des crises de démence, suivies de rémissions de plus en plus courtes, et il dut laisser, à regret, la régence du royaume à son fils. Il entretenait avec ce fils, surnommé le Scandaleux, des relations exécrables. Obèse et débauché, ce dernier haïssait sa femme, dont il s'était séparé un an à peine après leur mariage. Il avait pour elle une détestation qui allait jusqu'à la fureur ; la raison en était que sa femme lui avait été imposée par son père, alors qu'il désirait épouser sa maîtresse catholique, ce qui suffirait à justifier le sobriquet de Scandaleux dont on l'avait affublé en Angleterre.

Le régent, devenu George IV en 1820, refusa à sa femme le titre de reine, poussant l'humiliation jusqu'à le faire savoir à toutes les cours d'Europe, refusant qu'elle assiste au couronnement. La malheureuse tomba malade ; on crut que c'était de dépit, mais elle mourut peu après, non sans avoir porté l'accusation d'empoisonnement.

George IV mourra une dizaine d'années plus tard, pesant plus de cent cinquante kilos, étouffant sous la graisse, vivant dans le noir, ne pouvant supporter qu'on lui lâche la main, dans la crainte avouée d'affronter la mort tout seul. Il y avait beau temps qu'il ne se montrait plus, car il était si gros qu'il était devenu un objet de risée pour son peuple.

Napoléon dit à Las Cases que la maladie de George III fut un fléau pour la France, l'Europe et même l'Angleterre, car cela laissa le champ libre aux adversaires de la Révolution et de l'Empire, mais les choses auraient-elles été différentes si le roi avait eu une meilleure santé ? Rien n'est moins sûr. Quoi qu'il en soit, le règne de George III et de son fils compte parmi les plus brillants de l'histoire d'Angleterre. Au détriment de la France, de l'Espagne et de la Hollande, ils laissèrent le plus vaste empire colonial qui fût jamais depuis l'Empire romain, et l'Angleterre, après avoir battu la France impériale, était la première puissance maritime du monde et la première puissance économique d'Europe.

Ce que ne put accomplir le génie de Napoléon, égal, selon certains, à celui de César et d'Alexandre réunis, un fou et un débauché obèse y réussirent à merveille. La France s'épuisa en guerres incessantes qui la virent voler de victoire en victoire sans jamais apporter la paix ; l'Angleterre ne connut pas la guerre sur son territoire et s'était dotée d'un bon système de gouvernement, la monarchie constitutionnelle, dont elle eut la sagesse de ne pas changer.

Paoli connaissait et appréciait cette sagesse : il en rêvait pour la Corse, car il avait la hantise qu'elle tombe dans l'anarchie et le chaos de la Terreur. Pour éviter cela, dans un premier temps, il s'était rallié aux Girondins, plus modérés que les Montagnards, mais ils furent les grands perdants de la guerre politique qui se déroulait à Paris, au sein même de la Convention, et Paoli sortit affaibli de cette lutte à mort. En ce mois de janvier 1794, démuni de tout, il demande aux Anglais de l'argent, des munitions, des vivres et leur protection.

D'autre part, je vois dans ce rapprochement le dépit d'avoir pardonné pour *rien* à l'ancien ennemi — la France — et de se retrouver dans une position d'accusé. Je ne crois pas que Paoli, malgré ses protestations de sincérité, ait jamais beaucoup aimé ce pays qui avait fait perdre sa liberté au sien et l'avait condamné à l'exil. Grâce à Mirabeau, il avait cru que la Révolution réparerait les torts causés à la Corse, mais il n'avait adhéré aux thèses révolutionnaires qu'avec prudence. Paoli était un politique, qui savait contenir son enthousiasme, aimant mieux le feindre, s'il ne l'éprouvait pas, que le montrer, s'il le sentait.

S'il ne pouvait oublier qu'il était revenu d'exil dans les meilleures conditions, cette détestation des Français, surmontée un moment, ne fut jamais oubliée; dès l'instant qu'il posa le pied en Corse, elle se révéla dans l'éviction des Bonaparte.

En effet, ces derniers vont à lui, éperdus d'admiration, et il les repousse avec froideur, choisit Pozzo, fait en sorte que Joseph puis Napoléon échouent. À travers les fils Bonaparte, il punit encore le ralliement de leur père, Charles, aux Français. Quand on voit, par ailleurs, la tolérance et la modération dont fait preuve Paoli, on s'étonne devant ce déferlement de violence : à Ajaccio, tout ce que possédaient les Bonaparte fut détruit. L'homme que Napoléon à Sainte-Hélène disait avoir toujours admiré les détestait.

Cependant, Paoli ne vit pas l'ascension de Napoléon sans éprouver quelque fierté : « Il nous a vengés, écrit-il à un ami qui s'étonne de ce revirement, contre tous ceux qui étaient la cause de notre avilissement. »

Lorsque Napoléon fut élu consul à vie, on dit qu'il fit illuminer son hôtel, à Edgware Road. Je laisse imaginer l'orgueil qui fut le sien qu'un Corse devînt le premier empereur des Français. Cela le vengeait aussi de sa *déception anglaise*. Eut-il, comme Pozzo, des regrets de ne pas avoir vu « Napoléon percer sous Bonaparte » ? Nous l'ignorons, mais alors qu'il était le maître de la Corse, il n'hésita pas à se priver de son soutien et, *ipso facto*, de celui de l'une des plus grandes familles ajacciennes, alliée de la première heure à la France.

Pozzo vivait alors dans l'ombre du vieux général corse. Au début de cette année 1794, alors qu'il n'était encore qu'un jeune homme « ayant la confiance de Paoli », il servait de guide aux émissaires anglais en visite à Saint-Florent ; l'un d'entre eux, Moore, le note dans son *Journal* et ce fut à Murato, dans le fief de Paoli, que Pozzo rencontra pour la première fois Gilbert Elliot, qui fut son bienfaiteur et son mentor.

Sir Gilbert n'ignorait pas que la possession de la Corse ouvrait à l'Angleterre d'immenses possibilités pour influer sur la guerre en Europe. C'était une base idéale pour des incursions en Italie ou dans le sud de la France. Elliot voulait bâtir un système de défense en fédérant tous les États italiens — le gouvernement anglais le chargea d'ailleurs de cette mission —, mais les États italiens refusèrent et Elliot échoua, ce qui enleva d'emblée beaucoup d'intérêt à la conservation de la Corse.

Cependant, Elliot sut toujours gré au « jeune homme » du rôle considérable qu'il avait joué dans l'élaboration et la rédaction de la constitution votée à Corte. Il ne tarissait pas d'éloges sur Pozzo : « Il a été pour moi providentiel de le trouver en Corse, car je suis persuadé que cette île ne pouvait pas produire un autre homme aussi talentueux et possédant comme lui toutes les aptitudes nécessaires dans des circonstances aussi difficiles. »

Sir Gilbert se trompe. Pozzo, s'il ne fut pas le moins talentueux, ne fut pas le seul. S'il ne peut penser à Napoléon Bonaparte ou à ses frères, puisqu'ils avaient déjà quitté la Corse à son arrivée, sir Gilbert oublie Paoli et cet oubli sera fatal au royaume anglo-corse.

Étant le principal collaborateur de Paoli, Pozzo était devenu l'agent de liaison avec sir Gilbert et il était le procureur général du gouvernement provisoire, mis en place avant que sir Gilbert soit nommé vice-roi de Corse par George III.

Les choses mirent un certain temps à aboutir. Paoli et Elliot s'opposaient sur le sens des liens entre leurs deux pays. Ils peinaient à trouver une convergence de vues. L'essentiel pour Paoli étant que les Corses demeurassent libres, il laissait aux Anglais le choix de la forme que cette « liberté convenable » pouvait revêtir. La liberté des Corses importait peu à Elliot : « Le seul souhait que le peuple caresse, écrivait-il à George III, est de se mettre sous la protection de Sa Majesté, quelle qu'en soit la forme et quelles que soient les conditions qu'elle jugera bon d'appliquer. » Les discussions ne pouvant s'éterniser, les Anglais et Paoli se retrouvèrent au moins sur un point : ils désiraient tous le départ des Français.

Les Anglais commencèrent par s'acquitter d'une promesse faite à Paoli : ils lui firent parvenir de l'argent, cinquante barils de poudre et treize mille balles de fusil. On annonça la venue de la flotte anglaise : elle fit son apparition dans le golfe de Saint-Florent, au début du mois de février. Paoli, dont la marge de manœuvre était étroite, semblait rassuré.

Dans le même temps, Nelson — pour qui Pozzo rédigea des rapports de renseignements — débarqua à Lavasina et s'empara de la tour de Miomo. Paoli était à Saint-Florent quand, au début du mois de mars, le reste de la flotte anglaise en Méditerranée vint mouiller dans le golfe.

Le général Dundas autorisa Elliot à dire aux Corses que l'Angleterre accorderait un degré raisonnable de liberté dans le gouvernement civil de l'île et assurerait la sécurité des habitants.

Le 14 avril 1794, 1 183 soldats et 250 marins avec Nelson, sous les ordres du colonel Villettes, débarquèrent à la tour de Miomo. Ils établirent leur camp au nord de Bastia. Lacombe Saint-Michel espérant des secours venus de France ou d'Italie, la ville refusa de se rendre et fut bombardée pendant quarante jours et quarante nuits.

Paoli s'installa à Furiani. Hood, récemment promu amiral, descendit à terre pour le consulter. Le roi d'Angleterre désirait une assemblée du peuple corse pour entériner l'union avec la Grande-Bretagne, laquelle assurerait l'indépendance de la Corse, le maintien de sa constitution, de ses lois et de sa religion.

Malgré le blocus, Lacombe Saint-Michel et Rochon, commandant en chef des troupes, réussirent à quitter Bastia sur une felouque. Le commandement fut laissé au général Gentili. La ville était ruinée par les bombardements, mais les Anglais ne se décidaient pas à l'investir.

Saliceti s'apprêtait à quitter Toulon pour Bastia avec des renforts lorsque arriva un ordre du Comité de salut public qui le lui interdit. Paoli convoqua une Consulta pour le mois de juin à Corte.

Nelson n'était pas encore amoureux de lady Hamilton, qui était célèbre à Naples pour mimer des « tableaux vivants », et il écrivait à son épouse : « Bastia est une belle ville et ses environs sont ravissants, avec les vues les plus romantiques que j'aie jamais contemplées. Cette île doit appartenir à l'Angleterre pour être régie par ses propres lois comme l'Irlande avec un vice-roi placé ici et des ports libres. L'Italie et l'Espagne sont jalouses que nous en prenions possession ; elle commandera la Méditerranée. »

Début mai, Saliceti partit enfin de Toulon pour la Corse avec des vaisseaux armés. Il était trop tard. Le 22 mai, Bastia capitulait. Le 31 mai, la garnison française s'embarquait pour Toulon. Calvi se rendit le 20 juillet.

Entre le 10 et le 21 juin, la Consulta de Corte réunie par Paoli vota le décret qui séparait la Corse de la France et une constitution qui faisait de la Corse une nation indépendante sous la protection de l'Angleterre.

Selon le vœu de Paoli, on prit modèle sur la Constitution anglaise, « basée sur les principes les plus sûrs que la philosophie et l'expérience aient jamais su associer pour le bonheur d'un grand peuple avec la faculté de l'adapter à notre situation particulière, à nos coutumes, à notre religion ». Le pouvoir exécutif appartenait à un vice-roi, qui pouvait être révoqué par le parlement. Toutes les causes criminelles, civiles, commerciales devaient être jugées en Corse. On vota la liberté de la presse, la liberté du culte — la religion catholique était religion d'État —, la liberté de circulation — chaque Corse était libre d'entrer et de sortir de l'île. Le roi d'Angleterre protégerait la navigation et le commerce et assurerait la défense nationale. On intronisa sir Gilbert Elliot qui accepta la constitution et jura, au nom du roi, de maintenir la liberté du peuple corse selon la constitution et les lois.

Le 21 juin 1794, Pozzo avait lu devant l'Assemblée une allocution de reconnaissance, de loyauté et de fidélité au roi George que quatre députés furent chargés de porter à Londres pour, sans doute, mettre en avant la candidature de Paoli comme vice-roi.

Sir Gilbert en avait eu vent et s'inquiétait que Paoli, de vieillard malade, se fût transformé en homme énergique, qui se mêlait de tout. L'impression des Anglais que Paoli était un « mélange d'art et de duperie » se confirmait et cet art — qu'il faut entendre au sens premier d'artifice — était pour eux un art dangereux.

Lors de la fermeture de la session, Pozzo proposa que Paoli soit déclaré « Père de la Patrie fondateur et restaurateur de la liberté nationale » et qu'un buste de lui trône dans la chambre des débats du parlement. Paoli protesta pour la forme et les propositions de Pozzo furent votées avec enthousiasme.

Aux yeux de Pozzo, ces honneurs étaient une invitation pour Paoli à se tenir à l'écart et à se contenter d'avoir un rôle de conseiller, mais Paoli ne songeait nullement à se retirer : il désirait ardemment exercer le pouvoir.

La constitution que Pozzo avait écrite et que Paoli avait fait voter lors de la Consulta de Corte donnait de larges prérogatives au vice-roi. Croyant être le bénéficiaire et le détenteur de ces pouvoirs élargis, Paoli y avait souscrit. Avant que le vice-roi fût nommé, le gouvernement provisoire était dirigé par Paoli, qui voyait grandir son influence et ne doutait pas que son destin fût en train de s'accomplir. Il n'avait jamais renoncé à être le chef politique d'une nation qu'il avait passé sa vie à défendre et à tenter de bâtir selon des principes hérités des Lumières. Il pensait qu'une démocratie allait enfin être établie sur les bases d'une philosophie humaniste. C'était trop beau pour être vrai. De fait, cela ne dura pas.

Mais j'ai été trop vite. J'ai peut-être donné l'impression que la réunion de la Corse à l'Angleterre était une sorte de modèle que l'on se proposait de fournir de l'utopie des Lumières, devenu soudain une réalité. Le lecteur le sait déjà, il n'en est rien.

« *E fune longhe diventanu serpi.* » Les histoires trop longues, dit ce vieux proverbe corse, deviennent des serpents. Entre Paoli d'un côté et Pozzo et les Anglais de l'autre, les relations se dégradèrent. Aussi Paoli eut-il peut-être tort de se passer du soutien des Bonaparte.

Quand Bonaparte avait repris Toulon aux Anglais, Paoli était pourtant persuadé du contraire. Cette victoire française — qu'une lettre de Nelson lui avait apprise — l'avait comblé et il en avait accueilli la nouvelle avec joie : il avait pensé, à juste titre, que cela obligerait les Anglais à s'occuper de la Corse qu'ils avaient délaissée. Or, cette victoire inattendue, il la devait à Bonaparte, qui s'était distingué, et à Saliceti, qui avait contribué à faire nommer Bonaparte à un poste de commandement. Les deux hommes étaient ses ennemis et ils avaient favorisé ses plans.

Paoli exultait. Il vieillissait, sa santé était mauvaise, mais le bannissement des Bonaparte, la rupture qu'il croyait définitive avec la France, la venue des Anglais qu'il appelait de ses vœux lui parurent être l'apothéose de sa carrière ; en réalité, ils en marquaient la fin : Paoli serait écarté définitivement du pouvoir l'année suivante. Mais, durant cet été 1794, il réussissait tout ce qu'il entreprenait : « Un célèbre auteur, écrivait-il, a annoncé que le peuple corse donnerait un jour un grand exemple à l'univers. Ce moment favorable est venu. » Le célèbre auteur, nous l'avons évoqué au début de ce livre, c'était Rousseau. Paoli avait raison de ne pas le nommer, car il était connu de tout le monde, mais, pour le reste, il avait tort. Le moment favorable n'était pas encore venu, il ne tarderait guère, mais ne serait ni pour lui ni pour Pozzo.

La Consulta de Corte se déroulait en même temps que se donnait à Paris une des fêtes les plus extraordinaires : la fête de l'Être suprême où un temple de l'Immortalité avait été élevé. Ces grands spectacles sont l'une des spécialités des dictatures.

Charles Nodier assista à cette dernière fête donnée par la Terreur. Il avait vingt ans en 1800 et affirmait qu'avoir vécu cette période expliquait « le désordre de ses passions métaphysiques, sa mélancolie ombrageuse et son dévergondage sentimental ».

Ce matin-là, il vit les cortèges des quarante-huit sections convergeant vers les Tuileries, hommes et garçons à droite avec leurs branches de chêne, femmes et filles à gauche avec leurs bouquets de roses et leur corbeille. À midi, la Convention parut, dans le costume que David avait si minutieusement fixé que, des plumes aux trois couleurs du chapeau, l'on savait que la rouge devait être la plus haute. Face à l'estrade de la Convention, une statue, l'Athéisme, émergeait d'un groupe où l'on devait reconnaître l'Ambition, l'Égoïsme, la Discorde et la Fausse Simplicité. Robespierre, président de la Convention depuis le 16 prairial, parut, « une torche à la main. Le clou du spectacle était la mise à feu du groupe de statues qui découvrit une Sagesse au nez un peu noirci ».

De là, on se rendit au second lieu de la fête, le Champ-de-Mars : sur une montagne artificielle, « parmi les accidents de la nature — ronces, rochers, grottes — trônait un arbre de la liberté ».

Les différents groupes entonnèrent, chacun à leur tour, une strophe de l'hymne composé par Marie-Joseph Chénier et dédié à l'Être suprême. « La dernière, chantée à l'unisson, annonce le bouquet final : les adolescents brandissent leurs sabres, les vieillards les bénissent, les jeunes filles jettent leurs fleurs à l'Être suprême. »

Nous étions dans le mois qui précédait presque jour pour jour la chute de Robespierre, qui surviendra le 28 juillet 1794. La victoire de Fleurus avait signé la perte de l'Incorruptible et l'usage de la guillotine avait été jugé excessif par une Révolution triomphante aux frontières.

Le frère de celui qui encensait Robespierre, que Baudelaire plaçait aux côtés de Ronsard et Hugo dans son panthéon littéraire et dont Hugo lui-même, qui lui rend hommage dans *La Légende des siècles*, dirait que « son chant ajouterait de la joie aux dieux mêmes », je veux dire André Chénier, est une des dernières victimes de la Terreur de Robespierre. Il est guillotiné le 25 juillet 1794.

La veille de sa mort, songeant à Aimée de Coigny, qui était prisonnière, comme lui, à Saint-Lazare, il écrivit *La Jeune Captive*, mais ce sont les premiers vers — prémonitoires — de *La Jeune Tarentine* qui nous reviennent à la mémoire :

> *Pleurez, doux alcyons, ô vous, oiseaux sacrés,*
> *Oiseaux chers à Thétis, doux alcyons, pleurez.*
> *Elle a vécu, Myrto, la jeune Tarentine.*
> *Un vaisseau la portait aux bords de Camarine.*

La mort du poète donne raison à Paoli : les temps étaient à la barbarie.

« Je t'interromps, me dit ma mère. Je sais à propos de Mme de Coigny une anecdote charmante. Par miracle, elle survécut. Elle avait beaucoup de succès. Personne ne pouvait résister à son charme. Elle ne manquait pas d'esprit et en fit la preuve devant Napoléon. En effet, comme il lui demandait : "Madame de Coigny, aimez-vous toujours autant les hommes ?", elle répondit à brûle-pourpoint : « Oui, Sire, surtout lorsqu'ils sont bien élevés. »
— Ce genre de détails, dis-je, révèle la profondeur des bouleversements d'une époque davantage que de longs discours. »

La mort de Robespierre provoqua une joie sauvage. « Après cinq ans de Révolution et de Terreur, écrit Lamartine dans son *Histoire des Girondins*, la Révolution n'était plus qu'un vaste cimetière. »

Bonaparte, considéré comme le protégé de Robespierre le Jeune, semblait promis à l'échafaud, il est arrêté, mais le manque d'officiers le sauve une fois de plus : il est acquitté.

Dans les *Mémoires d'outre-tombe,* entre mille choses étonnantes, on découvre ceci : « Parmi les pièces qui, dans ces années, servirent d'attestation à la bonne conduite de Bonaparte, on remarque un certificat de Pozzo di Borgo. »

Je n'ai pas trouvé trace de cette largesse, dont Napoléon dut probablement se passer, car Pozzo di Borgo n'était pas lui-même *recommandable*. Il ne le fut jamais. Il a même pris la figure du traître pour certains, ce qu'il n'était pas, selon moi.

Alfred de Vigny rapporte dans son *Journal* que, bien après la chute de Napoléon, il arrivait que Pozzo, alors retiré de la vie publique, montrât un gros livre relié de cuir à ses invités : « C'est, disait-il en souriant, l'histoire de mon règne. »

Or, l'histoire de son règne, comme il l'appelle, se confond avec celle de la constitution qu'il avait donnée à la Corse et qui faisait sa fierté. Il en fut le principal rédacteur et Paoli l'inspirateur.

Bonaparte, après la prise de Toulon, allait très mal ; il avait attrapé la gale lors du siège de la ville et Désirée Clary, avec qui on le disait fiancé, l'avait repoussé. Il écrivait des bêtises : *Clisson et Eugénie*. Il croyait avoir tout manqué. Il avait envie de mourir.

En Corse, Pozzo avait été le grand bénéficiaire de l'éviction des Bonaparte. Il espérait pouvoir donner toute sa mesure, mais, les Bonaparte l'avaient éprouvé avant lui, l'inimitié de Paoli ne lui laissa aucune chance de réussir. Bientôt, il se trouva isolé.

Pozzo n'avait pas le charisme de Napoléon Bonaparte. Il n'était pas aimé et, en Corse, il n'était pas même craint, ce qui est pire. Il est vrai que ce n'était ni dans les habitudes ni dans les mœurs de ce pays de craindre ou de s'humilier devant qui que ce soit.

Les difficultés économiques et politiques vinrent à bout de la bonne volonté réelle de Pozzo d'améliorer le sort de la Corse. Cette formation à la politique des intrigues, des influences, des mœurs anglaises, d'enjeux plus larges, serait un apprentissage précieux. Pozzo ne négligerait plus jamais les hommes d'influence, il saurait désormais reconnaître les vrais détenteurs du pouvoir, sans jamais les abaisser ou mésestimer leur valeur.

Durant ces deux années de plomb, 1794 et 1795, Pozzo fut accusé de manipuler Paoli. Sans doute n'était-ce pas faux. Il n'avait plus pour lui l'admiration fanatique qu'avait eue Napoléon pour le vieux général : il l'avait *pratiqué* tous les jours.

Gilbert Elliot, agacé par les prérogatives que s'accordait Paoli, avait beaucoup de mal à imposer sa *Pax Britannica*, qui, pensait-il, devait profiter à tous les Corses, alors que Paoli aurait aimé sanctionner aussi bien les républicains que les tenants de l'Ancien Régime qu'ils détestaient également et qui semaient le trouble en défilant à Bastia, à peine reconquise par les troupes anglaises, qui avec la cocarde, qui avec le drapeau fleurdelysé.

Pozzo, président du Conseil d'État, avait toute la confiance de sir Gilbert. Il écrivait de nombreuses lettres à Paoli pour l'informer de l'avancée de ses travaux et n'oubliait jamais de lui dire son affection et son admiration. Une de ses dernières lettres s'achève ainsi : « J'expose à Votre Excellence, avec une confiance filiale, ces sentiments de mon cœur, et je l'assure que j'ai médité suffisamment sur les temps présents et sur les choses pour me faire des principes de modestie et d'honneur supérieurs à la fausse gloire. »

Paoli ne répondait pas à ces missives affectueuses, preuve qu'il ne croyait pas un mot de ce que lui répétait Pozzo à longueur de lettre, mais, en revanche, il écrivait beaucoup au vice-roi et toujours pour se plaindre de son ancien protégé : « Je vous ai proposé Pozzo pour vous servir et non pour qu'il devienne le despote de ma patrie » ; et aussi : « Pozzo est bien intelligent mais c'est une arme dangereuse. Un rasoir qui, manié par une main malhabile, peut trancher la gorge. »

Pozzo fut brûlé en effigie et tenu pour responsable de tous les excès auxquels se livrait la soldatesque anglaise. Une histoire ridicule de buste de Paoli abîmé — on accusa Pozzo d'en avoir été l'auteur, mais de quoi ne l'accusa-t-on pas ? — provoqua cent jours d'émeute.

Quant aux Français, ils ne renoncèrent pas à la Corse aussi facilement qu'on aurait pu le croire. Au début du mois de mars 1795, le contre-amiral Pierre Martin, quinze bateaux en ligne et six frégates se dirigèrent vers le cap Corse pour tenter de reprendre la Corse aux Anglais. Bonaparte était embarqué sur le brick *Amitié* avec son frère Louis, Junot et Marmont. Il commandait l'artillerie. Le 13 mars, la flotte britannique, commandée par le vice-amiral William Hotham, les poursuivit. Un combat improbable se livra dans le golfe de Gênes dont les Français sortirent à demi vaincus. Ce n'était que partie remise.

Bonaparte, après avoir refusé un commandement de l'armée de l'Ouest, fut près d'abandonner la carrière militaire, mais il rencontra Joséphine de Beauharnais, l'ancienne maîtresse de Barras, qui allait lancer sa carrière et la changer en destin.

L'histoire marche à grands pas. La Hollande devient la République batave ; la Belgique est « réunie » à la France ; par le traité de Bâle, la Prusse reconnaît la République française, l'Espagne évacue la Catalogne française ; les combats cessent en Vendée, la Grande Terreur s'achève, la Terreur blanche, surtout dans la vallée du Rhône et le Midi, ne va pas tarder à lui succéder. On sent alors un retour possible de la monarchie. Mais, comme le dit François Furet, « le royalisme modéré n'a pas de roi[1] ».

Le 8 juin 1795, Louis XVII meurt à la prison du Temple ; son oncle, Provence, ne perd pas un instant pour se proclamer Louis XVIII, mais ne semble pas prêt au retour : une proclamation royale, signée à Vérone, exige le châtiment des régicides et le rétablissement des ordres. En outre, les émigrés ne s'entendent pas. Ceux qui sont partis en 1789 n'aiment pas ceux qui les ont rejoints plus tard. En juillet 1795, cautionnée par Pitt, une tentative de débarquement en Bretagne échoue. À Quiberon, les émigrés sont pris au piège par Hoche. Sept cent quarante-huit d'entre eux sont faits prisonniers et fusillés comme traîtres. Las Cases, qui avait participé à cette folle expédition, fut l'un des rares rescapés.

Après la Terreur, on voit la société parisienne se

1. *La Révolution I, 1770-1814.*

jeter avec frénésie dans les plaisirs, arborant des tenues dont l'excentricité n'a jamais été dépassée depuis. Entre autres choses nouvelles, les merveilleuses et les incroyables adoptent un étrange zézaiement pour éviter de prononcer la lettre r — qui commence le mot révolution — et donnent des « bals de victimes » où il faut se prévaloir d'un parent guillotiné pour être admis.

On appelait ces jeunes gens, précurseurs des dandys du siècle suivant, les « Muscadins. » Le salon de Barras, celui de Thérèsa Tallien, intime de Joséphine de Beauharnais, étaient les principaux lieux de réunion de cette jeunesse dorée. Les femmes ne s'habillaient qu'à la grecque : tuniques « à la Cérès », robes « à la Flore » ou « à la Diane » ; elles se chaussaient de cothurnes, glissaient à leurs doigts de pied des pierres précieuses et des perles. Mme Tallien, Joséphine de Beauharnais et Juliette Récamier devinrent les égéries à la mode. On inventa pour elles « l'air tissu », car leurs robes n'étaient que tulle, mousseline et gaze transparente.

Cette vie de plaisirs aurait sans doute enchanté lady Elliot, mais, au même moment, la Corse était à feu et à sang.

Selon Jean Defranceschi, le vice-roi ne comprenait rien à la Corse. Il avait multiplié les erreurs : accueillant Buttafuoco et les émigrés royalistes, se brouillant avec Paoli, s'appuyant sur Pozzo, « qui n'avait aucune influence dans l'île ». Le vice-roi lui-même n'était pas loin de penser que la situation lui échappait : « Ce peuple, disait-il, est une énigme dont nul ne peut être sûr de posséder la clé, et la Corse, un rocher énigmatique. »

À Paris, on ne craint plus d'afficher sa richesse, on spécule, on agiote. Les fortunes s'édifient aussi vite qu'elles se défont ou qu'elles se dilapident, mais des milliers de gens sont ruinés par l'inflation galopante et la chute des assignats. La minorité qui s'est enrichie est bientôt menacée par les royalistes, le peuple et l'armée. Napoléon Bonaparte n'aura pas les atermoiements de Louis XVI : il réprimera durement les émeutes.

En octobre, la révolte qui couvait depuis des mois éclate avec, à sa tête, les monarchistes, lassés par les excès de la Terreur, l'épuration qui a suivi et l'étalage de luxe inouï dont font montre les nouveaux nantis. Près de vingt mille hommes en armes se dirigent vers l'Assemblée qui, aux abois, remet le commandement à Barras. Celui-ci fait appel à Bonaparte qui ordonne à Murat de saisir les canons de la plaine des Sablons et n'hésite pas à réprimer dans le sang la révolte royaliste.

Il y gagna une réputation d'ardent républicain : « Ce nom, écrit Michelet, ignoré tout à l'heure, se trouva dans toutes les bouches. »

Il en eut des remords. Il le confia à Bourrienne, qui le rapporte : « Il m'a souvent dit qu'il donnerait des années de sa vie pour effacer cette page de son histoire » ; mais il écrit à son frère Joseph : « Nous avons disposé nos troupes ; les ennemis sont venus nous attaquer ; nous avons tué beaucoup de monde. Nous avons désarmé les sections. Le bonheur est pour moi ; ma cour à Eugénie et à Julie. »

Quelques jours plus tard, le 15 octobre 1795, un décret ayant ordonné aux habitants de Paris de rendre toutes les armes, Joséphine de Beauharnais vint en personne remercier Bonaparte d'avoir accepté que son jeune fils, Eugène, ait pu conserver le sabre de son père, le comte Alexandre de Beauharnais, guillotiné l'année précédente.

Le même jour, en Corse, à Saint-Florent, les honneurs militaires étaient rendus à Paoli, qui embarquait sur une frégate pour l'Italie.

Il traverserait dans l'indifférence générale les pays qui, des années plus tôt, avaient vu son triomphe. Les Anglais et Pozzo ne tarderaient pas à le suivre. Il leur restait à peine un an avant de quitter la Corse à leur tour.

Alors que le vieux général reprenait le chemin de l'exil, Bonaparte était fait général de division. Il était passionnément amoureux de cette autre insulaire qui, quelques mois plus tard, allait servir ses projets autant que les siens en l'éloignant de Paris.

Après la répression de l'insurrection royaliste en octobre, le Directoire s'installe au pouvoir, avec à sa tête Barras, Reubell, La Révellière-Lépeaux, Letourneur et Carnot, remplaçant de Sieyès qui, élu, refuse de siéger.

Le 9 mars 1796, Napoléon Bonaparte épouse Marie-Josèphe-Rose de Tascher. « L'acte, écrit Chateaubriand, ne fait aucune mention de la veuve du comte de Beauharnais. » Deux jours plus tard, Bonaparte obtient le commandement de l'armée d'Italie, que certains, ajoute Chateaubriand, appellent « la dot de Mme de Beauharnais ».

De Joséphine, le comte de Tilly disait dans ses *Mémoires* : « Elle tenait ce qu'on a nommé fort mal à propos un bureau d'esprit ; mais il s'y rassemblait bonne compagnie en hommes du monde et en gens de lettres d'un mérite fort inégal. J'y avais été moi-même deux ou trois fois. Mais autant j'aime l'esprit, autant j'en hais les apprêts ; je n'y étais pas retourné. »

Le jeune Bonaparte ne fut pas si difficile. Il y passait toutes ses soirées. Las Cases rapporte que, lorsque la société courante se retirait, restaient M. de Montesquiou, le duc de Nivernais et quelques autres : « On regardait si les portes étaient bien fermées et l'on se disait : "Causons de l'ancienne cour, faisons un tour à Versailles." »

À Sainte-Hélène, Napoléon n'était pas encore tout à fait revenu de cet enchantement ; il définit Joséphine d'un mot charmant : « Elle était l'art et les grâces. »

La campagne d'Italie s'ouvre le 20 mars 1796.

Si certains ont pu voir Bonaparte en artiste de la guerre, en Italie, ses victoires ne sont pas dues à l'improvisation. En effet, le jeune général emporte avec lui un plan de campagne qu'il va suivre point par point et exécuter admirablement — Larousse parlera de « campagne mathématique » —, mais la science chez lui ne brime pas l'instinct et ce sens de l'improvisation qui font son génie : « Cette conquête de tout un pays avec une poignée d'hommes, écrit Bainville, est un chef-d'œuvre de l'intelligence. »

Cet art de la guerre sera rapporté dans le Bulletin de l'armée d'Italie, sorte de journal de campagne dicté par Napoléon. C'était l'une des sources de sa popularité en France, car il ne s'agissait pas seulement de gagner mais de le faire *savoir*.

Au printemps, tout paraît facile.

Dès le mois d'avril, le Piémont vaincu cède Nice et la Savoie à la République, le roi Victor-Amédée signe l'armistice de Cherasco. Les victoires se succèdent. Après celle de Lodi, marquée, selon Napoléon, du sceau du destin qui s'annonce, « L'aigle ne marche pas, il vole, chargé des banderoles de victoires suspendues à son cou et à ses ailes[1] ».

Le 15 mai, Bonaparte fait une entrée triomphale à Milan : « Figurez-vous, écrit Stendhal dans *La Chartreuse de Parme*, tout un peuple amoureux fou. »

Rien, en effet, ne manque à la campagne d'Italie, pas même l'amour.

Bonaparte est éperdument amoureux de Joséphine, qui ment, trouve des excuses pour ne pas le rejoindre, prend des amants et s'amuse pendant qu'il fait la guerre. Aussi l'audace, le génie des stratégies, le bonheur de vaincre ne suffisent-ils pas à rendre Bonaparte tout à fait heureux : « Il y a de la mélancolie dans la grandeur », dira-t-il plus tard. Il l'avait éprouvé pour la première fois à Milan.

Aux prétextes invoqués par Joséphine pour ne pas le rejoindre répondent, sur les champs de bataille, l'éclair de la poudre et le feu des canons ; à l'indolence de sa femme, les lettres écrites dans la fièvre et les nuits passées à se consumer d'angoisse, dans l'attente vaine, dont on sait bien que l'alchimie est propice au combat : elle attise la soif de vaincre et le désir de gloire. Le Directoire le sait aussi, qui retient Joséphine à Paris.

À Milan, Bonaparte habite le palais de Mombello, il vit déjà presque comme un roi, entouré d'une petite cour : il prend goût à la puissance et au pouvoir. Joséphine finit par le rejoindre et la famille Bonaparte aussi, qui accourt au bruit de sa gloire. Letizia n'aime pas sa belle-fille : sous le charme, elle voit l'intrigue. Elle déteste sa prodigalité. Elle ne

---

1. Chateaubriand, *Mémoires d'outre-tombe*.

restera que très peu de temps à Milan. Elle retourne à Ajaccio, où Joseph l'a précédée.

Elle est largement indemnisée des dommages causés par l'occupation anglaise. Elle reprend entièrement la maison, demande à sa fille Elisa de lui envoyer des tentures en papier et en damas, désire différentes couleurs de papiers peints : rouge et blanc, jonquille, ponceau avec des rosés. Aux meubles achetés à Marseille viennent s'ajouter ceux que son frère, le futur cardinal Fesch, qui a toujours eu le goût excellent, lui fait parvenir de Milan. Il y adjoindra trois superbes cheminées de marbre. Quand il rejoint sa sœur en octobre 1798, la maison Bonaparte est entièrement restaurée et meublée. Letizia la quittera à regret, pour ne plus y revenir, l'année suivante, en juillet 1799, non sans avoir pris soin de la confier à la nourrice de Napoléon, Camilla Ilari.

À la fin des campagnes d'Italie, la famille Bonaparte qui, deux ans plus tôt, se trouvait quasiment sans ressources, s'est enrichie. Joseph devient député de la Corse et président de la République de Parme, Lucien est nommé Commissaire des guerres, les filles sont richement dotées : Elisa épouse Bacciochi, pauvre mais noble, et Pauline, le général Leclerc.

En 1796, alors que la Savoie et Nice reviennent à la France, des agents républicains envoyés par Saliceti et Arena tentent de soulever les villes corses. Le vice-roi hésite à sévir. Le 12 mai 1796, Pozzo donne sa démission. Sir Gilbert l'accepte à regret. Il lui répond de Corte, par une lettre datée du 20 mai : « Vous avez la gloire de vous immoler sur l'autel de la patrie et vous avez, ce qui est plus précieux que la gloire même et tout ce qui tient au témoignage des autres, le sentiment de vous vouer au bien de vos compatriotes dans le moment où ils méconnaissent le plus vos travaux fidèles et utiles : voilà de quoi compenser vos sacrifices. Ma perte et celle de la Corse sera plus difficile à réparer. »

Au moment où Napoléon Bonaparte entre avec fracas sur la scène du monde, Pozzo est recherché et doit s'enfuir. Il parcourt le pays à cheval, se cache chez des amis, craint d'être trahi, change de cachette chaque jour. Ses biens sont saisis. Il est presque seul, n'a pas d'appui. Il connaît alors ce qu'ont connu avant lui le jeune Bonaparte et sa famille : la honte et la désolation. « Le cœur se brise ou se bronze », disait Condorcet. Le cœur de Pozzo s'est bronzé au point, diront certains, d'être devenu sec.

Cet échec, dont Vigny témoigne qu'il lui procura une immense déception, ôta aussi à tout jamais à Pozzo le goût de l'exercice du pouvoir *direct*, lui donna de l'obstination et de la constance dans la poursuite de ses ambitions — qui peuvent se résumer à la chute de Napoléon et au rétablissement des Bourbons, qu'il mettra près de vingt ans à réaliser.

En ce printemps 1796, Pozzo, harcelé, poursuivi, découvre avec stupeur le degré de haine qu'on lui porte. Au même moment, sur l'autre rive de la Méditerranée, en Italie, Napoléon Bonaparte comprend qu'il est irrésistible. Comme si l'ascension de l'un exigeait la chute de l'autre.

L'exaltation de la conquête, la rêverie où l'avaient plongé les victoires italiennes et dont, avant la *révélation* de Lodi, on eût dit que Napoléon ne voulait pas sortir de peur de briser l'état de grâce où il était, coïncident avec le moment où, chez Pozzo, la passion est éteinte : n'ayant plus foi en l'avenir, il se tourne vers le passé. Il y puisera ce culte de la raison, de la famille, de l'ordre, symbolisé à ses yeux par la monarchie.

Aussi, bien des années plus tard, au ministre russe des Affaires étrangères, qui lui reprochait son excès de *bourbonisme*, Pozzo rétorqua : « Ce n'est pas une famille, c'est une institution. »

En Italie, l'été 1796 verra des batailles plus difficiles.

Autour de Mantoue, Bonaparte doit lever le siège pour affronter les armées autrichiennes descendues du Tyrol. Jourdan est battu à Amberg et les armées françaises du Rhin sont obligées de battre en retraite. Malgré l'armistice de Bologne, signé avec le pape en juin, la victoire de Castiglione le 5 août, de Bassano le 8 septembre, tout l'automne reste incertain.

En octobre, sans en référer au Directoire, Bonaparte forme une République cispadane avec Modène et les légations qu'il a enlevées au pape. Dégagé de l'emprise et du pouvoir du Directoire, en Italie, il est seul à commander. Quand le Directoire en prend ombrage, il est trop tard.

Octobre voit des victoires autrichiennes, mais, écrit Chateaubriand : « Le 17 de novembre, on débouche sur Arcole : le jeune général passe le pont qui l'a rendu fameux ; dix mille hommes restent sur la place. "C'était un chant de l'Iliade !" s'écriait Bonaparte au seul souvenir de cette action. »

Bonaparte est alors tel que l'a fixé le tableau d'Antoine-Jean Gros *Bonaparte au pont d'Arcole*. On le voit plein de fougue, d'ardeur, de jeunesse, et de mépris de la mort. Il est à un des moments les plus forts de son existence : auréolé d'une gloire éclatante et nouvelle, il vit une intense passion amoureuse pour Joséphine, comme il n'en connaîtra plus.

Le charisme de Bonaparte est saisi par Gros, non sur le vif, mais par l'imagination *juste* du peintre. En effet, dans une lettre à sa mère, en 1797, il se plaint que les séances de pose sont trop courtes : « Je ne puis avoir assez de temps pour choisir mes couleurs. Il faut que je me résigne à ne peindre que le caractère de sa physionomie et, après cela, de mon mieux à y donner la tournure d'un portrait. »

Cette image, une des plus célèbres de Bonaparte, ne sera présentée qu'au Salon de 1800, mais elle sera reproduite et, largement répandue, contribuera à la légende de Napoléon. Celui-ci connaissait le pouvoir des images et il en usa très tôt, comme de tout le reste.

Il exigeait d'être toujours représenté sous son meilleur jour, si bien que nous ignorons si la ressemblance entre les portraits et le modèle est réelle.

J'ai vu une gravure de l'Empereur à Sainte-Hélène. J'en ai éprouvé un serrement de cœur. On ne le reconnaît pas : grossi, chauve, vieilli avant l'heure. Je songeai que cette image reflétait sûrement un état qui n'était pas apparu à Sainte-Hélène, mais s'était aggravé lors de l'exil. Napoléon avait sans doute perdu depuis longtemps non seulement sa jeunesse et la santé, mais son instinct et un sens de l'improvisation remarquable ; cependant les portraits officiels, comme des masques, le cachaient au public.

Ce même public qui se détournera de lui, las de la guerre et sentant le sort contraire, en 1796, veut connaître le visage du vainqueur d'Italie et le jeune Bonaparte ne demande qu'à le satisfaire.

Pendant ce temps, on eût dit que les Anglais et les Corses étaient devenus sourds et aveugles. Ils n'étaient attachés qu'à leurs vaines querelles. Le retentissement des victoires de Bonaparte en Italie semblait à peine les atteindre ; quand ils comprirent combien elles étaient décisives, il était trop tard.

Ainsi, malgré la puissance de l'Angleterre, le royaume anglo-corse fut un échec. Certains historiens affirment qu'il fut un modèle de la Contre-Révolution et un laboratoire de la politique anglaise exercée pour la première fois en Europe par la Grande-Bretagne, en dehors de son territoire. J'en doute. La faculté d'adaptation des Anglais étant extrêmement limitée — ils transportent leur monde avec eux et sont *ipso facto* de redoutables observateurs et de remarquables sociologues —, je ne crois pas que l'expérience corse leur ait beaucoup servi. Comme à l'accoutumée, ils suivirent leur tempérament naturel : ils constatèrent l'échec de leur politique et plièrent bagage, soucieux de ne perdre ni argent ni hommes dans une entreprise qui se serait révélée périlleuse et inutilement coûteuse.

En effet, à la fin du mois d'août 1796, après la campagne victorieuse de Bonaparte en Italie, il n'était plus possible d'exercer une quelconque influence sur les États italiens, et la défection de l'Espagne, le 18 août, rendit nécessaire l'envoi de troupes anglaises pour renforcer la défense de

Gibraltar. La décision fut donc prise d'évacuer la Corse et l'île d'Elbe. L'ordre fut expédié le 31 août et atteignit Elliot un mois plus tard.

Ce devait être le prélude à la paix : le 1er septembre, Pitt avait convaincu le Cabinet de répondre aux approches du Directoire. Cependant, après un revers des troupes françaises — la victoire de l'archiduc autrichien Charles, à Würzburg —, les Anglais prirent une initiative curieuse : ils songèrent à céder la Corse aux Russes. Ce présent anglais aux Russes avait pour objectif de faire entrer la Russie dans la coalition, Catherine II ayant toujours montré un grand intérêt pour la Corse. Sa mort, survenue le 17 novembre, et les nouvelles victoires françaises mirent un terme au projet anglais, où certains virent du cynisme. Je n'y vois, pour ma part, que le sens politique anglais habituel.

Ce fut pour Pozzo, cette fois, que la leçon ne fut pas perdue.

L'exil lui ouvrait les portes du monde. Il ne mettrait pas longtemps à le comprendre. Si les Anglais avaient réussi dans cette entreprise un peu folle de donner la Corse à la Russie, il aurait été diplomate russe huit ans plus tôt. En ces temps troublés, c'était presque une éternité.

Les Anglais échouent, les Français triomphent et les États italiens cherchent un rapprochement avec ces derniers. Naples signe la paix le 1er octobre, un jour après que la République de Gênes s'est rangée aux côtés de la France. Seul le pape refuse de négocier, mais il y sera contraint après la chute de Mantoue.

Même si des rumeurs circulaient, les Corses ne furent pas informés du retrait des Anglais avant le 9 octobre. Lorsqu'ils apprirent la venue de la flotte espagnole pour aider à l'invasion de la Corse, ils se révoltèrent. Les Français, commandés par le général Casalta, débarquèrent à Bastia. Des comités républicains fleurirent et prirent le contrôle du gouvernement. Les garnisons anglaises furent concentrées dans les cinq ports pour attendre l'embarquement, ce qu'elles firent les deux dernières semaines d'octobre. Le 26 octobre, avant de prendre voile pour Portoferraio, Elliot écrivit de Saint-Florent au duc de Portland pour l'informer que la dernière garnison anglaise — celle de Calvi — avait été embarquée.

Quand les Anglais quittèrent l'île, les Corses se rallièrent à la République française. Saliceti et Gentili, qui administraient l'île, décrétèrent une amnistie générale. Par ordre de Napoléon Bonaparte, Pozzo, Peraldi et quelques autres en furent exclus : « Accordez le pardon à tous les égarés, sauf aux membres de l'ancien gouvernement, aux meneurs de l'infâme trahison dont Pozzo fut l'instigateur et qui seront arrêtés et traduits devant un tribunal militaire. »

Dans ses *Mémoires*, La Rochefoucauld, grand vaincu et fin connaisseur des hommes, donne peut-être la clé de ce qui anime et oppose les hommes depuis la nuit des temps : « Ces grandes et éclatantes actions qui éblouissent les yeux sont représentées par les politiques comme les effets des grands desseins, au lieu que ce sont d'ordinaire les effets de l'humeur et des passions. Ainsi la guerre d'Auguste et d'Antoine, qu'on rapporte à l'ambition qu'ils avaient de se rendre maîtres du monde, n'était peut-être qu'un effet de jalousie. »

On ne peut l'exclure.

Pozzo ne commit jamais la faute de l'avouer et se défendit toujours d'avoir été jaloux de Napoléon. Aussi cette jalousie, camouflée par la politique — mais aussi la fondant —, ne pouvait-elle que grossir au fil des succès de son rival.

Dans sa prime jeunesse, celui-ci dut aussi éprouver quelque jalousie à l'égard de Pozzo. Il était alors d'une maigreur qui le faisait ressembler, selon ses propres dires, à un « parchemin » ; il avait le teint jaune, était timide avec les femmes et, par-dessus tout, il était pauvre, ce que Pozzo n'était pas.

Le 15 novembre 1796, lord Gilbert abandonna officiellement le commandement en tant que vice-roi de Corse. Trois cents réfugiés royalistes furent embarqués, ainsi que soixante-dix Corses qui avaient été étroitement associés à l'occupation britannique. Charles-André Pozzo di Borgo était parmi ceux qui embarquèrent avec le régiment Dillon. Il quittait la Corse pour ne plus y revenir.

Édouard Dillon était l'oncle de la comtesse de Boigne. Il était très lié à Pozzo, qui fréquenta beaucoup par la suite la société de Mme de Boigne.

Les vies bouleversées par la Révolution et l'émigration font se retrouver en Corse les personnages les plus improbables ; ainsi ce dandy avant la lettre y vint à la tête d'un régiment irlandais au service de l'Angleterre.

Avant la Révolution, Édouard Dillon, surnommé « le beau Dillon », fut un des nombreux amants que la rumeur ou la calomnie prêta à la reine. « Édouard

Dillon était très beau, très fat, très à la mode, écrit la comtesse de Boigne. Un jour, il répétait chez la Reine les figures d'un quadrille qu'on devait danser au bal suivant. Tout à coup, il pâlit et s'évanouit. On le plaça sur un sofa et la Reine eut l'imprudence de poser la main sur son cœur pour voir s'il battait. Édouard revint à lui. Il s'excusa fort de sa sotte indisposition et avoua que, depuis les longues souffrances d'une blessure à la prise de Grenade, ces sortes de défaillance le prenaient quelquefois quand il était à jeun. La Reine lui fit donner un bouillon et les courtisans, jaloux de ce léger succès, établirent qu'il était au mieux avec elle. »

« L'imprudence » de la reine m'enchante, mais si le duc de Saint-Simon avait assisté à la scène, il en aurait été épouvanté. Ce désordre et cette négligence de l'étiquette eussent été pour lui les signes avant-coureurs de la fin du monde.

Pour parfaire son portrait, la comtesse de Boigne ajoute que Dillon avait « suffisamment d'esprit naturel et infiniment de savoir-vivre » et qu'elle n'avait jamais vu de « meilleures et de plus grandes manières », et cela pour mieux faire grief à Pozzo de manquer de savoir-vivre. Aussi ne faudra-t-il pas s'étonner que le manquement à des usages qui nous sont devenus étrangers ait joué un rôle si important.

Parce qu'il avait été *ébloui* par les manières de l'Ancien Régime, Napoléon n'imagina pas de donner un autre *style* à l'Empire et imita celui de la monarchie défunte : « Napoléon, dit Stendhal, admira la politesse et les formes de M. de Talleyrand. Celui-ci dut à ses manières une liberté étonnante. » Chateaubriand n'explique pas autrement la réputation du génie politique de Talleyrand :

« Une grande façon qui tenait à sa naissance, une observation rigoureuse des bienséances, un air froid et dédaigneux, contribuaient à nourrir l'illusion autour du prince de Bénévent. Ses manières exerçaient de l'empire sur les petites gens et sur les hommes de la société nouvelle, lesquels ignoraient la société du vieux temps. Autrefois, on rencontrait à tout bout de champ des personnages dont les manières ressemblaient à celles de M. de Talleyrand, et l'on n'y prenait pas garde ; mais presque seul en place au milieu des mœurs démocratiques, il paraissait un phénomène. »

La comtesse de Boigne y prend garde ; elle n'épargne personne : « Quant à Pozzo, dit-elle, il n'avait pas encore l'aplomb que les succès lui ont donné. Et puis on était moins choqué de voir un petit Corse manquer aux usages que lorsqu'il a déployé ses habitudes grossières dans la pompe des ambassades. »

J'avoue ne pas me lasser de ce charme vénéneux, mais, si Pozzo avait eu les grandes manières de Dillon, n'eût-il pas pardonné à Napoléon et renoncé à le poursuivre de sa haine ? Il faut oublier parfois les « belles manières » pour accomplir certains desseins. De même qu'une certaine rudesse et un orgueil démesuré furent nécessaires à Pozzo pour continuer à exister et à se maintenir sans *faiblesse* tandis que Napoléon s'élevait.

Cela illustre aussi les bouleversements du temps : le respect de l'étiquette n'était plus tout à fait nécessaire, car la naissance n'était plus la condition *sine qua non* pour faire une carrière brillante. Ceux qui s'étaient seulement « donné la peine de naître » avaient déjà perdu la partie, on le voit non seulement dans le relâchement de la tenue en société, mais aussi dans l'ignorance ou le rejet des formes qu'il convenait de respecter.

C'est le sens du jugement que porte Talleyrand sur les Bonaparte dans ses *Mémoires* : « Cette famille des Bonaparte, sortie d'une île retirée, à peine française, où elle vivait dans une situation mesquine, doit son élévation à la gloire militaire d'un homme de génie. » À la lecture d'une telle phrase, il semble, tout à coup, que les choses se *rétrécissent*. Talleyrand a ainsi traduit et propagé l'idée que les Bonaparte et le premier d'entre eux, Napoléon, ne seraient jamais que tolérés sur le trône. Le luxe, l'apparat, l'étiquette enfin que Napoléon exige, n'étant, pour des aristocrates issus de l'Ancien Régime comme Talleyrand, que les grimaces d'un pouvoir dont il voulait se parer et qui lui demeurait inaccessible parce que l'usage et les formes de cet usage étaient inconnus de lui et des siens. Or, Talleyrand avait connu Versailles, son étiquette, son goût, élevé au rang d'art, et sa pourriture que rien ne pouvait égaler. Il en était lui-même le symbole, et l'ignorance des usages de l'ancienne cour était *ipso facto* le signe visible et indéniable d'un pouvoir usurpé.

Il est vrai que les ors des palais, le luxe, l'argent, l'encens du pouvoir avaient tourné la tête aux Bonaparte et qu'ils auraient dû adopter des façons toutes nouvelles, plus simples que celles en cours sous la monarchie. Cela eût présenté le double avantage de satisfaire les républicains et d'empêcher les monarchistes de faire des comparaisons qui ne pouvaient qu'être défavorables à l'Empire. Or, dit Talleyrand : « Les Bonaparte s'abusèrent assez pour croire qu'imiter puérilement les rois dont ils prenaient les trônes était une manière de leur succéder. » Il voit dans les mœurs de ces nouvelles dynasties une des causes de la faiblesse de la puissance morale de Napoléon. S'il voit juste, il est pourtant savoureux que ce soit l'ancien évêque d'Autun qui prône la vertu.

Par réaction, ce respect des formes tournera à l'obsession dans la société bourgeoise du XIXe siècle : il deviendra le symbole de la légitimité. On avait compris qu'il ne suffisait pas d'accéder au pouvoir, encore fallait-il s'y maintenir. Les échanges et les rituels seront alors compliqués parfois jusqu'à l'absurde. Proust fera ses délices de cette complexité et de sa forme la plus aboutie, le snobisme, abréviation de *sine nobilitate*, signifiant littéralement : sans noblesse.

Dans ses *Mémoires*, sous couvert de brosser un portrait des Corses, Pozzo nous renseigne sur l'état d'esprit qui l'anime, alors qu'il embarque sur un vaisseau anglais, sans espoir de retour : « Le nom de haine ne suffit pas à la haine pour exprimer cet état destructeur, les Corses se servent de celui de *inimicizia*. Les vengeances sont cruelles et l'honneur les commande. »

L'*inimicizia*, que l'on pourrait traduire en français par *inimitié*, rendrait un son très atténué comparé à celui de *haine*, mais en corse, le mot signifie l'amitié rompue, l'impossibilité de réconciliation, le devoir de détruire ses ennemis jusqu'au dernier, et cette *inimicizia* fait naître chez Pozzo un sentiment d'une telle violence qu'il est *intraduisible*.

Mais achevons. La parenthèse anglo-corse dura deux ans.

Mis à part Pozzo lui-même, sur cette scène minuscule se croisent alors des personnages qui joueront tous un rôle capital dans la vie de Napoléon.

Le premier, sir Hudson Lowe, fut le dernier gouverneur de Sainte-Hélène. Il participa au siège de Calvi, fut cantonné quelques mois à Ajaccio et commanda le régiment anglo-corse qui fit à peu près toutes les campagnes contre les armées napoléoniennes.

Sir Henry Hotham commença sa carrière en Corse : il commanda l'escadre qui conduisit en 1815 Napoléon de Rochefort à Portsmouth.

Nelson, le vainqueur d'Aboukir et de Trafalgar, joua un rôle remarquable dans les sièges de Bastia et Calvi, où il perdit un œil.

Le général David Dundas, premier commandant des troupes anglaises de l'île, succéda au duc d'York, comme commandant en chef des troupes anglaises.

Le futur maréchal Beresford, héros des guerres lusitaniennes contre Napoléon, se fit remarquer en 1794 dans la prise de la tour de la Mortella, à Saint-Florent ; Nelson copia cette tour et en hérissa la côte anglaise pour prévenir le débarquement et l'invasion des armées de Napoléon. On les appelle *Martello towers*.

« Vous rappelez-vous la scène du début d'*Ulysse* de Joyce ? me dit Francis Beretti. Elle se déroule à Dublin, dans une Martello tower.

— Au vrai, je ne me rappelle que la fin : le fameux monologue, mais il y a très longtemps que j'ai lu *Ulysse* et j'avoue que je n'y avais rien compris.

— Personne ne comprend *Ulysse*, dit Francis en souriant. "Tant que l'esprit n'a pas pénétré le hiéroglyphe joycien, il est frustré comme qui se trouve devant un mur aveugle et cherche une issue." C'est de Jean-Jacques Mayoux.

— Qui était ce Jean-Jacques Mayoux ?

— Un type lumineux, exégète de Joyce. Il fut mon maître à la Sorbonne.

— Personne n'a plus de maître aujourd'hui, Francis. Vous êtes le dernier des Mohicans. »

Quelque deux cents ans plus tard, non loin de la tour de la Mortella — la *vraie* —, Marie-Eugénie de Pourtalès a fait bâtir sa maison. Elle est l'arrière-petite-fille de Jérôme Bonaparte — qui fut roi de Westphalie, et dont l'Empereur disait à Caulaincourt : « Jérôme n'aime que le faste, les femmes, la représentation et les fêtes. » Marie-Eugénie, au contraire de son ancêtre, privilégia la beauté et la simplicité des formes. Ne voulant pour rien au monde altérer l'harmonie des lieux, elle fit une maison que l'on ne voit pas de la mer, baptisée « *Ar di là* », qui signifie « Au-delà » en langue corse. On y accède par un grand escalier étroit et ombreux, planté d'oliviers, de lavande et de lauriers-roses ; la terrasse donne sur un jardin qui fait songer à celui des Milelli que Napoléon Bonaparte et Pozzo aimaient tant dans leur jeunesse.

Lové dans l'anse de Fornali, on peut voir aussi, à travers les arbres, un grand manoir, à l'aspect vaguement gothique. Un lord, féru de chasse à courre, le fit construire au début du XXe siècle. On dit que lord Chilcott débarqua à Saint-Florent avec ses chevaux, ses chiens et du personnel en livrée pour s'adonner à sa passion.

« J'ai connu une vieille dame anglaise, Dorothy Archer, dont j'ai retranscrit les souvenirs dans une revue savante, qui est morte à Ajaccio, en 1978, oubliée de tous et retirée du monde, dit Francis Beretti. Parce qu'elle s'ennuyait, ce qui me semble une excellente raison d'écrire, c'est même peut-être la seule, elle avait publié en 1924 une sorte de guide, *Corsica, The Scented Isle*, qui avait eu un certain succès.

— Heureux temps ! Mais quel est le lien avec lord Chilcott ?

— J'y viens. Jeune fille, elle avait eu un coup de foudre pour Saint-Florent — elle y passait toutes les saisons d'été — et en particulier elle aimait le domaine de Chilcott. Elle laissait sa voiture dans le maquis et se promenait des heures dans les collines.

— J'imagine l'effet que devait produire à cette époque une jeune femme conduisant une voiture !

— Qu'elle fût anglaise devait suffire à expliquer cette excentricité.

— Et lord Chilcott ?

— Dorothy ne l'a jamais rencontré, contrairement à sa mère, qui l'avait croisé plus d'une fois, car elle aimait peindre ce lieu qu'elle aussi trouvait enchanteur.

— Il l'est en vérité, mon cher Francis.

— Certes, mais peut-être l'est-il encore davantage pour ceux qui le découvrent et viennent d'ailleurs ?

— Lord Chilcott ?

— La mère de Dorothy disait de lui qu'il était charmant, encore qu'elle ne l'eût pas trouvé fréquentable.

— En quoi ne l'était-il pas ?

— Il était excessivement riche, mais c'était un

self-made man et, de ce fait, il était snobé par une partie très collet monté de l'aristocratie. Selon Dorothy, cela n'empêchait pas qu'on ait eu recours à lui pour organiser sur son yacht, le *Dolphin*, des rencontres importantes et secrètes entre des personnalités anglaises et étrangères. Le *Dolphin* était un superbe yacht, noir et blanc, ancré à Cannes, et, en 1926, sir Warden accueillit à son bord Mussolini et Chamberlain, alors ministre des Affaires étrangères.

— Il n'était pas Premier ministre ?

— C'était le demi-frère de celui qui signa les accords de Munich.

— Quelle famille ! Mais ne croyez-vous pas que Dorothy exagérait l'influence de Chilcott et forçait un peu sur le sherry ?

— J'avoue que cette mauvaise pensée m'a effleuré, mais j'ai pu vérifier ses dires dans le livre de lord Chilcott : *Political Salvation*. On y voit deux photographies, l'une de Chamberlain avec cette dédicace : *"To Warden Chilcott, on whose yacht The Dolphin I have twice carried forward the policy of peace in our Time"*...

— *Sono nell'oscuro*[1] !

— "À Warden Chilcott : sur son yacht le *Dolphin*, j'ai œuvré par deux fois pour la politique de la Paix aujourd'hui."

— Les Anglais n'ont jamais douté de rien ! Et Mussolini ?

— Sa dédicace est lapidaire et datée de Rome : *"A sir Warden Chilcott, cordialmente. In ricordo di Livorno*[2].*"*

---

1. « Je suis dans l'obscur. »
2. « À sir Warden Chilcott. Cordialement. En souvenir de Livourne. »

— L'Italien est aussi vaniteux que l'Anglais !

— Davantage, ce n'est pas une révélation, dit Francis. Lord Chilcott n'est pas en reste. On dit qu'il reçut à Saint-Florent la reine d'Espagne, les Chamberlain au grand complet, etc.

— On le snobait donc jusqu'à un certain point !

— "L'ostracisme de l'aristocratie" dont parle Proust a ses limites.

— La férocité mondaine aussi. Et la chasse à courre ?

— "Un vrai cirque !" m'a dit Dorothy.

— Un vrai cirque ? Et c'est tout ?

— Cela me semble suffisant. Bref, lord Chilcott mourut en 1942. Et on n'en parla plus, dit Francis. La propriété fut vendue. Qu'est-elle devenue ? Je l'ignore.

— La maison abrite quelquefois l'écrivain qui a écrit les plus belles choses qui soient sur Chateaubriand, dis-je.

— Le monde est petit », dit Francis.

III

VERTIGE DE LA MÉTALEPSE

« Allô, Marie ? C'est Francis Beretti. Je suis encore sous le coup du ravissement — et de la stupéfaction — d'avoir été transformé par vous en personnage. J'approuve les quelques pages que vous m'avez fait parvenir. Mais puisque vous me faites jouer le rôle de l'érudit, j'ai pensé que vous pourriez peut-être écrire, à mon propos, quelque chose comme cela, écoutez : "Dring !... Dring !... Dring !... J'étais grognon ce matin-là, je n'avais envie de parler à personne et ce ne fut que pour mettre fin à ces importuns Dring !... Dring !... que je courus au téléphone. 'Tais-toi !' m'écriai-je en empoignant le récepteur que, d'un geste machinal, je portais à mon oreille en disant : 'Allô...' J'entendis alors la voix de... Une amitié sans nuages nous lie depuis le temps de notre adolescence. S'il a une des plus belles et peut-être la plus belle chasse dans l'Europe d'aujourd'hui, c'est qu'il a su organiser ses territoires ; si les sociétés qu'il dirige sont prospères, c'est qu'il sait réfléchir, décider, entreprendre à bon escient ; s'il a remporté des victoires sportives, c'est qu'il a eu assez de volonté pour accepter les sacrifices qu'exige l'entraînement ; et s'il plaît aux femmes, ce n'est pas seulement parce qu'il a du charme, mais surtout parce qu'il se donne la peine de plaire à ce qui le séduit. Il considère avec le plus grand soin chacun des éléments de son univers : ses responsabilités, ses devoirs, ses amis ; ce qui s'offre à lui, ce qui l'attire et ce qui l'amuse. C'est un enfant du bon Dieu ; il ne renie pas son Père et personne au monde n'est moins ingrat que lui. Voici la vérité : il a toujours beaucoup travaillé et a toujours pris beaucoup de peine pour nous donner, comme en témoignage de sa délicatesse, le sentiment que tout lui était facile." Qu'en dites-vous ? Trouvez-vous cela juste ? L'éloge ne vous semble-t-il pas exagéré ?

— Pensez-vous !

— C'est une merveille, n'est-ce pas ?

— Une merveille !

— Trêve de plaisanterie. Qui, selon vous, a écrit cela ?

— Si ce n'est pas vous, mon cher Francis, je dirais Valery Larbaud.

— Vous n'y êtes pas, c'est Louise de Vilmorin. C'est un extrait de la préface au roman de Jean de Beaumont, *Adieu Focolara*. Celui-ci fut le propriétaire de Fornali, une autre sorte de lord, et qui aimait la chasse lui aussi.

— J'ignorais que Jean de Beaumont avait écrit un roman, et les temps sont révolus, il me semble, où les aristocrates aimaient écrire ; de nos jours, ils aiment seulement publier. "Une satisfaction de vanité de plus", comme disait Talleyrand.

— Que voulez-vous insinuer ?

— Je n'insinue rien. Ou l'on est écrivain ou on ne l'est pas. Donc, j'imagine que Louise de Vilmorin, à court d'argent, écrit un roman signé par Jean de Beaumont et, dans la préface, vante sa délicatesse, son élégance, son sens de l'amitié, ce qui ne fait pas de lui un écrivain, mais rend moins improbable qu'il ait pu l'être.

— C'est assez tentant, mais ne dites pas cela dans votre livre. Ses héritiers vous feraient un procès !

— Ils ne liront jamais ce livre !

— Vous êtes naïve, chère Marie.

— Fataliste seulement, et j'ai quelque espoir que les descendants de Jean de Beaumont, s'ils ressemblent à leur mère, ne se soucieront guère de ma petite hypothèse.

— Et pourquoi donc ?

— Cette femme avait la réputation d'être une merveilleuse excentrique, de celles qui laissent les plus austères d'entre nous admiratifs. Dès les années 1950, elle a aidé à monter les pièces de Tennessee Williams et traduit Hemingway, entre autres.

— Ce serait donc, selon vous, par jalousie que le comte se serait fait écrivain ?

— Peu importe ! Je disais tout cela pour passer le temps. Adieu, Francis, je vous rappelle.

— Encore un mot. Je ne voudrais pas faire assaut de pédanterie, mais j'ai trouvé, par hasard, le nom de ce procédé dont vous usez et qui m'a valu de devenir un personnage.

— *Par hasard*, dites-vous ? Eh bien ! Qu'est-ce que c'est ?

— La métalepse.

— La métalepse ? Adieu pour de bon, cette fois, Francis. »

IV

LE TRIOMPHE ET L'EXIL

C'est pour Bonaparte l'époque la plus pure et la plus brillante de sa vie.

STENDHAL, *Vie de Napoléon*

Pour l'un, l'exil, pour l'autre, le triomphe.

Napoléon et Pozzo connurent tour à tour chacun des lieux par où l'autre était passé. La première étape de l'exil de Pozzo fut l'île d'Elbe, conquise de fraîche date, ainsi que Capraia, par Nelson, victoires minuscules comparées aux conquêtes de Napoléon dans la péninsule italienne. Pozzo, devenu apatride, connaît le sort des émigrés et l'amertume de l'exil, pendant que Bonaparte vole de victoire en victoire et revient d'Italie auréolé de gloire.

Près de vingt ans plus tard, Napoléon connaîtra lui aussi les affres d'un voyage qui n'eut rien d'heureux.

Avant d'entreprendre cette navigation vers Sainte-Hélène qui dura plus de deux mois, l'Empereur fut emmené prisonnier à Plymouth sur un vaisseau qui avait pour nom *Bellérophon*. Plus de quinze ans plus tôt, le *Bellérophon* faisait partie de la flotte de Nelson. Lors de la bataille d'Aboukir, ce fut l'un des premiers vaisseaux à attaquer la flotte française, avec le succès que l'on sait.

Bellérophon est un nom qui a pour origine un

personnage de la mythologie grecque. Grâce à Pégase, le cheval ailé que lui avait donné Athéna, Bellérophon tua la Chimère, créature fantastique ayant une tête de lion, un corps de chèvre et une queue de serpent. Cette victoire le rendit vaniteux, il se crut capable d'atteindre l'Olympe, s'attirant ainsi la colère des dieux.

Les mythes changent. De celui de Bellérophon, il existe une version heureuse.

Un siècle avant l'avènement de Napoléon, alors que le frère du « grand Corneille », Thomas, songeait à renoncer au théâtre lyrique, Louis XIV lui demanda de travailler à un nouvel opéra. Le choix se porta sur Bellérophon. Lulli en fit la musique.

« La figure de ce chevalier corinthien, vainqueur des Amazones et des Solymes, acclamé par le peuple de Lycie qu'il avait délivré de la Chimère, renvoyait à celle de Louis XIV, qui venait de prendre vaillamment Gand et Ypres sur le front du nord. La signature du traité de Nimègue eut lieu en février 1679, au moment où la tragédie lyrique fut créée sur le théâtre de l'Académie royale de musique[1]. »

Lulli avait dû se passer de Quinault, son librettiste attitré, en disgrâce pour s'être amusé, dans *Isis*, à conter les malheurs de Mme de Montespan à qui Louis XIV préférait alors Mme de Ludres, dont Mme de Sévigné avait vanté, dans ses lettres, la « divine beauté ». Or, Mme de Montespan triompha de sa rivale et avait la rancune tenace : Quinault l'apprit à ses dépens. Était-ce là « l'esprit Mortemart » dont parle Proust ?

Il n'en demeure pas moins que la nouvelle colla-

1. Jean Duron.

boration entre Corneille et Lulli n'alla pas sans heurts. On dut faire appel à Fontenelle et à Boileau qui railla le texte de Thomas Corneille : « Il avait fait un opéra où Lulli ne comprenait rien. » Cependant, quand elle fut donnée en janvier 1680, l'œuvre plut tellement à Louis XIV qu'il la fit répéter deux fois.

C'était Apollon, que l'on identifiait au Roi-Soleil, qui ouvrait l'opéra de Lulli sur ces vers de Thomas Corneille : « Muses, préparons nos concerts!/Le plus grand roi de l'univers/Vient s'assurer le repos de la terre,/ Sur cet heureux vallon il répand ses bienfaits./ Après avoir chanté les fureurs de la guerre,/Chantons les douceurs de la paix ! »

Sous le règne de Napoléon, les douceurs de la paix n'étaient plus qu'un lointain souvenir. Ce qui illustra jadis la grandeur de Louis XIV révèle *a contrario* la déchéance de Napoléon, conséquence des désastres de la guerre.

Dans *La Barque silencieuse*, Pascal Quignard rappelle que Homère, grand poète de la guerre s'il en fut, dit de Bellérophon qu'il était devenu un objet de haine pour les dieux : « Seul, sur la plaine d'Aléion, un homme au cœur que la tristesse mange, évitant tous les autres hommes, erre[1]. »

Comment ne pas voir de *signe* dans cette coïncidence de destin entre Bellérophon et Napoléon ? Napoléon croyait en son étoile et il croyait au *fatum*. Pozzo s'y refusait : il ne voyait que superstition dans ces croyances, mais l'inspiration antique, si elle domina l'époque en bien des domaines, obséda Napoléon. Savait-il que le mot *désir* vient du *desiderare* latin qui signifie « regretter une étoile

---

1. *Iliade*, chant VI.

disparue » et qui a donné le mot désastre ? À Sainte-Hélène, Napoléon vit dans la nostalgie du passé, dans la permanence du désastre, du ciel bouché, dans le temps de la *contemplation inutile*, celui où les augures ne voient plus les étoiles.

Mais, en janvier 1797, le dieu de la guerre est avec Bonaparte. Alvinzi est battu à Rivoli et son lieutenant Provera, qui a franchi l'Adige pour débloquer Mantoue, est battu à la Favorite. Quelques jours plus tard, Mantoue se rend.

Plus de deux cents plus tard, je me suis rendue à Mantoue pour voir *La Chambre des époux* de Mantegna. Le palais Saint-Georges, qui l'abrite, reçoit trop peu de visiteurs et il fallut attendre d'être assez nombreux pour le visiter, accompagnés d'un guide. J'en éprouvai une déception assez vive, mais notre *cicerone* était une jeune femme souriante et apparemment fort bien disposée : elle ne se croyait pas obligée de nous assommer de ses commentaires.

Le palais est immense. Comme je m'étonnais qu'il fût quasiment vide, je m'entendis répondre : « C'est votre Napoléon. » J'en restai sans voix, mais trouvai assez beau l'attachement de cette jeune femme à sa ville qui lui faisait rappeler aux touristes forcément inconséquents — c'est-à-dire français — que nous étions les heures sombres de la conquête napoléonienne. Je me gardai de dire à celle qui nous accompagnait que j'étais *aussi corse*, ce qui aurait aggravé son ressentiment contre Napoléon et peut-être contre moi.

Traversant au pas de charge ces pièces démeublées, j'imaginai l'avidité du jeune général, son désir d'apporter ces trésors à la France ; il me semblait sentir le souffle de sa présence dans ces salles vides. Je me souvins que durant la campagne d'Italie, au milieu du fracas des batailles, Bonaparte s'inquiétait qu'un Titien, qu'il avait enlevé à Venise, fût perdu. Encore que je m'en défendisse, je ne pus m'empêcher d'éprouver de l'admiration pour cette razzia, et, songeant à mon guide, je m'en repentis et remerciai le ciel que Mantegna eût celé ses trésors dans une petite pièce, cette *Chambre des époux* qu'on ne put dépouiller, sans doute faute de temps.

La vue de la beauté est parfois aussi difficile à soutenir que celle de la laideur : à peine eus-je pénétré dans *La Chambre des époux*, je sentis une émotion si forte que ma vue en fut comme troublée. Notre guide ne voulait pas s'attarder. Je lui demandai encore un instant, ce qu'elle accepta de mauvaise grâce. Son impatience gâcha tout à fait les quelques minutes qu'elle m'accorda. Je jetai un dernier regard à la dérobée — admirable expression, pleine de justesse — et partis à regret, prise par le temps. La dernière image que j'emportai est celle des anges peints et de leurs ailes colorées déployées au-dessus de nos têtes. Je quittai Mantoue le soir même pour Bologne, ville qui, en juin 1796, avait laissé entrer l'armée napoléonienne sans résistance. Je regrettai toujours de n'avoir pas vu *La Chambre des époux* comme j'avais rêvé de le faire et qu'elle n'eût jamais de réalité que livresque. Mais laissons là Mantegna et les Gonzague dont je me suis beaucoup occupée par ailleurs, et revenons à nos deux héros.

Avec la guerre, Napoléon Bonaparte disait apporter la liberté à l'Italie. En échange, devant les yeux d'une Europe stupéfiée et épouvantée par une audace qui ne connaissait ni bornes ni revers, ce fut un véritable pillage d'œuvres d'art, de trésors, d'argent que le jeune général républicain envoyait au Directoire, qui acceptait cette manne sans mesurer que ces butins le menaient à sa perte.

« Pour l'Italie, écrit André Chastel, la campagne de 1796 fut décisive : l'armistice de Bologne en juin, le traité de Tolentino en février de l'année suivante ont été les instruments diplomatiques des spoliations. Vingt-neuf tableaux de Modène, vingt-sept de Parme, englobée dans la République cisalpine, trente de Pérouse, vingt de Venise, dont deux Titien, le *Saint Pierre martyr* de San Giovanni e Paolo et le *Martyre de saint Laurent* de l'église des Jésuites ; les fameux chevaux de Saint-Marc ; et surtout, un grand nombre d'œuvres prises à Rome, dont la *Transfiguration*, le Laocoon, l'Apollon du Belvédère[1]. »

On ne finirait pas de citer tous les chefs-d'œuvre volés. Ce prodige donne la mesure de tous les autres. Chateaubriand, dans un raccourci saisissant, en donne la teneur : « En moins d'un an, quatre armées autrichiennes ont été détruites, la haute Italie soumise et le Tyrol entamé ; on n'a pas le temps de se reconnaître : l'éclair et le coup partent à la fois. »

L'hiver et le printemps 1797 verront le triomphe de Bonaparte. En moins de trois semaines, l'Allemagne est envahie, la route de Vienne ouverte. Pour assurer sa protection, la famille impériale envoie en Hongrie l'archiduchesse Marie-Louise, alors à peine âgée de cinq ans. Ces précautions n'étaient pas tout à fait inutiles : quand Bonaparte signe le traité de Campo-Formio, l'armée française est à moins de cent kilomètres de Vienne.

1. *L'Art français. Le temps de l'éloquence 1775-1825.*

Après l'insurrection de Vérone contre les Français, Venise paiera le prix fort de la victoire française. Bonaparte écrit au Doge : « Toute la terre ferme de Venise est en armes. Le cri de ralliement des paysans, que vous avez armés, est "Mort aux Français!". Croyez-vous que, au moment où je suis au cœur de l'Allemagne, je sois impuissant pour faire respecter le premier peuple de l'univers? Croyez-vous que les légions d'Italie souffriront le massacre que vous excitez? Le sang de mes frères d'armes sera vengé. » En effet : en échange de la Lombardie, Bonaparte cède Venise, une partie de la Vénétie, l'Istrie et la Dalmatie. L'Autriche abandonne la Belgique à la France, la rive gauche du Rhin, les îles Ioniennes, reconnaît la République cisalpine, accrue du Milanais, de Brescia et de la Valteline. On croit rêver.

En décembre 1797, la Corse est donc de nouveau française, et pour longtemps. Pozzo est en exil à Londres, Bonaparte rentre à Paris, il est reçu à l'Institut. Rien ne peut donner une idée de sa popularité : il est célébré partout. Le Directoire donne une fête en son honneur, dont un tableau d'Hubert Robert, *Banquet offert par le Directoire à Bonaparte en décembre 97,* a perpétué le souvenir. « Les personnages, écrit André Chastel, se diluent dans l'atmosphère un peu glauque d'une lumière verte et donnent à ce tableau un aspect irréel et presque fantastique. »

Rien qui eût l'apparence d'une cérémonie ennuyeuse comme un protocole lors de ce dîner offert à Bonaparte par Talleyrand à l'Hôtel de Galliffet, « pour célébrer, dit le prince, ses victoires d'Italie et la belle paix qu'il venait de faire ». À la mode le l'Ancien Régime, cinq cents invités furent reçus et les dames servies par les hommes, avec une telle grâce et déployant un tel charme, que Napoléon, malgré la trahison du prince de Bénévent, ne l'évoquait pas sans émotion à Sainte-Hélène, disant à Las Cases que cette fête fut « marquée au coin du bon goût : tout Paris y était », encore qu'il eût quitté la soirée de bonne heure, car il ne voulait pas avoir l'air d'être « sensible aux fêtes. »

Mais ce soir-là Bonaparte s'aliéna Mme de Staël. Elle se tenait parmi un grand cercle et lui demanda quelle était la femme qui, à ses yeux, avait le plus de mérite. « Celle qui a fait le plus d'enfants », dit-il. On laisse imaginer ce que suscita dans l'un des plus brillants esprits du temps la *mesquinerie* de cette réponse.

Mme de Staël était « la grâce, encore plus belle que la beauté », chère à La Fontaine, mais Napoléon ne sut la reconnaître que chez Joséphine de Beauharnais et il n'aimait pas La Fontaine, qui ne fut jamais aimé des rois.

Talleyrand, qui comprenait tout avant tout le monde, fut plus heureux avec le jeune Bonaparte : il se mit à son service. « Au premier abord, écrit-il dans ses *Mémoires*, il me parut avoir une figure charmante ; vingt batailles gagnées vont si bien à la jeunesse, à un beau regard, à de la pâleur et à une sorte d'épuisement. »

Bonaparte n'a rien de l'arrogance d'un chef militaire victorieux, mais tout du héros romantique, vaguement mélancolique et attendrissant. Ce beau regard, cette pâleur, cet épuisement dont parle Talleyrand sont davantage des traits de la féminité que de la virilité guerrière. Ils sont aussi le signe de la sensibilité de Bonaparte. Il émeut avant d'impressionner. *Charmant, jeune, traînant tous les cœurs après soi,* en 1797, il est à l'apogée de cette coïncidence harmonieuse avec son époque. Il symbolise le culte voué à la jeunesse, à la nouveauté, à cette ère moderne qui s'est ouverte avec la Révolution.

À la même époque, Pozzo et Chateaubriand mènent à Londres une vie misérable. Les ambassades leur donneront leur content de lustre et d'or quelques années plus tard, mais alors ils peinent à subsister. Ils ne l'oublieront ni l'un ni l'autre.

Cependant, n'exagérons rien : pour ce qui est de Pozzo, grâce à ses amis, sir Gilbert Elliot, élevé à la pairie et devenu lord Minto, et Édouard Dillon, il est introduit dans le meilleur monde.

Édouard Dillon, que nous avons déjà croisé en Corse, le met en rapport avec le comte d'Artois — le futur Charles X : « Pozzo, dit la comtesse de Boigne, l'apprécia bien vite, et, tandis que le prince croyait s'être assuré un agent, Pozzo ne vit en lui qu'un instrument dont il se servirait dans l'intérêt de son ambition et surtout de ses haines, s'il le pouvait. Mais cet instrument lui paraissait bien peu incisif, et il s'expliquait avec une grande amertume sur le peu de parti qu'il y avait à en tirer. »

En effet, le comte d'Artois n'était pas, comme Pozzo selon Paoli, un *rasoio*[1].

La comtesse de Boigne, qui voit beaucoup Pozzo à Londres, le soupçonne d'être un opportuniste : « Il n'appela les Anglais que parce que Bonaparte se

---

1. Un rasoir.

déclara révolutionnaire. Depuis, Pozzo est devenu peut-être réellement absolutiste, mais alors, il était très libéral et plutôt républicain. À cette époque, il était constamment chez nous, passant alternativement du découragement et de la plus profonde tristesse à des espérances exagérées et à des accès de gaieté folle, mais toujours spirituel, intéressant, amusant, éloquent même. Son langage, un peu étrange et rempli d'images, avait quelque chose de pittoresque et d'inattendu qui saisissait vivement l'imagination, et son accent étranger contribuait même à l'originalité des formes de son discours. Il était parfaitement aimable. »

Comme j'évoquais devant lui le caractère de Pozzo, un ami psychiatre dit voir dans ces brusques changements de l'humeur, l'obsession de Napoléon et l'acharnement qu'il mit à la poursuivre, les signes d'une psychose maniaco-dépressive, les passages de dépression profonde qui alternent avec une euphorie un peu délirante en étant les symptômes les plus probants. J'ai toujours eu beaucoup de méfiance envers ces réductions psychologiques et, à mon sens, ce nom barbare ne peut résumer, à lui seul, un être tel que Pozzo. Néanmoins, qu'il fût animé d'une sorte de folie n'est pas pour me déplaire.

Je rétorquai à mon psychiatre — ce qui le fit sourire — qu'il me semblait déceler davantage dans les excès de certains de nos contemporains les effets de cette maladie, dont il croyait Pozzo affecté, que dans la rigueur avec laquelle ce dernier mena sa guerre contre Napoléon Bonaparte. Du reste, Pozzo ne manquait ni de culture ni d'intelligence, et, d'une certaine manière, c'était là que résidait son véritable talent.

La comtesse de Boigne ne dit pas autre chose : « Pozzo aurait été au fond des enfers chercher des antagonistes à Bonaparte et l'a toujours poursuivi avec une persévérance à laquelle son esprit des plus distingués et un rare talent ont donné une influence que sa situation sociale ne devait pas faire prévoir. »

Pour conclure notre conversation sur l'improbable folie de Pozzo, le psychiatre me dit que l'intelligence, la culture, la rigueur et la logique *apparentes* ne sont pas forcément en contradiction avec cette application obstinée et un peu malsaine — ce sont ses termes — à poursuivre une obsession.

« Cela, répondis-je, pourrait être une définition tout à fait acceptable du métier d'écrivain. »

« Il paraissait si utile au Directoire de se débarrasser d'un homme qui lui faisait ombrage, et qu'il n'était pas en mesure de contenir, qu'il finit par céder aux instances de Bonaparte, ordonna l'expédition d'Égypte, lui en donna le commandement, et prépara ainsi les événements qu'il avait le plus à cœur de prévenir », écrit Talleyrand dans ses *Mémoires*, résumé parfait de ce qui se produisit et dont il fut, en partie, l'instigateur.

Dans *Les Batailles de Napoléon*, Laurent Joffrin expose clairement les désirs de la France dans la conquête de l'Égypte : c'était un vieux rêve qui remontait à la monarchie — Leibniz l'avait déjà conseillé à Louis XIV : « On établirait en Égypte la domination française et l'on se servirait de ce pays propice aux grandes ambitions comme d'un relais vers l'Orient extrême. Contrôlant la mer Rouge, on tiendrait la route des épices et l'on étendrait jusqu'à l'Indus l'influence de la République. »

L'attrait de Bonaparte pour l'Orient s'explique aussi par le goût de l'époque. Les Français s'étaient très tôt intéressés à l'Égypte — le *capriccio* de 1760 de Hubert Robert en témoigne ; les Anglais et les

Italiens également : le décor de Piranèse pour le Café anglais de Rome en 1760 fut copié ; un livre en fut tiré et publié en 1769 ; il fit autorité et influença grandement les architectes français de Rome. Aussi l'art égyptien s'intégra-t-il à l'art de l'Empire avec la publication de Vivant Denon sur la campagne d'Égypte et résista sans faiblir à toutes les modes jusqu'en 1822 et le déchiffrement des hiéroglyphes par Champollion.

Dans ce XVIIIe siècle finissant, l'art est plein de ruines, de réminiscences de Carthage et de Pompéi, découvert depuis peu. Les Anglais ont lancé la mode de parcs où figurent des ruines factices ; elles servent de cadre à une nature faussement sauvage, comble de la sophistication. D'autre part, une théorie de la passion et de la primauté du sentiment se développe, entretenue par l'immense succès qu'aura continûment, depuis sa parution en 1761, *La Nouvelle Héloïse*. Napoléon avait emporté le livre à Sainte-Hélène et le relisait là-bas : « Cet ouvrage a du feu, il remue, il inquiète », disait-il.

On oppose ce genre de passion, un peu morbide — qui atteindra son acmé dans le gothique hugolien —, à la *ratio* cartésienne du siècle précédent : elle s'accorde à la fascination des vestiges de civilisations brillantes et disparues. En partant pour l'Égypte, Bonaparte, s'il rêve à sa propre gloire, doit rêver aussi à la beauté de la gloire *détruite*, et, dans ce siècle qui voue un culte aux ruines, la destruction de la bibliothèque d'Alexandrie occupe une place de choix. Alberto Manguel, dans son livre remarquable, *La Bibliothèque, la nuit*, le confirme : « Avec cette foi dans la survie de l'esprit qu'incarnait la bibliothèque d'Alexandrie, le poète Francisco de

Quevedo écrivait : "Poussière, soit, mais poussière amoureuse." » Ce rêve ou plutôt ce désir de rêver, non plus à la conquête, mais aux débris de la gloire, Napoléon le réalise à Sainte-Hélène, fidèle en cela à l'inscription qui surplombait les étagères de livres de la bibliothèque d'Alexandrie, qui rappelait au lecteur qu'il se trouvait dans le « lieu du traitement des âmes[1] ».

Mais, en Égypte, comme dans la fable de La Fontaine *La Laitière et le pot au lait*, rien ne se déroula comme prévu. Bonaparte se rêvait pourtant en nouvel Alexandre : 40 000 hommes, 1 000 marins et la fine fleur de l'intelligentsia française — près de cent cinquante savants et artistes, regroupés sous le titre pompeux de Commission des sciences et des arts — embarquèrent sur 400 navires à Toulon et suivirent le vainqueur d'Italie.

On pourrait, si l'on s'en tenait aux seuls événements, résumer la campagne d'Égypte en une phrase : les Français échappent miraculeusement à la flotte de Nelson, s'emparent de Malte, débarquent à Alexandrie ; la victoire des Pyramides leur ouvre la route du Caire, mais la destruction de la flotte française à Aboukir, le 1er et le 2 juillet 1798, contraint l'armée française à rester en Égypte et à modifier ses plans. L'échec du siège de Saint-Jean-d'Acre met un terme à la campagne de Syrie et oblige les troupes françaises à se replier en Égypte. Voilà pour l'essentiel. Comme souvent, cela ne suffit pas.

Stendhal, à qui l'on ne peut pas reprocher de s'appesantir sur les faits, manifeste une certaine gêne à l'égard de ce moment de la vie de Napoléon,

1. Alberto Manguel.

et une pièce remarquable de Stefan Zweig, *Un caprice de Bonaparte,* révèle les aspects les moins brillants du personnage et un changement dans son caractère, déterminant pour la suite de sa carrière.

Les faits sont vrais et connus : pour se venger des infidélités notoires de Joséphine, Bonaparte séduisit la femme d'un officier, Pauline Fourès, surnommée Bellilotte. Mais la belle Mme Fourès n'était pas l'héroïne inspirée de Zweig. Au départ d'Égypte de Bonaparte, elle devint la maîtresse de Kléber. De retour en France, « richement dotée par le Premier consul, écrit Jean Tulard dans son *Dictionnaire Napoléon,* elle épousa un ancien émigré, le comte de Ranchoux, qui reçut le consulat de Hambourg ». Elle était musicienne et peintre à ses heures et écrivit un roman. Ainsi Bellilotte se croyait-elle artiste. Elle en eut au moins une fois la fantaisie et l'apparence : à Toulon, quand elle embarqua, déguisée en homme, pour suivre son mari en Égypte — ce qui était interdit aux épouses d'officier. L'affaire fit grand bruit, fut connue de Bonaparte, piqua sa curiosité et l'amena à connaître Bellilotte. On sait ce qu'il advint.

Dans *Un caprice de Bonaparte,* Zweig brosse le portrait d'un Bonaparte cynique et ambitieux, ayant l'âme d'un dictateur, peu enclin à la pitié, pressé d'accomplir son destin.

Fourès, parce qu'on l'oblige à divorcer, réclame justice. À travers lui, c'est l'usage de la force, au mépris du droit, qui est dénoncé. Il y a dans son obstination à être reconnu dans ses droits — et dans l'abandon de ceux-ci par amour pour sa femme — une grandeur qui n'est pas sans faire songer à celle du colonel Chabert de Balzac, que Zweig admirait beaucoup.

Fourès, comme Chabert, sera sacrifié, non comme le vieux grognard d'Eylau au profit de l'argent-roi, mais sur l'autel de la raison d'État. Les deux hommes ont en commun un passé de soldat, ils sont, comme le dit Balzac, « l'un de ces beaux débris de notre ancienne armée », dont il loue « la sauvage pudeur, la probité sévère, les vertus primitives ». Mais la fraternité des anciens grognards n'existe pas chez Zweig. Il brosse un tableau plus noir de la société militaire et de son esprit, dont l'essence est d'obéir aveuglément sans faire de *sentiment*.

Un caprice de Bonaparte est aussi l'histoire de l'épuisement des sentiments, de l'indifférence au malheur. La raison d'État est incarnée avec une lucidité glaçante par Fouché, qui ne cache pas qu'il ferait exécuter Fourès s'il s'opposait à ses vues : « L'individu, dit-il, n'obtient rien contre la collectivité. [...] Que votre cause soit juste ou injuste, vous avez en ce moment contre vous la cause supérieure de la patrie. »

Ce pessimisme radical et sans issue donne une densité aux personnages qu'ils n'auraient pas sans la dimension autobiographique de la pièce : en effet, Zweig, après l'accession au pouvoir d'Hitler, dut s'exiler. Sa collection d'autographes, de manuscrits, de partitions — qui comptait notamment une page des carnets de Vinci, des partitions de Brahms et de Beethoven — sera confisquée et en partie détruite par les nazis, ses œuvres brûlées dans un autodafé à Berlin. Il ne survivra pas au désespoir que la civilisation européenne soit anéantie. Il se suicida avec sa femme en 1942, à Petrópolis, au Brésil où il s'était exilé sans espoir de retour.

Zweig a raison : l'expédition d'Égypte a fourni à Bonaparte le dernier *motif* nécessaire à l'accomplissement de son destin. Il fuit ce piège de sable comme il fuira le piège de la neige en Russie, mais en Orient, cela lui réussit ; les circonstances lui furent favorables.

De l'Égypte, Bonaparte apprit l'éblouissement de la grandeur, mais aussi la cruauté, la ruse politique la plus basse, le mépris de la mort d'un grand nombre de prisonniers et de soldats : en un mot, il s'habitua au *pire*. Cela lui vint peut-être de la déception qu'il éprouva : il avait de l'Orient une image *littéraire*, la réalité était plus rude ; il écrivait à son frère Joseph : « Nous avons traversé soixante et dix lieues de désert, ce qui a été extrêmement fatigant ; de l'eau saumâtre, souvent point du tout. Nous avons mangé des chiens, des ânes et des chameaux. »

Il découvre aussi une forme de guerre encore inconnue, où la barbarie prend le pas sur la règle et l'usage : « À cinq heures, écrit Bonaparte, nous étions maîtres de la ville qui, pendant vingt-quatre heures, fut livrée au pillage et à toutes les horreurs de la guerre, qui jamais ne m'a paru si odieuse. » C'était Jaffa.

Stendhal, pourtant éperdu d'admiration pour Bonaparte, peine à justifier le massacre des prisonniers par l'armée française.

Chateaubriand — que Stendhal détestait — n'eut pas de tels atermoiements. « La vérité morale d'une action, dit-il, ne se décèle que dans les détails de cette action. » Il cherche ces détails dans les *Mémoires* de Miot de Mélito, qui était commissaire-adjoint des guerres en Égypte.

Celui-ci dresse un tableau terrible des massacres des prisonniers par les Français. Le souvenir de ces scènes effroyables faisait trembler sa main : « Arrivés dans les dunes de sable, au sud-ouest de Jaffa, on les arrêta près d'une mare d'eau jaunâtre. Alors l'officier qui commandait les troupes fit diviser la masse par petites portions et ces pelotons, conduits sur plusieurs points différents, y furent fusillés. »

Le malheur poursuivait les Français. Le 20 mai 1799, la campagne de Syrie s'acheva avec la levée du siège de Saint-Jean-d'Acre. La peste sévissait dans les rangs de l'armée. Bonaparte visita les malades, mais l'accusation d'avoir empoisonné les pestiférés fut portée contre lui. Bourrienne la soutient : « Je ne puis pas dire que j'aie vu donner la potion, je mentirais ; mais je sais bien positivement que la décision a été prise et a dû être prise après délibération, que l'ordre en a été donné, et que les pestiférés sont morts. »

On ignore ce que Pozzo savait de la campagne d'Égypte, mais il dut bien juger que les victoires françaises ne pesaient pas grand-chose face au désastre d'Aboukir auquel répondra, quelques années plus tard, comme en écho, celui de Trafalgar, dont l'éclatante victoire d'Austerlitz masqua les effets. Pozzo pouvait être content : réanimée par les succès de Nelson et « la victoire du Nil », la coalition, menée par l'Angleterre, se reforme. Le roi de Naples prend les armes. Battus par les Français accourus en toute hâte, les Bourbons se réfugient en Sicile. La République parthénopéenne est fondée, mais la révolte gronde : c'est la retraite de Naples. Souvarof et les troupes russes débouchent en Italie pour en chasser les Français ; à Radstadt, des housards hongrois assassinent deux plénipotentiaires de la République ; les Suisses, les Hollandais, les Belges s'insurgent, la Vendée reprend les armes.

Les intérêts qui divisent les coalisés sauveront la France : la rivalité qui oppose l'Autriche et la Russie en Orient profite à Masséna qui bat Souvarof à Zurich ; Brune bat les Russes et les Anglais, débarqués en Hollande. La coalition est contenue hors des frontières, mais l'Italie est perdue.

Le rêve de l'Orient qui a longtemps hanté Napoléon ne se réalisera pas. Mais Pozzo respire. Il croit son rival perdu, quand la nouvelle de son retour retentit dans toutes les Cours d'Europe.

Bonaparte rejoint Le Caire, remonte les côtes de l'Afrique jusqu'à la Sardaigne, relâche à Ajaccio, qu'il revoit pour la dernière fois.

On doit à Vivant Denon un très joli dessin à la plume de la baie d'Ajaccio. Le baron avait tous les dons : Milan Kundera considère que *Point de lendemain* est un chef-d'œuvre. Je ne résiste pas au plaisir de citer la première phrase pour les amateurs ; l'âme vive du XVIIIe siècle y est contenue tout entière avec une maîtrise vertigineuse : « J'aimais éperdument la comtesse de *** ; j'avais vingt ans et j'étais ingénu ; elle me trompa ; je me fâchai ; elle me quitta. J'étais ingénu, je la regrettai ; j'avais vingt ans, elle me pardonna ; et comme j'avais vingt ans, que j'étais ingénu, toujours trompé, mais plus quitté, je me croyais l'amant le mieux aimé, partant le plus heureux des hommes. »

Bref, l'escale ajaccienne de Bonaparte lui fit gagner un temps précieux. Une fois de plus, la Corse sert de scène de répétition, mais cette fois-ci, il est accueilli triomphalement. Les témoignages sur ce point concordent et, alors que la loi lui en fait l'obligation, il n'est pas soumis à la quarantaine. Cependant, les opposants sont nombreux et, d'ailleurs, Letizia Bonaparte, en butte à leur hostilité, a quitté Ajaccio quelque temps auparavant. Mais les paradoxes arrêtent rarement les Corses.

Après quelques jours passés dans sa maison ajaccienne où il reçoit une foule qui se presse pour le voir — ce qui ne laisse pas d'étonner ses compagnons de voyage, qui ne sont pas habitués aux usages corses —, Napoléon Bonaparte rembarque. Le 8 octobre, il entre dans la baie de Fréjus. En ce début d'automne, il a échappé à tout : à la mort, à la peste, à Nelson, et il est dans l'impatience d'être à Paris.

À peine arrivé, Bonaparte se présente en sauveur. « Ainsi qu'il l'avait prévu, écrit Talleyrand dans ses *Mémoires*, les divers partis virent en lui, non un homme à qui il fallait demander compte de sa conduite, mais celui que les circonstances rendaient nécessaire et qu'il fallait gagner. » Il est vrai que Hoche et Joubert sont morts et Moreau ne veut pas jouer de rôle dans le coup d'État qui se prépare.

Le jour du 18 brumaire, Pozzo quitte Londres. Il accompagne à Vienne son ami, lord Minto, qui vient d'être nommé ambassadeur.

À Paris, ce jour-là et le lendemain, Bonaparte est très occupé à faire un coup d'État qui manque d'échouer. Face aux députés qui, pour certains, l'accusent d'être un nouveau César, il ne se soutient plus : les mots se dérobent, il défaille et s'effondre. Il est entouré, bousculé. Au milieu de propos incohérents, on l'entend dire : « Je suis accompagné du dieu de la Fortune. » « Sortez, Général, lui dit Berthier, vous ne savez plus ce que vous dites. »

Cette horreur de la foule lui venait-elle des

images de sa prime jeunesse qui avaient tant frappé son imagination, celles notamment de l'invasion par la populace des Tuileries et du massacre des gardes-suisses ? On ne sait. Mais, de ce malaise dont il fut victime le 18 brumaire, il se releva le visage en sang ; dans sa furie, il s'était griffé.

La brutalité de la perte de conscience a frappé les témoins de la scène et aussi cette légère blessure au visage que Bonaparte a attribuée à un mauvais geste des « assassins qui menaçaient les députés », ce que nous savons être faux.

Tous les êtres sensibles connaissent cette panique mêlée de dégoût au contact de la foule, qui donne un sentiment de danger mortel et l'envie de disparaître ; or, s'évanouir n'est pas autre chose qu'une forme de disparition rapide et radicale, une *solution* éphémère pour se soustraire à l'insupportable.

On parlera pour Napoléon d'épilepsie, établissant un parallèle avec César ou Alexandre le Grand, qui en souffraient tous deux. Les Latins étaient très effrayés par l'épilepsie, qu'ils appelaient le mal sacré. Pour eux, cette attaque soudaine était la manifestation de la présence de la divinité, ce qui pourrait expliquer que Bonaparte, faisant sienne cette croyance, invoque le dieu de la Fortune.

Dans ses *Mémoires,* Talleyrand semble confirmer que Napoléon souffrait d'épilepsie. En septembre 1805, alors qu'il s'apprête à quitter Strasbourg, l'Empereur entraîne Talleyrand dans sa chambre où se trouve le comte de Rémusat. À peine y est-il entré que l'Empereur s'effondre : « Il n'eut que le temps de me dire de fermer la porte ; je lui arrachai sa cravate parce qu'il avait l'air d'étouffer ; il ne vomissait point, il gémissait et bavait. M. de Rémusat lui donnait de l'eau, je l'inondais d'eau de Cologne. Il avait des espèces de convulsions qui cessèrent au bout d'un quart d'heure ; nous le mîmes sur un fauteuil ; il commença à parler, se rhabilla, nous recommanda le secret et, une demi-heure après, il était sur le chemin de Carlsruhe. »

Le mot d'épilepsie n'est jamais prononcé, mais les symptômes ne laissent aucun doute. Doit-on croire Talleyrand ? Il a souvent perverti la réalité pour servir sa cause : se justifier auprès de la monarchie après la chute de Napoléon, tenter de montrer la souplesse, mais aussi la droiture de son caractère — ce ne fut pas chose aisée : personne ne le crut. Sa nièce elle-même, Mme de Dino, trouve ses *Mémoires* « peu sincères ».

Ainsi, la relation de cet évanouissement pourrait fournir la preuve *a posteriori* de ce que Talleyrand soupçonnait : Napoléon était un être dangereux, car perdant quelquefois le contrôle de lui-même, et ce au moment même où l'ancien évêque commence à douter du bien-fondé des exigences de la politique étrangère de l'Empereur et où une certaine mésentente — qui ne fera que s'aggraver — apparaît entre lui et son maître. En effet, pourquoi, autrement, ne pas avoir évoqué le malaise de Bonaparte du 18 brumaire, puisque Talleyrand dit « s'être rendu à Saint-Cloud avec quelques amateurs » ?

D'autre part, pourquoi Napoléon l'entraîne-t-il dans sa chambre et ne reste-t-il pas auprès de Joséphine chez qui il se trouvait — l'Impératrice devait savoir que son époux était sujet à ces crises ? Ne veut-il pas être vu par sa femme dans cet état ? Mais avait-il seulement le temps d'y *penser* ? Talleyrand se contente d'évoquer les faits sans les commenter. Il est vrai qu'ils parlent d'eux-mêmes. Las Cases, dans le *Mémorial,* qualifie cependant l'épilepsie de Napoléon de « fable ridicule inventée par certains salons de Paris ». Voire.

Talleyrand a-t-il joué de l'inquiétude qu'aurait pu provoquer la révélation d'une mauvaise santé de Napoléon ? Mais les ennemis de Napoléon avaient bien d'autres motifs d'inquiétude : celui-là était presque superflu. Du reste, qui l'ignorait ? Ce que nous tâchons vainement de cacher est le plus souvent connu de tout le monde.

Une autre question me taraude : qu'éprouve-t-on lors de ces malaises ? Comme souvent, on trouve un début de réponse chez les écrivains.

Chacun sait que Dostoïevski et Flaubert étaient épileptiques.

Dans *L'Idiot,* Dostoïevski décrit l'attaque du haut mal et la chute du prince — qui ressemble en tout point au récit de Talleyrand : « Les convulsions et les spasmes le font glisser jusqu'au bas de l'escalier tout proche... Sa découverte provoque un attroupement... Une flaque de sang autour de sa tête fait naître un doute : est-on en présence d'un accident ou d'un crime ? » Et Flaubert dans *La Tentation de saint Antoine* définit ce qu'il appelait une « attaque de nerfs » : « C'est comme si le lieu général de son être se dissipait... ne résistant plus, il tombe sur la natte. » Cette absence à soi-même, merveilleusement évoquée par l'idée que l'être *se dissipe,* c'est-à-dire *s'évanouit,* rend compte du mystère de la perception et de la complexité des impressions ressenties par le malade dont la chute brutale constitue, en somme, l'acmé et la délivrance.

Dans un récit de Leonid Tsypkin, *Un été à Baden-*

Baden, dont je dois la découverte miraculeuse, car je le tiens pour un chef-d'œuvre, à Marie-Eugénie de Pourtalès, Tsypkin, à partir du Journal d'Anna Dostoïevski, retrace le voyage et le séjour de l'écrivain et de sa femme dans la ville d'eaux allemande. Dostoïevski s'y était rendu pour jouer et gagner au Casino. On sait ce qu'il adviendra. *Le Joueur* fut inspiré par cette expérience malheureuse.

Tsypkin était médecin. Persécuté par le pouvoir, il écrivait comme Ovide en exil « pour ne pas mourir ». Il ne nourrissait pas l'espoir que son œuvre soit publiée, mais il connaîtra la joie de savoir qu'elle le sera dans une revue russe, aux États-Unis, où son fils a émigré. Tsypkin meurt une semaine plus tard. La fatalité s'attache aux pas de certains artistes.

Dans *Un été à Baden-Baden*, Tsypkin va en train de Moscou à Saint-Pétersbourg. Il lit le Journal d'Anna D. pendant tout le voyage. Il refait non seulement l'itinéraire de Dostoïevski et de sa femme Anna, mais le voyage *mental* de Dostoïevski et décrit une crise d'épilepsie avec une précision hallucinante.

« Brusquement le plancher chavira, au lieu du visage qu'il s'attendait à voir parce qu'il se souvenait l'avoir pris dans ses mains, il vit une tache blanche aux contours flous [...] détaché du sol, il volait librement, mais dès qu'il approchait d'une étoile, le halo doré s'effaçait et il avait sous les yeux une étendue pierreuse sans même une ligne d'horizon ; [...] une odeur surprenante venait de ce désert minéral : une odeur d'ozone comme après un orage ; il continuait à voler légèrement, sans effort, mais sur toutes les étoiles, il voyait la même chose : les restes d'une vie disparue, d'une civilisation disparue — tout était mort [...] il n'avait plus la sensation de son propre corps, il avait fusionné avec quelque chose d'inaccessible [...] Il était allongé entre le mur et le lit d'Anna, sur la carpette où elle l'avait péniblement traîné ; elle lui cala un oreiller sous la tête, les convulsions s'apaisaient, mais de la bave était restée sur ses lèvres et elle l'essuyait ; il ouvrit lentement les yeux, il la regarda sans la reconnaître. »

Si l'on pense que je m'éloigne de mon sujet, on a tort ; je crois, au contraire, que je m'en approche *au plus près*, car, à travers le récit d'un écrivain russe de la fin du XXe siècle, évoquant Dostoïevski, nous pouvons imaginer ce que fut le malaise de Bonaparte, au soir du 18 brumaire. En effet, il dut avoir ces visions, cette succession d'impressions visuelles et olfactives évoquées par Tsypkin ; ce mélange de plaisir proche de la volupté, d'angoisse et d'effroi. En outre, la menace, constituée par la survenue imprévisible de ces crises, peut aussi expliquer pour une large part la croyance de Napoléon dans le destin.

Ce malaise ressemble aussi à s'y méprendre à des attaques de panique où l'être semble *foudroyé*. J'ai moi-même souffert longtemps de ces moments où « l'être se dissipe », où le monde devient menaçant, car sa perception en est accentuée d'une manière insupportable ; cette panique ne peut se résoudre que par l'évanouissement : il faut que le monde se dérobe pour échapper à ce sentiment d'être sous l'emprise d'une sorte de lucidité *atroce*.

Une grande anxiété peut provoquer ces crises. Pourquoi Bonaparte n'en a-t-il pas eu sur les champs de bataille, où la tension est extrême ? Le désordre de l'Assemblée a-t-il symbolisé tout d'un coup, pour le jeune général, le désordre du monde et son impuissance à en contenir le flot? Je l'ignore, mais l'expérience du mal-être ne me semble pas si éloignée de celle du haut mal.

Quoi qu'il en soit, dès le début du Consulat, on dira dans toute l'Europe que Bonaparte était sujet à ces évanouissements, sans en préciser la nature; Tolstoï reprend le *motif* dans *Guerre et Paix* : dans le salon d'Anna Pavlovna, le vicomte de Mortemart évoque une rencontre improbable entre le duc d'Enghien et Bonaparte chez Mlle George, la célèbre actrice. Bonaparte aurait eu alors « incidemment une de ces syncopes auxquelles il était sujet. » Étant à la merci du duc d'Enghien sans que celui-ci en profite, Bonaparte l'aurait fait exécuter plus tard pour se venger de « cette grandeur d'âme ».

Cette scène est sûrement une invention de Tolstoï, mais c'est un canevas tout à fait vraisemblable, qui traduit l'esprit des opposants de Bonaparte. Les convictions politiques s'appuyaient sur ce genre de scénarios et forgeaient l'opinion. Du reste, Bonaparte n'avait rien à envier aux écrivains : il était passé maître dans l'art du récit historique, transformé en épopée, c'est-à-dire en roman.

Bien longtemps avant que Tolstoï n'écrive cette scène de *Guerre et Paix*, le 19 brumaire 1799, dans la proclamation qu'il fait à onze heures du soir, Bonaparte ne revient pas sur ce malaise et tâche de cacher ce qui est à ses yeux une faiblesse — c'est d'ailleurs la traduction littérale du mot corse pour dire évanouissement : *debulezza*.

Bonaparte est emmené par sa garde, le visage en sang, presque évanoui. Lucien le sauve. Murat, à la tête des grenadiers, envahit la salle des séances et sort de force les députés.

On eût dit que l'évanouissement du 18 brumaire était le contrepoint négatif de la révélation de Lodi, comme si, soudain, le génie électrique qui l'habitait l'avait déserté. Mais quand il se relève, la mise en scène est impeccable : Bonaparte a recouvré ses esprits ; il se donne le beau rôle, rejetant Lucien et Fouché dans l'ombre. En un moment, le pouvoir a changé de main.

Quelques jours après le 18-Brumaire, Bonaparte fait voter une constitution qui lui donne des pouvoirs très élargis. Dans cette Constitution de l'an VIII, il annonce clairement — ce fut même la seule chose sans ambiguïté : « Citoyens, la Révolution est fixée aux principes qui l'ont commencée. Elle est finie. »

Dès le 7 janvier 1800, Benjamin Constant dénonce « le régime de servitude et de silence qui se prépare ».

La « dictature de salut public » est établie mais, avant le silence et la servitude annoncés par Benjamin Constant et après une brève accalmie dont on se souviendra comme d'un mirage, vient le règne du bruit et de la fureur, c'est-à-dire de la guerre. Bainville ne s'y est pas trompé : « C'est un général, que le peuple appelait pour avoir la paix tant désirée. On ne se doutait pas encore que l'avènement de Bonaparte serait celui du dieu de la Guerre. »

La liberté de la presse est supprimée ; les pamphlets fleurissent et les appels à éliminer ce nouveau César sont nombreux. Plusieurs complots sont déjoués. L'un d'entre eux, qui a failli réussir, marquera profondément Bonaparte. Un an après le 18-Brumaire, le 24 décembre 1800, le Premier consul est l'objet de l'attentat dit de « la machine infernale »[1].

Il en fera un récit *modifié* à Las Cases. L'impression de la première version : « En me réveillant, j'eus la sensation que la voiture était comme soulevée dans une masse d'eau », fait place, dans le *Mémorial*, au récit d'un rêve prémonitoire.

Une partie est commune aux deux versions : ce soir-là, Bonaparte dort à moitié, étendu sur un canapé, et il faut toute la force de persuasion de Joséphine pour le décider à l'accompagner à l'Opéra où l'on donne *La Création* de Haydn. Dans la rue Saint-Nicaise, une bombe explose, seule la queue du cortège du Premier consul est touchée, mais c'est une tragédie : on déplore de nombreux morts. Le Premier consul dit avoir dû la vie sauve à son cocher, qui était ivre, « n'avait peur de rien et conduisait furieusement ».

Commence ensuite la version donnée à Las Cases : Napoléon sommeillait dans sa berline et faisait un rêve curieux ; lors du passage du Tagliamento, il avait failli se noyer, en avait éprouvé une grande peur qui lui avait laissé une impression affreuse. Il ne se la remémorait pas ce soir-là, mais la revivait comme il advient toujours dans les rêves et, alors qu'il croyait périr, éprouvant toutes les sensations de la noyade, au plus fort du danger *imaginaire*, il s'éveilla en sursaut et cria : « Nous sommes minés ! » Pour lui, le rêve l'avait prévenu du danger,

---

1. Sur cette affaire, on lira avec profit *L'Énigme de la rue Saint-Nicaise* de Laurent Joffrin.

c'était une prémonition. C'était plus sûrement ce moment où la réalité se mêle aux songes et les rend plus vrais que nature.

L'importance accordée à la prémonition, et plus largement à l'instinct, fait le fond à la fois du sens de la stratégie guerrière et de la mélancolie de Napoléon. « Je me suis abandonné à mon étoile », dit-il à Las Cases.

C'est tout le sens des paroles de Letizia, sa mère, quand elle dit, telle la sibylle : « Pourvu que ça dure ! », dont on s'est quelquefois moqué, par ignorance de la *profondeur* que recouvraient ces mots.

Comme les anciens Romains, Napoléon accordait une importance extrême à la signification des rêves. Cette croyance, il ne l'avait pas puisée dans les livres, mais dans son enfance, en Corse.

Dans le récit qu'il fait de sa vie, Napoléon métamorphose *a posteriori* la réalité et la façonne comme autant de *signes*. Son existence paraît ainsi traversée de fulgurances prémonitoires, de rêves violents qui le sauvent ou préfigurent sa fin, annonçant un désastre auquel on ne peut que se soumettre. L'importance que l'on accorde au destin est aussi une excuse à l'impuissance et à l'échec, et cela pourrait aussi expliquer la *prostration* qui semble parfois l'avoir paralysé.

Prisonnier à Sainte-Hélène, condamné à l'oisiveté et à l'ennui, Napoléon s'abandonne à la mélancolie, c'est-à-dire au roman. Il rêve alors sa vie et transforme des pans entiers de la réalité en *fiction*. Il n'a pas étudié en vain les écrits de César. Ainsi assiste-t-on dans le *Mémorial* à la métamorphose d'un guerrier en écrivain (« Quel roman que ma vie ! » dit-il, comme s'il était fasciné par le récit de sa propre histoire) et celle d'un écrivain, Las Cases — ou qui se prétendait tel —, en scribe. Devant ce dernier, Napoléon rejoue sa propre vie et, comme il est artiste, il le fait en virtuose : il interprète. L'action, devenue inutile, n'est plus le ressort du rêve : l'alchimie est inversée ; « Nous luttons ici contre l'oppression des dieux », dit-il à Las Cases, et aussi : « Les malheurs ont aussi leur héroïsme et leur gloire. Aujourd'hui, grâce au malheur, on pourra me juger à nu. » Cette mise à nu est impossible, mais sa tentative deviendra la plus grande autobiographie sciemment *fabriquée* de l'Histoire.

Du reste, l'époque est à la reconstitution. Tout est revu et corrigé : la bataille de Waterloo pour Napoléon — dont il livre trois versions différentes —, mais aussi le tableau du sacre par David, qui y fait figurer Letizia, qui n'assista pas au couronnement de son fils. Alors que tout paraît vérifiable, tout est truqué ou presque. Le règne de Napoléon, c'est aussi le règne du *trompe-l'œil*.

Poussant jusqu'à l'absurde la mystification, Jean-Baptiste Pérès, ancien avocat, ancien professeur de mathématiques et enfin bibliothécaire de la ville d'Agen — et quel lieu plus inspirant pour la mystification qu'une bibliothèque ? —, publie en 1827 : *Comme quoi Napoléon n'a jamais existé, ou Grand Erratum, source d'un nombre infini d'errata à noter dans l'histoire du XIXe siècle.*

Mêlant Homère, la mythologie grecque et quelques lieux communs de l'astrologie touchant aux signes du Zodiaque, il déroule un argumentaire inouï pour donner la preuve irréfutable de ce qu'il avance. Les lignes qui ouvrent son opuscule suffisent à comprendre son projet : « Napoléon, dont on a dit et écrit tant de choses, n'a pas même existé. Ce n'est qu'un personnage allégorique. »

Qu'est-ce qui poussa ce *savant austère* à former cette entreprise borgésienne avant la lettre et qui ferait presque douter — si nous n'en avions des preuves — de l'existence même de l'auteur ?

Subissant un revers de fortune au moment de la Restauration, Pérès fut réduit à donner des leçons particulières pour vivre. Il eut alors l'occasion de lire et de s'intéresser à l'œuvre de Charles-François Dupuis dont on pourrait aussi douter de l'existence, mais il fit une belle carrière et finit sénateur sous l'Empire.

Dupuis prônait l'égalité de toutes les religions et donnait de fumeuses explications sur l'Origine du culte, le Zodiaque de Tentyra, les Constellations, etc. Cela indigna le catholique fervent qu'était Pérès et il voulut démontrer par l'absurde l'incongruité de cette théorie. Il lui fallut frapper fort, ce qu'il fit, en avançant l'idée que Napoléon n'avait jamais existé.

Pérès prédisait un grand avenir à la mystification, mais il se trompait sur le moyen, ce n'était plus le livre, mais l'image, qui en serait le vecteur. Leonardo Sciascia, lui, ne s'y est pas trompé.

Je ne me serais pas attardée si longuement sur cette curiosité, si elle n'avait intéressé l'écrivain italien dont *Jette le masque, Bonaparte!* est le dernier texte. On connaît l'intérêt et même la passion de Sciascia pour le XVIIIe siècle français. Ce petit récit, sous forme dialoguée, n'est pas sans faire songer au *Neveu de Rameau*.

Sciascia y met en scène dans une émission de télévision, dans le genre de celle d'*Apostrophes* avec un présentateur aussi vif et amusant que le fut Bernard Pivot, un jeune écrivain — malicieusement nommé Benét —, Alberto Savinio, Chateaubriand et Napoléon. En filigrane apparaissent aussi les figures tutélaires de Malraux, Gramsci, de Gaulle, et celles diaboliques de Mussolini et d'Hitler.

Ne se privant d'aucune fantaisie, au mépris de toute vraisemblance, Sciascia mêle le temps et l'espace mais, plutôt que Napoléon, c'est son *fantôme* qui apparaît et dispute avec celui de Chateaubriand sur l'idée qu'il fut le grand continuateur de la Révolution française, ce que Chateaubriand conteste.

En outre, si Napoléon n'a pas existé, comme l'affirme Pérès, il peut bien devenir un *autre* personnage de fiction, qui, en creux, fournira à Sciascia l'occasion de faire la critique de son époque où les Bonaparte au petit pied fleurissent.

Alberto Savinio intervient dans ce bref dialogue pour étayer l'idée du regret qu'eut Bonaparte de n'avoir pas été un grand écrivain : « S'il avait avoué ses désirs secrets, Napoléon aurait donné Arcole, Wagram, Austerlitz pour une œuvre littéraire qui défiât les siècles, égale à celle des grands auteurs qu'il aimait tant...»

Napoléon met un terme à cette idée romanesque ; avoir inspiré la page écrite par Chateaubriand sur Waterloo lui suffit : « D'ailleurs, dit Napoléon, s'adressant à Chateaubriand, si j'avais été écrivain, je n'aurais pas réussi à écrire comme vous. J'aurais écrit comme l'autre, vous savez, ce consul de France qui aimait les chroniques italiennes autant que moi les chroniques corses. »

Tout l'esprit de ce dialogue est dans ces quelques lignes amusantes.

À la demande de Napoléon, l'émission s'achève sur la lecture des premières pages du livre de Pérès. J'avoue que l'évocation de la voix de Napoléon dans le lointain, chuchotant : « Continuez à lire, continuez... », m'enchante. Néanmoins, sous ses abords amusants, *Jette ton masque, Bonaparte!* est aussi une interrogation sur la fiction de l'Histoire et sur la manipulation de l'opinion. Napoléon, quand il dictait le récit de sa vie à Las Cases, en avait une conscience aiguë : « L'adversité manquait à ma carrière », disait-il. Ainsi Napoléon, avant Pérès et avant même le grand Sciascia, fut-il *le maître des illusions*.

On n'en sera guère étonné : j'ai un peu perdu Pozzo de vue, cela tient à ce que le destin de Napoléon et le sien sont *parallèles* et cette difficulté ne pourra jamais être tout à fait levée ni abolie. Mais j'ai eu tort : il faut prendre garde de ne pas se laisser dévorer par le personnage de Napoléon ; il exerce une fascination qui paralyse et peut rendre stupide : les exemples abondent. Qu'en est-il donc de Pozzo ? Nous le savons à Vienne où il est désœuvré. Il dit être épouvanté par le coup d'État de Bonaparte et je crois, moi, qu'il n'en est pas tout à fait mécontent. Plus le pouvoir de Bonaparte grandit, plus Pozzo devient précieux : il est le meilleur connaisseur de celui qui devient, en peu de temps, le maître de la vieille Europe et, d'instinct, il comprend la place qu'il peut occuper.

Cependant, il redoute que la puissance de Bonaparte soit telle qu'il n'ait plus sa place nulle part, hormis là où il ne veut pas être. Derechef, il offre ses services aux Bourbons. Il écrit au comte d'Artois sa foi dans le rétablissement de la monarchie : « Il ne faut pas, dit-il, regarder comme impossible ce qui serait si fort dans l'ordre. »

En 1800, les soutiens — à peu près inutiles — ne manquent pas à Pozzo. D'Édimbourg, le comte d'Artois, qui n'est pas si insatisfait de son sort qu'il veut le faire croire, lui répond : « Un jour l'ouvrage du crime sera détruit et la cause de l'honneur et de la justice finira par triompher. » Il en doute fort. Ce sont des paroles de circonstance. À l'époque, Pozzo est un des rares à y croire. Le comte d'Artois ne veut cependant rien négliger et il accepte que Pozzo se mette en relation avec le baron de Roll — que la comtesse de Boigne trouve « trop Allemand en tout » — qui transmettra au prince en exil tout ce que Pozzo jugera utile de lui faire parvenir.

Tout cela ne va pas très loin. Pozzo rédige des rapports sur tout et sur rien, qu'il adresse aussi bien au baron de Roll qu'au prince de Metternich, au chevalier de Gentz, au comte de Cobenzl. Il se cherche un maître qui ait en commun avec lui la détestation de la Révolution française et de ce général, désormais Premier consul, dont on redoute qu'il ne s'arrêtera pas en si bon chemin : n'a-t-il pas fait comprendre à Louis XVIII que son heure, non seulement n'était pas venue, mais qu'elle était *passée*?

Le protecteur de Pozzo, l'ancien et éphémère vice-roi de Corse, lord Minto, craint la contamination des idées républicaines et se propose de livrer à la France une guerre perpétuelle, avec ou sans alliés : « À moins que cela, écrit-il, je ne vois pas que nous puissions échapper au naufrage de l'univers. » Pozzo ne pense pas autrement.

Cependant, il ne s'ennuie pas à Vienne, il s'y plaît même beaucoup. Il découvre les délices de la vie viennoise, où une partie de l'aristocratie contre-révolutionnaire s'est réfugiée. Comme il le fit à Londres, lord Minto l'introduit dans la meilleure société où se sont rassemblés les esprits les plus fins, débris de la plus vieille monarchie du monde, qui se retrouvaient naguère à Versailles.

L'âme de ces salons viennois est le prince de Ligne, dont le charme, l'intelligence, l'esprit sont connus de toute l'Europe : « Un cavalier à la rose », écrit Paul Morand (la livrée de Ligne était couleur de rose) ; « l'homme le plus galant, le plus heureux, le plus allègre, telle est sa légende, car la légende veut qu'il y ait des hommes heureux. »

Le prince parle français comme on parlerait une langue secrète pour évoquer ce que la vie lui a réservé de meilleur. « L'allemand auquel on s'est remis dans la conversation, écrit-il dans ses *Mémoires*, ôte l'urbanité que le règne de François I[er1] avait apportée avec lui. Les tutoiements parmi les femmes, l'organe que cette langue nécessite en ramène la grossièreté. On ne rit même bien décemment qu'en français. »

C'est un personnage fascinant, brillant, obsédé de plaisir et de gaieté, que rien, si ce n'est la mort d'un fils qu'il chérissait tendrement — ce qui était rare alors —, ne viendra obscurcir. Il déteste Bonaparte qu'il appelle, comme son amie Germaine de Staël, « un Robespierre à cheval » : « Je passe à cet homme-démon de s'être fait torrent ; mais tremblement de terre, c'est trop, en vérité. Quel fléau ! Que de turbulences, de déplacements ! Il fait jouer à toute l'Europe le jeu connu sous le nom de *la toilette madame*, où chacun court quand on le nomme à la

---

1. L'empereur d'Autriche.

première chaise vacante. » Il peste contre ce que la France est devenue : « une détestable, exécrable et abominable nation qui avait été si heureuse pendant cent cinquante ans ».

Le prince a apprécié Pozzo dès qu'il l'a vu. Il l'écrit au « beau Dillon » : « Vous ne pouvez pas deviner, mon cher Édouard, comme l'esprit est venu à Vienne. On a eu celui d'aimer dans l'instant M. Pozzo di Borgo. »

Alors que le prince de Ligne vante l'esprit de Pozzo et déplore la chute de la monarchie, Bonaparte autorise le retour des émigrés et n'oublie pas Pozzo. En 1800, de Modène, il rédige de sa main l'ordre aux préfets d'Italie de l'arrêter et de le conduire dans les prisons de Turin. Il en fait un portrait qui mérite d'être rapporté : « Charles-André Pozzo di Borgo, natif de Corse, taille de cinq pieds et cinq à six pouces, d'une complexion plutôt faible ; cheveux, yeux, sourcils bruns, figure assez ronde et brune, nez prolongé, bouche moyenne, de belles dents. Il est ordinairement habillé de noir ; parlant assez bien le français et l'anglais, mal l'allemand. Insinuant dans la conversation empreinte de finesse ou plutôt de ruse, emporté, élevant la voix dans la discussion et, possédant de belles mains, affecte de les montrer avec ostentation. »

Il me semble voir percer dans ce dernier détail — trop subjectif pour être utilisé — une jalousie à peine masquée. Noter que Pozzo a de « belles mains » était lui reconnaître une certaine séduction et relever de la finesse dans sa conversation — compliment atténué par la ruse —, un certain art de la persuasion, même si l'on sent du mépris pour l'individu et sa façon de se tenir — cette affectation et ce manque de manières de Pozzo, observés aussi par la comtesse de Boigne.

Par ailleurs, énumérer les langues parlées par Pozzo est une façon détournée de dénoncer une propension naturelle à la trahison chez son ennemi : ainsi, pour Pozzo, toutes les nationalités se vaudraient, il ne serait animé que par son intérêt, au contraire du Premier consul, qui affirme son adoption de la nation française, la seule qu'il reconnaisse désormais. Après la bataille de Lodi, Napoléon a d'ailleurs francisé son nom, ôté la voyelle qui en trahissait l'origine étrangère : Buonaparte est devenu Bonaparte. Il est vrai que Lodi a révélé à Napoléon la possibilité d'un destin hors du commun : « C'est au soir de Lodi, dit-il, que je me suis cru un être supérieur. [...] Je voyais le monde fuir sous moi, comme si j'étais emporté dans les airs. » Le *deus ex machina* de son destin passe donc par l'adoption de la langue française, incarnée par l'abolition de la voyelle. Ce soir-là, Napoléon a tranché dans le vif, c'est-à-dire dans la forme même de son identité.

Il ne serait pourtant pas tout à fait inutile de signaler que Pozzo parle l'italien et le corse à cause d'un accent particulier que ces langues avaient laissé dans ce langage « si imagé » de Pozzo, évoqué par la comtesse de Boigne : « Son accent étranger contribuait même à l'originalité des formes de son discours », disait-elle.

Dans son *Histoire de l'ambassade dans le grand duché de Varsovie en 1812*, l'abbé de Pradt, s'il évoque l'esprit supérieur de Napoléon, note aussi des particularités de la langue, qui avaient frappé la comtesse chez Pozzo : « Doué d'une sagacité merveilleuse, infinie ; étincelant d'esprit saisissant, créant dans toute question des rapports inaperçus ou nouveaux ; abondant en images vives, en expressions animées, et pour ainsi dire dardées, plus pénétrantes par l'incorrection même de son langage, toujours un peu imprégné d'*étrangeté*[1]. »

Ce langage émaillé d'incorrections, rappelant sans cesse l'origine étrangère de Napoléon, n'a pas dû compter pour peu dans le jugement d'une certaine société, nostalgique du respect absolu de la forme. Passe encore qu'il employât cette langue — qui n'était pas la sienne — quand il divulguait et représentait les valeurs de la Révolution et de la République, mais quand il devint empereur, on n'admit pas qu'il en fît un usage fautif. Pour certains, la faute de langage devint alors l'équivalent d'une faute politique. L'altération du langage étant le signe le plus visible de la corruption et de l'avilissement du pouvoir, donc de son illégitimité. On feignit de l'ignorer jusqu'à ce que Napoléon faiblisse, mais, pendant les Cent-Jours, les monarchistes se déchaînèrent : « Le Sénat conservateur, dans sa proclamation du 3 avril 1814, traite Napoléon d'*étranger* », écrit Chateaubriand.

Lui-même ne s'en était pas privé dans son pamphlet *De Buonaparte aux Bourbons*. Pour mieux marquer son origine étrangère, il avait rendu au nom de Bonaparte la voyelle — le *u* — que Napoléon avait ôtée pour le franciser : « On désespéra, dit-il, de trouver parmi les Français un front qui osât porter la couronne de Louis XVI : un étranger se présenta, il fut choisi. » De ce « brûlot » que la sœur de

---

1. C'est lui qui souligne.

Napoléon, Caroline, a eu entre les mains, Jean d'Ormesson dit qu'il « lui faisait des larmes essuyées par Juliette[1] ». Il faut entendre Juliette Récamier, qui était une amie de la reine de Naples et de Murat.

Depuis le début, Napoléon Bonaparte n'était pas dupe qu'il était toléré, faute de mieux. Aussi, alors qu'il faisait poursuivre Pozzo, craignait-il que la connaissance de l'italien et du corse eût davantage démontré sa ressemblance avec Pozzo que le contraire, et rappelé d'une façon inopportune que lui-même était français depuis peu. Marc Fumaroli le souligne, non sans ironie : « L'Empereur des Français n'était lui-même français (concession généreuse) que depuis les Lumières hostiles au christianisme[2]. » Deux siècles plus tard, il est fascinant de retrouver dans ce mépris *souriant* ce que dut être l'esprit d'une certaine aristocratie à l'égard de Bonaparte.

L'Enchanteur, issu d'une vieille noblesse, n'avait pas les préjugés de l'aristocratie de l'émigration — ou plutôt ne les avait plus. À la Restauration, Chateaubriand a la nostalgie du temps de la monarchie de Louis XIV et de celui de l'Empire. Que reproche, en effet, Chateaubriand à Louis XVIII ? De ne pas avoir le souci de sa gloire. D'avoir les manières qui rappellent l'Ancien Régime, mais de ne pas avoir de profondeur et de ne rechercher que dans les formes, ou l'attachement aux formes d'une société disparue, la grandeur de la monarchie. Cela prépare à l'avènement d'une monarchie bourgeoise, au « néant » qu'évoque l'écrivain après Napoléon : « Retomber

---

1. In *Mon dernier rêve sera pour vous.*
2. In *Le Poète et l'Empereur.*

de Bonaparte et de l'Empire à ce qui les a suivis, c'est tomber de la réalité dans le néant, du sommet d'une montagne dans un gouffre. »

On peut néanmoins dater cette honte ou ce rejet des origines de Napoléon Bonaparte — visible dans l'exaltation que l'on met à aimer la nouvelle patrie adoptée et à l'indifférence manifestée pour celle dont on est issu — dès 1800, dans le portrait qu'il fait de Pozzo.

D'ailleurs, Napoléon fut très attentif à la question de la légitimité, liée à celle de son héritage. En 1805, il fut décidé que sa famille ne devait plus posséder aucun bien en Corse. L'Empereur marquait ainsi une rupture définitive avec ses origines et voulait sceller son appartenance à la France. Il procéda à des achats de terres et de biens et en fit une donation à André Ramolino, cousin germain de sa mère, et à sa nourrice, Camilla Ilari. Il est vrai, comme l'écrit Jean-Pierre Commun-Orsatti[1], que Napoléon « régnait depuis le palais des Tuileries, sa mère possédait l'hôtel de Brienne, son oncle Fesch un grand hôtel particulier à la Chaussée d'Antin, les Murat étaient les maîtres du palais de l'Élysée... La Corse leur était peut-être devenue trop petite ».

De la Corse, Napoléon gardera cependant le goût du récit où la part du destin, du hasard, du rêve est essentielle. Cela le dégoûtera de revenir à la *fadeur* du réel. « Il aimait, note Talleyrand, tout ce qui pouvait embellir le *poème* de sa vie. »

Que resta-t-il de corse en Pozzo, hormis sa *haine*? Un sens politique hors du commun, acquis dans la

1. In *Napoléon et la Corse*, Éditions Albiana.

pratique du pouvoir sous la Révolution et le royaume anglo-corse. Il fera un autre usage que Napoléon de cet héritage corse ; Pozzo n'était pas un *sentimental* : son livre de chevet était le *Tite-Live* de Machiavel. Pour lui, la rhétorique et la stratégie, pour Napoléon, le style lumineux et la légende.

Cependant, même si, durant ces années du Consulat, le pouvoir de Bonaparte a toutes les apparences de la tyrannie, cela paraissait nécessaire et profitable même aux plus grands esprits du moment : tout le monde succombait au charme du jeune général et à sa puissance. Il fallut attendre 1804, et l'exécution du duc d'Enghien, pour que les effluves du philtre se dissipent et quelques années encore pour que l'opposition retrouve toute sa vigueur.

On connaît le travail prodigieux accompli durant cette période « la plus brillante de la vie de Bonaparte », selon Stendhal, où, comme l'affirme Zweig, « il manifeste la plénitude et la multiplicité de son génie ; jamais la figure de Bonaparte n'apparaîtra plus grandiose, plus créatrice et plus humaine qu'à cette époque de réorganisation ». Bonaparte fait des offres de paix vers l'Autriche et l'Angleterre qui ne peuvent aboutir, mais lui concilient l'opinion. À l'intérieur, dès la fin du mois de décembre, la Vendée et les provinces de l'Ouest sont pacifiées ; les assignats sans valeur sont remplacés par une bonne monnaie ; le Code Napoléon est créé ainsi que la Banque de France ; la pacification religieuse est commencée, les églises rouvertes, Bonaparte dit à Talleyrand vouloir « s'aboucher avec le nouveau pape Pie VII », fraîchement élu par le conclave de mars 1800; le Concordat sera signé le 15 juillet 1801.

Chateaubriand, pour qui Bonaparte est le « poète en action », sur les conseils de son ami Fontanes, rédige une œuvre de circonstance, *Génie du christianisme*. Avant sa publication, il avait écrit à Mme de Staël dont il redoutait le persiflage : « Je serai bien heureux si vos amis les philosophes ne cassent pas mon pot au lait », car il espérait que de ce livre pourraient sortir « poulets, vache, cochon et même une chaumière » — la Vallée-aux-Loups.

Ses vœux furent exaucés : le livre connut un immense succès et la seconde édition fut dédiée à Bonaparte. « On ne peut s'empêcher de reconnaître, dans vos destinées, la main de cette Providence qui vous avait marqué de loin pour l'accomplissement de ses desseins prodigieux, écrit Chateaubriand. Les peuples vous regardent. La France, agrandie par vos victoires, a placé en vous ses espérances. » Pour le récompenser, Bonaparte le nommera secrétaire de légation, à Rome, sous les ordres du cardinal Fesch, qui ne l'aimait pas.

Près de quinze ans plus tard, dans une lettre à Metternich, Fouché dira de Chateaubriand qu'il lui avait toujours connu une grande ambition et qu'il vouait à Bonaparte « une admiration chevaleresque ». Il reste des débris de cette admiration éperdue dans les *Mémoires d'outre-tombe*.

La deuxième campagne d'Italie débute en des temps de prospérité retrouvée. Nous sommes déjà loin de la première campagne où, « à travers l'Italie, devenue une fournaise, nos grenadiers vivaient dans le feu comme des salamandres[1] ».

On compare néanmoins Bonaparte à Hannibal quand il passe le col du Grand-Saint-Bernard. Le 2 juin, il entre à Milan, mais, le 4, Gênes tombe et, à Marengo, il manque d'être battu.

À trois heures, la bataille était perdue, les Autrichiens avaient envoyé des dépêches pour en informer Vienne. À Paris, le bruit de la défaite courait déjà. On complotait pour remplacer le général d'Italie vaincu. Fouché et Talleyrand, naturellement, mais aussi Joseph, son frère. Bonaparte ne dut la victoire qu'au retour de Desaix, qui fut tué lors de la contre-attaque. Il écrit aux consuls : « Lorsqu'on vint, au milieu du plus fort du feu, annoncer au Premier consul la mort de Desaix, il ne lui échappa que ce seul mot : "Pourquoi ne m'est-il pas permis de pleurer ?" »

Bonaparte fait ici une étrange distinction entre sa

1. Chateaubriand, *Mémoires d'outre-tombe*.

personne publique — il parle de lui à la troisième personne — et sa personne privée. Le procédé vise à le grandir. Tout en déplorant la mort de Desaix, il montre sa force d'âme. Mais, désormais, il sera *double*.

Quelques années plus tard, accompagné de Joséphine, sur le chemin de Milan où il va pour se faire couronner, Napoléon monte une étrange mise en scène sur les lieux de cette bataille dont on dit que, trois jours avant sa mort, dans son délire, il la revivait.

Selon Constant, son valet de chambre, qui le rapporte, Napoléon fit rassembler une armée de vingt-cinq ou trente mille hommes dans la plaine qui avait vu se dérouler la bataille de Marengo; il revêtit l'habit, le chapeau et le sabre qu'il avait portés le jour de la bataille et passa ses hommes en revue : « Un vaste amphithéâtre avait été élevé dans la plaine pour l'Impératrice et pour la suite de Leurs Majestés. La journée fut magnifique, comme le sont tous les jours du mois de mai en Italie. » Napoléon, après avoir remis des croix de la Légion d'honneur, fit un bref discours où il rendit hommage à Desaix : « Un frémissement de douleur se fit entendre dans les rangs des soldats. »

Sans doute faut-il chercher l'origine de ce goût pour le déguisement dans celui que Napoléon a toujours eu pour le théâtre : il avait une prédilection pour le jeu de Talma, qui était de ses intimes. Mais, alors que l'on est empereur et bientôt roi d'Italie, mettre « un vieux chapeau bordé d'un large galon d'or, noirci et effilé par le temps », et revêtir un uniforme usé de général républicain aurait pu rendre Napoléon ridicule, mais cette emphase célèbre, *à rebours*, l'humilité de celui qui se souvient qu'il n'était que Bonaparte quelques mois plus tôt. Napoléon joue de cette contradiction et la rend émouvante. Il sait du reste que la foule se laisse facilement gagner par l'émotion et qu'elle n'est pas rebutée par l'exagération des symboles. Cette humilité, sciemment *jouée,* et perçue comme telle, devient alors un signe de *reconnaissance* qu'il donne à ses hommes : elle est le ressort du culte de la personnalité que Napoléon cultivera toujours.

Quatre ans plus tôt, il était revenu d'Italie « le cœur vieilli » et, comme Phèdre, aurait pu murmurer : « Tout m'afflige et me nuit et conspire à me nuire. » Après Marengo, la confiance en ses amis ou alliés est perdue. Napoléon a désormais la certitude que tous sont prêts à le trahir ou à l'abandonner à la moindre défaillance. Cet enjeu ne variera pas : à chaque nouvelle bataille, il risque de tout perdre. « Il éprouva alors, écrit Sorel, la solitude effroyable du pouvoir absolu. »

À son retour d'Italie, Bonaparte fit donc cette paix que les Français appelaient de leurs vœux ; tous crurent que c'était le début d'un nouvel âge d'or. L'Autriche, après les défaites de Marengo et de Hohenlinden, consentit à faire une paix séparée : « Ce que la maison d'Autriche, vieil ennemi, écrit Jacques Bainville, abandonne d'un seul coup à la République, c'est plus que le pré carré de Richelieu, c'est la Belgique, le Luxembourg, la rive gauche du Rhin. [...] Elle reconnaît le protectorat français sur les Républiques batave, helvétique, cisalpine, ligurienne. Elle s'incline devant l'occupation du Piémont. [...] Elle accepte enfin l'arbitrage pour un remaniement du corps germanique qui sera la fin du Saint Empire, car il faut encore, pour que la France garde ses conquêtes, que l'Autriche soit exclue d'Allemagne comme d'Italie, refoulée aussi loin que possible. C'était enivrant, immense, trop beau. »

Tout est dit : les règles du jeu sont posées et c'est un jeu d'enfer.

L'Angleterre, toujours menacée d'une invasion, et pour laquelle la paix avec l'Autriche a été un rude coup, attend des jours meilleurs. Bonaparte se cherche un allié — qu'il trouve — chez le tsar Paul Ier. Mais Nelson attaque Copenhague, le tsar est assassiné et l'alliance franco-russe est rompue. Menou, qui a remplacé Kléber, capitule en Égypte. La paix avec l'Angleterre s'impose. Elle sera signée à Amiens.

Quand Pozzo apprend la signature du traité de Lunéville, il rédige un mémoire sur la situation de la monarchie autrichienne : « La paix, conclut-il, ne peut pas s'acheter par des sacrifices pareils ; celui qui l'a vendue est en état de la faire acheter encore. » Il déclare dans une lettre que « les traités de Lunéville et d'Amiens sont les codes noirs de l'Europe ». Ils ne tarderont pas à être oubliés.

Après Marengo, si Bonaparte incarne le pouvoir, il est aussi à la merci d'un attentat, d'un complot ; préparer l'avenir, en cas de disparition, s'impose. Tous le lui représentent et d'abord les membres de sa famille : Lucien l'écrit crûment dans une brochure distribuée aux préfets, ce qui lui vaudra une disgrâce relative — il est nommé ambassadeur à Madrid.

« On me parle toujours de ma mort, dit Napoléon. [...] Ma mort ! ma mort ! toujours ma mort !...

Eh ! après moi périsse l'univers, s'il faut que j'aie toujours ma mort devant mes yeux. »

Joseph le harcèle avec la question de l'héritage : « Joseph, écrit Napoléon, n'est pas destiné à régner ; il est plus vieux que moi. Je dois vivre plus que lui, je me porte bien ; et puis il n'est pas né dans un rang assez élevé pour faire illusion. Je suis né dans la misère ; il est né comme moi dans la dernière médiocrité ; je me suis élevé par mes actions ; il est resté au point où la naissance l'a placé. Pour régner en France, il faut être né dans la grandeur, avoir été vu dès l'enfance dans un palais, avec des gardes, ou bien être un homme capable de se distinguer lui-même de tous les autres. »

Il ne faut pas cependant sous-estimer la puissance du clan corse reconstitué auprès de Bonaparte. Fouché, le premier, en fera les frais. Il était un des principaux opposants à la marche vers la monarchie. Comme on ne peut congédier un homme aussi puissant, on le couvre d'or et on supprime le ministère de la Police. Mais il est vrai que l'opposition — jacobine et royaliste — est anéantie.

Bonaparte, dont l'ambition alors ne connaît plus de bride, s'achemine vers le pouvoir suprême et son désir de fonder une dynastie n'est pas peu encouragé par sa famille. Cette famille, qu'il comblera de bienfaits, considérant qu'elle doit le servir, parce qu'elle lui doit son élévation, n'aura de cesse de s'affranchir de son pouvoir et participera à sa chute.

Ainsi que dans toutes les familles, les vieilles rancœurs, les jalousies rentrées, les rivalités anciennes, les intérêts égoïstes et la vénalité les dominaient tous. « Il eût été beaucoup plus heureux pour

Bonaparte de n'avoir point de famille », affirme Stendhal. La force de Pozzo sera de n'en être pas encombré. Napoléon pensait qu'*in fine* sa famille lui serait fidèle par habitude et éducation. Il fit preuve par là d'une *naïveté* inouïe.

En novembre 1816, à Sainte-Hélène, il sera indulgent pour les siens : « Ils étaient bien neufs, bien jeunes, entourés de pièges et de flatteurs, d'intrigants de toute espèce, de vues secrètes et malintentionnées. »

Par lassitude et inutilité de leur tenir rancune, il oublie les torts de sa famille, y compris la *vanité mesquine* qui faisait refuser et mépriser un trône à Joseph ou à Louis parce qu'ils espéraient celui de France, c'est-à-dire la mort de leur frère.

Il exclut sa mère des critiques : « Elle était, dit-il, digne de tous les genres de vénération. » Du reste, celle qui n'avait jamais cru que l'Empire durerait était, selon la comtesse de Boigne, d'une telle avarice que l'on ne pouvait pas même lui rendre les devoirs qui lui étaient dus : « Personne, dit-elle, ne songeait plus à lui faire sa cour. »

S'il est vrai, ce signe déplacé de *modestie* était aussi nuisible à Napoléon que les extravagances de ses frères et sœurs. Joséphine qui avait, au dire de Napoléon, des « dettes et des diamants », était, en un sens, plus *française*, et cette légèreté heurtait moins les esprits que la rapacité ou l'avarice des autres. Ainsi ne trouvait-on rien à redire que l'armoire à bijoux de Marie-Antoinette, qu'elle avait dans sa chambre, fût trop petite pour contenir ses parures.

Ma mère n'est pas convaincue et loue devant moi ce qu'elle appelle la « prudence » de Letizia

Bonaparte : « Les événements lui donneront raison. On la croyait avare, elle n'était que prévoyante. »

Elle blâme davantage la prodigalité des frères et sœurs de Napoléon que l'avarice de Letizia : « Elle seule avait compris le miracle de la réussite de son fils, la fragilité de son entreprise et la part de désespoir qui y entrait. Il se savait compris de sa mère. Il voulait son approbation en tout.

— Ce pouvoir maternel absolu, qui t'enchante, répondis-je, est un mythe : Letizia avait refusé d'assister au sacre et était restée à Rome, chez Lucien, dont elle avait pris le parti contre Napoléon, et en 96, celui-ci s'était passé de la permission de sa mère pour épouser Joséphine.

— Il aura sans doute craint d'être arrêté par un refus de Letizia et il aimait passionnément Joséphine ! Sais-tu qu'il demanda à sa mère l'autorisation de quitter l'île d'Elbe ? Il avait en elle une confiance aveugle. Il n'aimait guère son père, même s'il fut affecté par sa mort prématurée. En Paoli, il s'était choisi un père spirituel. Mais il n'avait guère de chance de réussir auprès du vieux général. Napoléon était trop sensible, trop ombrageux et surtout trop intelligent. Chaque homme ne pouvait voir en lui qu'un rival et non un ami ou un fils. Il était condamné à la solitude et à la mélancolie qui le firent souvent songer au suicide. Letizia connaissait cette part d'ombre de son fils et en avait peur.

— Tu sombres dans le romantisme. L'influence de Victor Hugo...

— Il en est de pire !

Mon père, ce héros au sourire si doux,
Suivi d'un seul housard qu'il aimait entre tous
Pour sa grande bravoure et pour sa haute taille,
Parcourait à cheval, le soir d'une bataille,
Le champ couvert de morts sur qui tombait la nuit.

« C'est beau, tout de même, non ?
— C'est beau. Revenons à la famille. Je te rappelle qu'ils étaient tous — ou quasi — rois et reines. Que voulait-on ? Qu'ils vivent comme des gueux ?
— Non, répond ma mère, mais sans doute aurait-on préféré qu'ils aient davantage de retenue, car enfin, ils étaient assez *nouveaux* dans le métier de roi et les temps avaient changé. On savait que les rois n'étaient plus éternels. »

Napoléon Bonaparte était bien différent de ses frères et sœurs. Ainsi, le 19 février 1800, il s'installe aux Tuileries. Il occupe l'ancien appartement du roi, au premier étage, et Joséphine, le rez-de-jardin, qu'occupait jadis Marie-Antoinette. Roederer, considérant les vieilles et sombres tapisseries, dit combien il trouve tristes ces appartements.

« Cela est triste comme la grandeur », rétorque Bonaparte.

Étonnante réponse, dénuée de vanité, comme si l'expérience de l'*illusion du pouvoir* était déjà épuisée.

Cela n'empêcha pas que, le jour de Pâques 1802, pour entendre le *Te Deum* du Concordat, on se rendît à Notre-Dame dans les voitures qui avaient servi à Louis XVI ; les toilettes étaient somptueuses ; on avait ressorti les livrées vertes aux galons d'or. Il ne manquait plus à Bonaparte qu'une couronne : il était Premier consul, président de la République italienne, protecteur de la Suisse, qui était un rempart contre l'Autriche.

Le Sénat suggéra une prolongation de dix ans du Consulat, mais Bonaparte imposa le vote d'un sénatus-consulte, qui lui octroya le Consulat à vie, plébiscité par une large majorité.

La paix assurée, son pouvoir raffermi, Bonaparte voulut rendre au pays ce qui avait été perdu pendant la Révolution : des colonies et une marine, reprendre Saint-Domingue, « la perle des Antilles » — pauvre Haïti d'aujourd'hui ! —, rendre l'Étrurie à l'Espagne en échange de la Louisiane, qu'il vendrait, quand la guerre aurait repris avec l'Angleterre, aux États-Unis, pour quatre-vingts millions.

Mais, un peu plus d'un an après la signature du traité d'Amiens, les Anglais refusèrent de rendre Malte au grand maître de l'Ordre. En avril 1803, ce prétexte servit à justifier la rupture du traité d'Amiens, entraînant l'Europe dans le conflit. Un ultimatum ayant été signifié à la France, les ambassadeurs quittèrent leurs postes respectifs. Les Anglais avaient pris l'initiative des hostilités, sans déclaration de guerre préalable, en mettant l'embargo sur les navires de commerce français et hollandais. Malgré l'opposition de Pitt, la Chambre vota la guerre par 398 voix contre 67. Les Français occupèrent le Hanovre et se rendirent maîtres de tout l'Électorat et des embouchures de la Weser et de l'Elbe : « La contestation essentielle, irréductible, portait toujours sur le même point, sur Anvers », dit Bainville. Tant que la France conserverait la Belgique, l'Angleterre ne cesserait pas la guerre, dût-elle la faire contre tous. En ce sens,

Pozzo a toujours servi l'Angleterre. Il *incarnait* sa politique en Russie.

Pozzo est à Vienne et il est amoureux de la comtesse Danuté Lanskoronska, une Lituanienne, lettrée et spirituelle. Je l'ai dit : Yvon Toussaint, dans son roman *L'Autre Corse*, affirme que Pozzo se prit pour elle d'une « passion dévorante ». Je n'arrive pas à imaginer Pozzo amoureux ; je le crois seulement exalté par l'idée de l'amour. Sa seule passion était la politique. Pour l'assouvir, il se tourne vers la Russie. Cette nation « jeune et immense » lui offre la possibilité d'être compris et surtout d'être utile à sa cause.

Par le truchement du prince Czartoryski, un des plus proches conseillers d'Alexandre, il offre ses services au tsar : « J'ai souvent jeté les yeux sur la carte du globe pour chercher un pays et un monarque où j'aurais désiré être admis à l'honneur de servir l'un et l'autre et j'avoue qu'aucun ne m'a plus exalté que la Russie. »

Ah ! que le monde est grand à la clarté des lampes[1] *!*

Pozzo n'oublie pas que le prince Czartoryski est aussi un cartographe confirmé. Il estimait que les Russes étaient les seuls continentaux qui ne pouvaient pas être *impressionnés* par Napoléon : l'immensité de la Russie impériale jouait en faveur de son entreprise, c'est pourquoi son intérêt pour la Russie fut d'abord lié à une fascination *géographique*.

1. Baudelaire, « Le voyage », in *Les Fleurs du mal*.

Qui est ce prince en qui Pozzo met tous ses espoirs ? Tolstoï nous le révèle dans *Guerre et Paix* : « C'était un homme de petite taille ; il avait un visage intelligent à la mâchoire proéminente et aiguë qui, sans l'enlaidir, lui conférait une vivacité particulière et un air retors. »

Le prince Adam Czartoryski n'est pas russe, mais polonais.

Issu d'une des plus anciennes familles de Pologne, ses biens furent confisqués lors du troisième partage de son pays et la Grande Catherine l'appela à la cour de Saint-Pétersbourg. Elle l'apprécia au point qu'elle lui rendit une partie de ses biens l'année suivante, en 1796. Le prince se lia d'amitié avec Alexandre, le futur tsar, et ils restèrent amis, malgré des dissensions, qui l'amenèrent à démissionner de son poste de ministre des Affaires étrangères en 1806.

On voit ce qui peut rapprocher le prince de Pozzo : cette morgue, cette froideur, cette absence de *sentimentalité*, cet attachement aux formes, à ce qui *tient si fort à l'ordre*.

Je doute que le prince, tout comme Pozzo, se fût jamais senti *russe*. Cela explique le ressort profond de leur entente. Du reste, tous deux étaient favorables à une rupture avec le gouvernement révolutionnaire et le Premier consul, et le prince fut l'auteur d'une convention où la Russie mettait 115 000 hommes et l'Autriche 235 000 hommes pour combattre celui qui venait de se couronner empereur.

Ainsi le prince Adam Czartoryski, antipathique et froid, mais aussi d'une intelligence remarquable, était-il l'interlocuteur idéal pour Pozzo. On peut dire qu'il avait trouvé dans le ministre des Affaires étrangères russe son *alter ego*, malgré la différence de naissance. Pozzo tissait son réseau dans les hautes sphères parmi les ennemis les plus acharnés et les plus intelligents de Napoléon, et qui seraient aussi les plus efficaces dans leur lutte contre l'Empereur.

« En choisissant la Russie pour servir la cause de cette Europe, écrit Pierre Ordioni[1], Pozzo entrait au service du plus autocrate des princes, dont les États s'avançaient, grâce à la Pologne, jusqu'au centre du continent, d'une monarchie orientale dont tous les membres étaient soit polonais, soit européens. Le comte de Nesselrode était saxon, Capo d'Istria, grec, le comte de Lieven, suédois, le baron d'Anstett, alsacien, le général de Bennigsen, hanovrien. Le Corse Pozzo avait sa place parmi ces Européens au service de l'Europe, comme les maréchaux corses l'avaient eue auprès du roi de France. »

Pendant que Pozzo se prépare à quitter Vienne pour Saint-Pétersbourg, le 21 mars 1804, le duc d'Enghien est exécuté dans les fossés de Vincennes. « Cette mort, dit Chateaubriand, dans un premier moment, glaça d'effroi tous les cœurs. »

Jean Tulard affirme que l'exécution du duc d'Enghien n'eut pas le retentissement que Chateaubriand prétendit. La comtesse de Boigne le confirme dans ses *Mémoires* : « La mort du duc d'Enghien avait été une impression aussi fugitive en moi qu'en ceux avec lesquels je me trouvais alors. » Mais le prince Czartoryski proteste au nom de la Russie, le prince de Ligne s'écrie : « Le duc d'Enghien a tué

---

1. *Pozzo di Borgo, diplomate de l'Europe française.*

Bonaparte ! », et Chateaubriand ne sera plus jamais du côté de Bonaparte.

« Au début de 1804, sous le signe de la mort, c'est leur opposition qui éclate. Après la double mort de Pauline et du duc d'Enghien, écrit Jean d'Ormesson, René entre dans l'opposition comme dans une forme de chagrin et de grandeur, tempérée par le soulagement[1]. »

On peut aussi penser avec Marc Fumaroli[2] qu'en « choisissant le crime et l'Empire, Napoléon prive sa propre Contre-révolution de toute légitimité durable. Il s'aliène Chateaubriand avec lequel il aurait pu construire en France et en Europe un édifice stable alliant l'ordre à la liberté, la tradition et l'évolution ». Mais, si Napoléon n'avait pas fait exécuter le duc d'Enghien, Chateaubriand aurait trouvé *autre chose*. La grandeur pour lui réside dans le *style* de l'échec ; aussi les *Mémoires d'outre-tombe* sont-ils le *tombeau* rêvé de Napoléon et il fallut sans doute quelques *sacrifices* pour parvenir à ce chef-d'œuvre du malheur.

Moins de deux mois après l'exécution du duc d'Enghien, le 18 mai 1804, un sénatus-consulte proclame Bonaparte « Empereur des Français sous le nom de Napoléon Premier » et, le 6 novembre 1804, un plébiscite confirme cette désignation.

Tandis que Bonaparte se prépare à être sacré empereur à Paris, Pozzo arrive à Saint-Pétersbourg, convié par Alexandre, le tsar de la Sainte Russie, petit-fils de la Grande Catherine.

1. *Mon dernier rêve sera pour vous.*
2. In *Le Poète et l'Empereur*.

Jadis, le prince de Ligne a beaucoup vu et correspondu avec la Grande Catherine. Il prodigue ses conseils à Pozzo et l'encourage : « Les glaces de la Neva, dit-il, ne couvriront jamais le Vésuve de votre cœur et de votre esprit. Vous verrez beaucoup de gens presque d'esprit, de beaucoup d'astuce et presque aimables, et ceux qui ne seront pas comme cela, bien médiocres. Vous verrez quelques beaux restes de la grande Femme qui savait bien qu'il faut de la fable et de la magie à un pays comme celui-là, qui sans cela n'est que le squelette d'un géant. Elle savait lui donner de l'embonpoint et se servait du mythologien Potemkin pour cela. Tous deux vous auraient aimé à la folie. [...] Revenez-nous bien vite, songez à la fable des deux pigeons. Je suis celui qui reste. »

À Vienne, Pozzo ne laisse que des regrets ; ainsi le baron Gentz, avec qui il entretiendra une correspondance toute sa vie : « C'est une perte cruelle que nous faisons de nouveau en vous perdant. [...] Le lien qui nous unit particulièrement est si fort que les petits événements et les petits hommes ne sauraient même y toucher. Vivez heureux et pensez à moi aussi souvent que possible : ce sera toujours dans les plus beaux moments de mon existence, dans ceux où je serai le plus content de moi-même, dans ceux où je m'estimerai le plus, que je serai le plus disposé à penser à vous. Adieu, adieu. »

On est étonné de trouver un tel lyrisme sous la plume de celui qui fut l'élève d'Emmanuel Kant et corrigea même, dit-on, les épreuves de la *Critique de la raison pratique*. Il corrigea aussi les mémoires que lui adressait Pozzo, le priant « de ne pas se scandaliser de deux choses : d'abord, de ce que j'ai mis partout les points sur les *i* et les accents sur les *e*, ensuite, que j'ai marqué au crayon ce qui m'a paru plus distingué encore que le reste ». L'absence d'accent sur le *e* est le signe de son italianité et de sa corsitude, comme son accent prononcé trahit dans la conversation son origine étrangère, où qu'il aille en Europe.

Enfin Pozzo, loué, aimé, regretté, quitte Vienne le cœur gros, mais plein d'espoir. Les glaces russes enseveliront la Grande Armée de Napoléon, et pour l'heure, elles enchantent Pozzo, qui s'est — enfin — donné un maître à la hauteur de ses ambitions.

Ayant surmonté la difficulté de se trouver un asile, il espère pouvoir rester en Russie. Au fil des années, on verra Pozzo se résigner à ne pouvoir vivre là où il lui plaît, mais là où Napoléon le permet — c'est-à-dire là où il l'*oublie*. On verra même Pozzo anticiper un ordre de renvoi ou de départ — de Vienne ou de Russie —, préférant l'humiliation de le prévenir à celle de le subir, pour sauver les apparences et ne pas se priver d'amitiés ou de soutiens utiles.

Pozzo se familiarise avec la société fort nombreuse et choisie de l'émigration française : les Ségur, Clermont-Tonnerre, Élisabeth Vigée-Lebrun, et surtout le duc de Richelieu à qui le liera une amitié longue de dix-huit ans. Il expliquait sa froideur et ce que certains prenaient pour de la morgue par « l'échec épouvantable » de son mariage : le duc en avait été marqué à jamais. Cela mérite d'être conté.

À l'âge de quinze ans, il avait épousé une Rochechouart qui en avait douze. Comme ils n'étaient pas nubiles, le duc entreprit un tour de France et de

Suisse. De retour à Paris, il découvrit que la ravissante enfant qu'il avait épousée était devenue bossue et que son père, remarié entre-temps, avait eu deux petites filles bossues elles aussi. Il se crut victime d'une malédiction et partit aussi loin qu'il le put de sa famille. Au moment où Pozzo fit sa connaissance, il était gouverneur d'Odessa, qu'il développa et éleva au rang d'une capitale. Il y demeurerait jusqu'en 1814. Pozzo admirait tout en lui et qu'il fût le petit-fils du grand cardinal ne le laissait pas indifférent.

À Saint-Pétersbourg, il espère, survit dans cette espérance, ménage son maître, découvre, émerveillé, la ville de Pierre le Grand et la langue russe, qu'il ne tardera pas à comprendre et à parler, car comme tous les diplomates, il a le *don des langues*. Tout le monde à la cour parlait le français, mais Pozzo ne négligeait rien et voulait *entendre* ce qu'il ne comprenait pas.

En attendant qu'on lui donne une mission, il s'occupe en écrivant des Mémoires : sur la France, la France et la Russie, la constitution suisse, l'état de l'Espagne. Tandis qu'autour de lui le monde se transforme, il n'est pas dupe : cela ne sert pas à grand-chose. Il piaffe d'impatience, mais il se *contient*.

Le 2 décembre 1804, Napoléon Bonaparte est sacré empereur. Il n'a pas trente-cinq ans. Dix jours après le sacre, il écrit au général Lauriston : « La mort n'est rien, mais vivre vaincu et sans gloire, c'est mourir tous les jours. » C'est la préfiguration de la lente agonie que fut l'exil de Sainte-Hélène. Mais en 1804, le soleil est au milieu de sa course, il atteint à son zénith.

Tout se noue l'année suivante.

L'exécution du duc d'Enghien, la fin de la paix d'Amiens, le sacre de Napoléon et son couronnement de roi d'Italie ont entraîné la formation d'une troisième coalition contre la France, financée en grande partie par l'Angleterre, qui craint une invasion préparée depuis Boulogne par les Français. L'invasion était décidée, mais les choses n'avançaient guère. Napoléon avait fini par ne demander à ses amiraux que de lui assurer vingt-quatre heures de libre passage de la Manche pour transporter son armée en Angleterre, où il était sûr de vaincre. Tout se ligua contre lui : « La mer, dit Bainville, lui a été et lui sera toujours fatale. »

Pozzo est envoyé en mission à Vienne. En chemin, il fait une halte à Mittau où séjourne le comte de Lille, c'est-à-dire Louis XVIII : « Le personnage qui a tant de droits et en est privé par le crime, écrit-il au prince Czartoryski, ne pouvait pas manquer de m'intéresser. »

Il est enchanté de trouver Louis XVIII supérieur à ce qu'on lui en avait dit. Le contraire aurait pu être vrai. Pour Pozzo, cela n'a guère d'importance. Seul compte ce qu'il estime être le droit, et le droit qui sert sa haine lui sied.

L'entreprise de l'invasion échoue. La troisième coalition composée de la Russie, de l'Autriche, du royaume de Naples et du Royaume-Uni déclare la guerre à la France et envahit son alliée, la Bavière.

De Vienne, Pozzo doit se rendre en Italie, à Naples. Il connaît un peu de répit sur la côte amalfitaine où il revoit des membres de sa famille et des connaissances qui, après lui, ont dû quitter la Corse. Le répit sera de courte durée. Certes, le tsar le nomme conseiller d'État, mais ce sera la seule bonne nouvelle qu'il recevra : 1805 est pour lui une *annus horribilis*.

Déjouant toutes les prévisions, Napoléon fond sur l'Autriche avec la rapidité de l'éclair et bat Mack à Ulm : « J'ai fait soixante mille prisonniers, pris cent vingt pièces de canon, plus de quatre-vingt-dix drapeaux et plus de trente généraux, écrit-il à Joséphine. Je vais me porter sur les Russes. Ils sont perdus. Je suis content de mon armée. [...] Adieu, ma Joséphine, mille choses aimables. » Il semble que vaincre les Autrichiens soit l'*enfance de l'art*. Le meilleur reste à venir : le 2 décembre, ce sera Austerlitz. Le pire est déjà passé : le 21 octobre, la flotte française a été anéantie par les Anglais à Trafalgar.

Entre autres choses, j'aime les paradoxes.
Ainsi, je tiens que rien ne donne l'idée de l'éclat et de l'ampleur d'une victoire comme d'en observer les effets chez les vaincus.

Austerlitz plonge les perdants dans le silence, le déni, la stupeur.

Le prince de Ligne cesse d'écrire pendant quinze jours. Pour celui qui, enfermé dans son cabinet, consacre plusieurs heures par jour à l'écriture, c'est une éternité. Saint-Simon avait cessé d'écrire pendant six mois à la mort de sa femme ; il avait laissé un blanc pour symboliser cette interruption. Le *blanc* du prince de Ligne, ce fut Austerlitz. Il ne reprend la plume que pour dire la stupeur et l'horreur qui sont les siennes : « Après quinze jours de panique, honte, rage, indignation, stupeur, stagnation d'idées, suspendu de toutes facultés, et incrédulité de l'état où nous sommes, qui me paraît un rêve. »

Tolstoï ne dit pas autre chose dans *Guerre et Paix*.

Je ne reviens pas sur la prodigieuse capacité des écrivains à *traduire* une réalité qu'ils n'ont pas vécue, et à rendre l'idée de ce que fut une société où ils n'ont pas vécu davantage. Cependant, n'exagérons rien : les sources de Tolstoï sont nombreuses : livres d'histoire et documents finiront par constituer chez lui une véritable bibliothèque sur le sujet. D'ailleurs, l'époque où eut lieu la bataille d'Austerlitz n'est pas si lointaine et, au moment où il écrit, dans les cercles moscovites qu'il fréquentait, l'écrivain a pu recueillir des témoignages de première main ; en outre, certains membres de sa famille, tel le comte Pierre Tolstoï, jouèrent un rôle illustre dans les guerres napoléoniennes ; ce dernier fut ambassadeur à Paris en 1807, après Tilsit.

Tolstoï évoque comment fut reçue la nouvelle de la défaite d'Austerlitz ; les Russes éprouvèrent le même sentiment d'incrédulité et de stupeur que le prince de Ligne : « En ce temps, les Russes étaient si habitués aux victoires qu'ayant appris la défaite, les uns refusèrent tout simplement d'y croire, les autres cherchèrent à un événement aussi étrange quelque raison extraordinaire. [...] Tout s'éclaira et dans tous les coins de Moscou, on se répéta les mêmes choses : la défaite était due à la mauvaise volonté des Autrichiens, à l'insuffisance du ravitaillement des troupes, à la trahison du Polonais Przebyszevsky et du Français Langeron, à l'incapacité de Koutousov et aussi (cela on le disait en baissant la voix) à la jeunesse et à l'inexpérience de l'empereur qui s'était fié à des gens perfides et nuls. Quant à l'armée russe, eh bien, l'armée russe, tout le monde l'affirmait, elle avait eu une conduite admirable, elle avait accompli des prodiges de valeur. Soldats, officiers, généraux, tous étaient des héros. »

De héros, il n'y en eut point, sauf les morts : la défaite avait tourné à la débâcle. Comme dans les tragédies qu'il aimait tant, à Austerlitz, Napoléon respecta les unités de temps, de lieu et d'action. En un jour, tout fut consommé : la bataille des trois empereurs est une leçon d'art militaire *poétique*. « On pourra peut-être, dit Napoléon à Sainte-Hélène, reproduire quelque chose qui vaille mon armée d'Italie et celle d'Austerlitz, mais, à coup sûr, jamais rien qui les surpasse. »

Dans *Guerre et Paix*, la bataille d'Austerlitz se déroule à travers l'histoire de l'errance de deux soldats perdus dans ce paysage changeant, noyé dans le brouillard. Au lever du jour, on découvre en même temps que le soleil la position de l'ennemi. Napoléon leur a tendu un piège mortel. La panique s'empare des soldats et l'improvisation engendre l'anarchie. Napoléon s'est servi des accidents du terrain, de la lumière, de la glace pour anéantir l'ennemi.

« Quand le soleil, complètement dégagé, éclaboussa d'une lumière aveuglante les champs et le brouillard, Napoléon (comme s'il n'attendait que cet instant) retira son gant de sa belle main blanche, l'agita dans la direction des maréchaux et donna l'ordre d'engager le combat. Les maréchaux accompagnés de leurs aides de camp partirent au galop dans toutes les directions, et quelques minutes plus tard, le gros des forces françaises avançait rapidement vers ces hauteurs de Pratzen que les Russes dégarnissaient toujours plus pour descendre vers la gauche du ravin. Loin en avant, sur l'autre rive de la mer de brouillard, émergeaient des collines boisées où devait se trouver l'armée ennemie et où l'on distinguait en effet vaguement quelque chose. [...] Deux généraux et les aides de camp se précipitèrent sur la longue-vue, se l'arrachant des mains. Tous les visages avaient instantanément changé, tous exprimaient la terreur. On supposait les Français à deux verstes et les voilà qui surgissaient soudain devant nous.

« À cinq heures du soir, la bataille était perdue sur tous les fronts.

« La glace qui soutenait les fantassins céda brusquement sur une grande étendue et une quarantaine d'hommes se noyèrent en essayant de s'agripper les uns aux autres. Les boulets continuaient régulièrement de siffler et de tomber sur la glace, dans l'eau, mais le plus souvent au milieu des hommes qui se pressaient sur la digue, sur les étangs et le rivage. » Voilà le piège refermé.

Rostov, un jeune officier russe, erre sur le champ de bataille à la recherche de son tsar, qu'il vénère, et le retrouve par hasard : « "Mais ce ne peut être lui, au milieu de cette plaine déserte", songea Rostov. »

Son rêve est d'être pris à son service, mais voyant le tsar dans cette affreuse situation d'isolement et de peur, il ne veut pas qu'il puisse soupçonner qu'il en a été témoin. Il renonce à lui parler. Toll, un autre officier, n'aura pas cette pudeur. « Rostov, plein d'envie et de regret, vit de loin Toll parler longuement et avec feu à l'empereur, tandis que celui-ci, sans doute en larmes, se couvrait le visage de la main et serrait celle de Toll. »

La stupéfaction qui a frappé les vaincus provoque cette « stagnation d'idées » évoquée par le prince de Ligne. Ainsi, dans une sorte de vision hallucinatoire, le prince André Bolkonski, blessé, verra Napoléon, qui lui sauve la vie :

« — *Voilà une belle mort*, dit Napoléon en regardant Bolkonski.

« Le prince André comprit qu'il s'agissait de lui et que c'était Napoléon qui parlait. Il avait entendu qu'on appelait *sire* celui qui venait de prononcer ces paroles. Mais il les entendait comme il aurait entendu le bourdonnement d'une mouche. Non seulement il ne s'intéressait pas à ces paroles, mais il ne les remarqua pas et les oublia immédiatement. Sa tête brûlait, il sentait son sang s'écouler et il voyait au-dessus de lui le ciel lointain, infini, éternel. Il savait que c'était Napoléon, son héros, qui était là, mais Napoléon lui paraissait si petit, si insignifiant en comparaison de ce qui se passait maintenant entre son âme et ce ciel si haut, infini, où couraient les nuages. [...] Il remua faiblement une jambe et fit entendre un sourd gémissement qui l'apitoya lui-même.

« — Ah! il vit! dit Napoléon. Qu'on relève *ce jeune homme* et qu'on l'emporte au poste de secours. »

Que le prince Bolkonski ait pour héros le chef de l'armée ennemie aurait de quoi surprendre si on ne savait que la politique — au sens de goût et de convictions personnelles — plutôt que la nationalité commandait l'admiration ou le mépris. Du reste, cela n'empêchait pas ce prince d'être un excellent patriote et de risquer sa vie pour son tsar.

Les Russes de la haute société parlaient tous français. Bonaparte suscitait des conversations enflammées. Il fut très tôt pris pour un génie ou un usurpateur et quelquefois les deux. Ceux qui le détestaient *petitement* s'exposaient au mépris de ceux qui le combattaient tout en l'admirant. Le prince de Ligne était de ceux-là : il ne supportait pas qu'on continue de l'appeler Buonaparte, alors qu'il était empereur et avait épousé Marie-Louise d'Autriche : « Et l'Impératrice, comment l'appellerez-vous, disait-il, *Mme Buonaparte*? »

Pozzo ne voulut jamais être confondu avec ceux qui n'avaient pas pris la mesure du génie de Napoléon. Il les considérait comme des *naïfs*, ce qui, dans sa bouche, avait valeur d'insulte. Il voulait qu'on comprît la grandeur de sa cause. Plus l'ennemi était grand, plus la victoire des Alliés devenait improbable, et moins Pozzo méconnaissait ou rabaissait le génie de Napoléon.

Où était Pozzo pendant la bataille d'Austerlitz? À Naples, je l'ai dit.

Il apprit donc l'affreuse nouvelle de la débâcle d'Austerlitz dans un des plus beaux endroits du monde. Ce ne dut pas lui être une consolation. Comme le prince de Ligne, il fut stupéfait. Qui pouvait résister à Napoléon ? La troisième coalition avait échoué. Les Russes étaient retournés chez eux humiliés et les Autrichiens étaient anéantis. De retour à Saint-Pétersbourg, le tsar avait versé des larmes de joie et de reconnaissance à la vue de l'accueil enthousiaste qu'il y avait reçu, il s'était même dit prêt à recommencer pour avoir la joie de la douceur d'un tel accueil. Il n'eût pas réagi autrement s'il avait vaincu Napoléon. La stupeur de Pozzo se teinta de désespoir. Le coup était rude : il mit du temps à le surmonter. Il écrivit au prince Czartoryski : « En cinq mois, les malheurs publics ont eu un tel effet sur moi qu'ils ont blanchi la moitié de mes cheveux. » Il se désole de n'être d'aucune utilité dans un si vaste empire que la Russie, mais il est devenu, après Austerlitz, encombrant pour tout le monde. En effet, l'empereur d'Autriche consent à faire la paix.

Talleyrand la signa pour la France et en fut récompensé : il fut fait prince de Bénévent. « Jamais fait militaire ne connut plus d'éclat, écrit-il dans ses *Mémoires*. Je vois encore Napoléon rentrant à Austerlitz le soir de la bataille. Il logeait dans une maison du prince de Kaunitz ; et là, dans sa chambre, oui, *dans la chambre même du prince de Kaunitz*[1], arrivaient à tous les instants des drapeaux autrichiens, des drapeaux russes, des messages des archiducs, des messages de l'empereur d'Autriche, des prisonniers portant les noms de toutes les grandes maisons de l'empire. »

1. C'est Talleyrand qui souligne.

Il est curieux que Talleyrand paraisse lui-même stupéfié par l'ampleur de la victoire. Lui non plus n'en *revient* pas. C'est un signe de faiblesse, qui précède la peur et prépare la trahison.

Cela contraste avec le *réalisme* de Napoléon. De Brünn, il écrit à Joséphine : « Il y a fort longtemps que je n'ai reçu de tes nouvelles. Les belles fêtes de Bade, de Stuttgart et de Munich font-elles donc oublier les pauvres soldats qui vivent couverts de boue, de pluie, de sang ? Adieu, mon amie. Je vais partir pour Vienne. L'on travaille à conclure la paix. »

À Sainte-Hélène, quand on lui demanda quelle était sa plus belle bataille, l'Empereur ne cita pas Austerlitz. L'évoquer eût été impossible sans rappeler qu'elle avait eu lieu un an après son couronnement — les Russes virent les illuminations improvisées par les soldats qui, en l'honneur de l'Empereur, firent brûler des bottes de paille —, sans rappeler aussi qu'Austerlitz suivit de peu la victoire anglaise de Trafalgar, qui, selon les témoins du temps, ne donna à l'Empereur, quand il l'apprit, qu'un « léger déplaisir ».

Pour commémorer Austerlitz, Napoléon fit fondre les canons pris à l'ennemi et ériger la colonne de la place Vendôme ; on fit aussi le pont dont Chateaubriand disait : « Bonaparte après sa victoire ordonne de bâtir le pont d'Austerlitz à Paris et le ciel ordonne à Alexandre d'y passer. »

Imprudemment engagée dans la coalition, la cour des Deux-Siciles se rend. Sa mission devenue sans objet, Pozzo quitte Naples et repart pour Saint-Pétersbourg.

Le prince Adam Czartoryski, démissionnaire, a été remplacé par un général au ministère des Affaires étrangères : le baron de Budberg. Il déteste ouvertement les Français. Le prince polonais ne détestait que Bonaparte. Pozzo est fait colonel de l'armée du tsar et envoyé en mission à Vienne, en pure perte en regard des circonstances : la paix de Presbourg vient d'être signée.

Austerlitz sonne le glas du Saint Empire germanique d'où naîtra la Confédération du Rhin ; Napoléon, en lui cédant le Hanovre, tente de s'allier la Prusse ; la géographie de l'Europe est bouleversée, les trônes renversés, Napoléon distribue les couronnes aux membres de sa famille.

« Napoléon, dit Chateaubriand, n'étant pas issu d'une famille digne de sa gloire, en créa une. »

Le nouvel Empereur des Français se saisit de la couronne de fer des Lombards et se fait roi d'Italie, ce royaume comprenant Venise, la Toscane, Parme. Le Piémont était réuni à la France.

À Joseph, celui des Bonaparte que Pozzo préférait, après celle de Naples, il donna la couronne d'Espagne, à Louis, celle de Hollande, à Jérôme, celle de Westphalie. Il fit d'Elisa, sa sœur, la princesse de Lucques, de Pauline, une princesse Borghèse et de Caroline, la reine de Naples.

Comme sa famille n'était pas assez nombreuse pour ramasser les couronnes qu'il faisait tomber, il en ceignit le front de certains de ses capitaines : le grand-duché de Berg fut attribué à Murat et Neuchâtel à Berthier. Les princes au nom de victoires éclatantes éclosaient comme les fleurs, au gré de sa volonté.

Pozzo, quand il y songeait, tombait dans de longues rêveries et un étonnement qui ne finissait pas. Il aurait pu dire comme Stendhal : « L'Empereur était revêtu de tous les prestiges de la fatalité. »

En 1806, la Russie employait Pozzo auprès de l'armée prussienne. Dans ces années-là, son destin était d'être toujours au plus près des vaincus, comme pour mesurer *de visu* l'ampleur des catastrophes.

Il rencontre l'empereur d'Autriche, François II, à Schönbrunn. Il échoue à le convaincre de soutenir la Russie, retourne à Vienne pour tenter de persuader son fils, l'archiduc, et essuie un nouvel échec. Le prince de Ligne, chez qui il réside, lui conseille la patience et le silence et le pousse à se tourner vers l'Orient. Au printemps 1807, Pozzo quitte Vienne pour Trieste et rejoint le navire de l'amiral Seniavin, qui commande l'escadre russe, celle-là même qui affronta et battit la flotte turque.

Pozzo écrivait alors au comte de Lieven : « Bonaparte ne veut laisser aux siècles futurs que le bruit et l'épouvante de son nom ; tout autre genre de gloire lui est inconnu. Il a concentré le pouvoir dans sa personne et sa politique dans le présent. Il regarde comme une chimère la succession sur le trône qu'il s'est fabriqué. Il connaît sa famille et en prévoit le sort quand il ne sera plus. Il n'a ni patrie, ni liens domestiques réels, il hasarde tout puisqu'il n'est nullement arrêté par le sentiment de perdre les choses qu'il n'apprécie pas. Ceux qui sont attachés à sa fortune sont condamnés à servir son extravagance avec toute la chaleur, toute l'intensité de l'intérêt personnel, parce qu'il met la leur en danger : tous les jours, ils se flattent que l'entreprise du moment sera la dernière, mais leur chef en fait renaître d'autres et de cette manière il les tient dans le besoin constant d'agir et d'obéir ou de se perdre à jamais. Quelle sera la fin de ce mouvement accéléré ? Dieu qui le permet parce que ses jugements sont incompréhensibles, qui le tolère parce qu'il est éternel, Dieu seul peut le déterminer. »

Pozzo imaginait qu'il serait celui qui offusquerait l'étoile de Napoléon. Il lui arrivait quelquefois de se demander s'il ne se berçait pas d'*illusions* : car, si Napoléon était la preuve de la toute-puissance de Dieu, et que Pozzo espérait un signe du ciel en sa faveur pour le vaincre, longtemps, le ciel resta vide et on ne vit aucun signe de la colère de Dieu.

À Paris, à la fin de cette année 1806, Napoléon convoque le Grand Sanhédrin, qui se réunira entre février et mars de l'année suivante. Il n'a pas siégé depuis dix-huit siècles. Cela fera du judaïsme le troisième culte officiel de la France. Après quelques difficultés, liées à l'opposition rencontrée partout en Europe, à partir de 1811, plus rien ne distingue un Juif d'un non-Juif. On eût dit que Napoléon avait à cœur de se concilier tous les dieux des croyants musulmans, chrétiens ou juifs.

La politique de Napoléon en matière de religion n'était pas suivie uniment. Le pape s'opposa à l'Empereur. Ce n'était pourtant que des coups d'épingle, mais Napoléon les supporta moins bien que les coups d'épée des descendants de Frédéric le Grand. Le pape fut honteusement traité et cela finit par coûter à Napoléon sa couronne et son empire.

Du reste, après Waterloo, la Sainte-Alliance fera payer cher aux Juifs le traitement que Napoléon avait infligé au pape. Pie VII fit rétablir les ghettos — une invention vénitienne — et le port de l'étoile jaune. Funeste présage, la Sainte-Alliance était réunie à Vienne.

Une politique comme celle menée par Napoléon à l'égard des Juifs ne se reverrait pas de sitôt. Cette influence bénéfique, Napoléon la devait sans doute à Pascal Paoli. Ce dernier avait toujours été favorable aux Juifs, il avait accueilli ceux de Livourne et fondé le port d'Île-Rousse avec leur concours. En effet, en 1760, il écrivait à son ami, le général Rivarola : « Si les Juifs voulaient s'établir parmi nous, nous leur accorderions la naturalisation et les privilèges pour se gouverner avec leurs propres lois. »

Cela a tissé des liens fondés sur la tolérance et l'humanité, dont l'héritage, « plein d'usage et raison », fit se distinguer les Corses de la plupart de leurs compatriotes continentaux et de la majorité des Européens, durant la Seconde Guerre mondiale. En effet, pas un Juif n'a été déporté de Corse, leurs biens n'ont été ni pillés ni volés. Le fameux pressentiment de Rousseau (« un jour, cette petite île étonnera l'Europe ») s'est peut-être réalisé — à l'insu de tous — au milieu du siècle dernier, incarné dans ce miracle d'humanité, apparemment unique, dans une communauté tout entière.

On n'a pas le temps de reprendre souffle.

La troisième coalition à peine jugulée, la quatrième, sous l'impulsion de la reine de Prusse, se forme déjà. « La reine de Prusse est à l'armée, habillée en amazone, portant l'uniforme de son régiment de dragons, écrivant vingt lettres par jour pour exciter de toutes parts l'incendie. Toute la cour crie à la guerre », écrit Napoléon, excédé.

La Prusse, hantée par la puissance du Grand Frédéric, croyait pouvoir reconquérir un pouvoir qu'elle n'avait plus depuis longtemps. Ce manque de réalisme politique révélait cependant la force des convictions qui animaient la reine et ses partisans : la France elle-même leur en avait fourni l'exemple avec les armées déguenillées et invincibles de la République.

La beauté de la reine Louise ne comptait pas pour rien dans l'excitation guerrière qui s'était emparée des jeunes officiers prussiens. Le 14 octobre, jour de la bataille d'Iéna, le temps était clair, le ciel très bleu et les armées étaient si près l'une de l'autre que les Français purent observer tout à loisir la reine passant en revue son armée. Les drapeaux s'inclinaient sur son passage; certains avaient été brodés de sa main, ils côtoyaient ceux du « grand Frédéric que la poudre des canons avait noircis[1] ».

La reine avait un costume extraordinaire : « Elle était coiffée d'un casque en acier poli, qu'ombrageait un superbe panache. Elle portait une cuirasse toute brillante d'or et d'argent. Une tunique d'étoffe d'argent complétait sa parure et tombait jusqu'à ses jambes, chaussées de brodequins rouges, éperonnés en or. » On croirait un portrait peint à fresque de Piero della Francesca.

Les choses furent très mal engagées pour les Prussiens; ils pensaient que Napoléon les craignait; il le feignit pour mieux les abattre : « Quelque chose que fasse l'ennemi, écrivait-il au maréchal Soult, s'il m'attaque, je serai enchanté, s'il se laisse attaquer, je ne le manquerai pas. »

Dès la première attaque, à Saalfeld, le prince Louis-Ferdinand de Prusse est tué. Napoléon écrit à Lannes : « Sa mort est une punition du ciel, car le prince était le véritable auteur de la guerre. »

Quelques jours plus tard, le 14 octobre 1806, c'est la déroute d'Iéna que suivra de peu celle d'Auerstaedt où le duc de Brunswick, vieux compagnon d'armes de Frédéric le Grand, est blessé à mort.

Le 27 octobre, Napoléon et la Grande Armée entrent à Berlin. Il aura mis moins de dix-neuf jours pour y parvenir. Il y reste près d'un mois et, pour répondre à la clôture de la mer par celle de la terre, décrète le blocus continental contre l'Angleterre.

Prenzlau tombe. La garnison de Stettin tombe.

1. Constant, *Mémoires*.

Les places fortes prussiennes capitulent et se rendent une à une. Custrin, Strelitz, Magdebourg, Lübeck où s'est réfugié le reste de l'armée de Blücher, grossi des colonnes du duc de Brunswick et du duc de Saxe-Weimar, qui a abandonné le commandement et est rentré chez lui.

Le 6 novembre, une suspension d'armes, signée à Charlottenbourg, prévoit une paix séparée avec la Prusse, car la Russie ne lui a pas apporté son soutien, malgré la promesse solennelle que les souverains des deux pays avaient faite sur le tombeau du Grand Frédéric, à Potsdam, de ne plus se séparer jusqu'à la victoire totale sur la France.

Napoléon considérait l'ancien souverain prussien comme l'égal de Jules César et d'Alexandre et éprouvait la plus vive admiration pour le despote éclairé, ami — jusqu'à un certain point — de Voltaire.

Arrivé à Berlin, Constant rapporte que, sur la grand-place où s'élevait un buste de Frédéric le Grand, il « décrivit un demi-cercle au galop, suivi de son état-major, et, baissant la pointe de son épée, il ôta en même temps son chapeau et salua le premier l'image de Frédéric II. Son état-major imita son exemple et tous les officiers-généraux et officiers qui le composaient se rangèrent en demi-cercle autour du buste, l'empereur au centre ».

Quelques vieux grognards en conçurent de l'humeur. Ils durent être fort aise que l'on prît le fameux quadrige de la porte de Brandebourg et l'épée de Frédéric le Grand. Leur chef s'était emparé de l'épée de Frédéric comme d'un talisman qui lui assurerait la victoire. Parfois, Napoléon avait ainsi des gestes *primitifs*.

Le quadrige et l'épée furent restitués. De Frédéric II, Napoléon ne conserva qu'une pendule. Il y tenait beaucoup et l'emporta à Sainte-Hélène. Un jour qu'il la faisait admirer à Las Cases, celui-ci lui demanda pourquoi il n'avait pas gardé l'épée de Frédéric : « J'avais la mienne », répondit Napoléon en souriant.

L'espace d'un instant, Las Cases avait *oublié* qu'il parlait à celui qui fut l'égal d'Alexandre. *Sic transit gloria mundi.*

En quelques jours, la Prusse est écrasée. « Quel singulier spectacle, dit Talleyrand, que de voir Napoléon sortir du cabinet du grand Frédéric où il venait d'écrire un bulletin pour son armée, passer dans la salle à manger pour faire dîner avec lui Mollendorf, qui était prisonnier, et Müller, qui était l'historiographe de la monarchie prussienne, offrir à l'un et à l'autre leurs appointements, qu'ils acceptèrent, puis monter en voiture et partir pour Posen ! »

Pendant que Napoléon prend possession de palais désertés, l'Espagne, par le prince de la Paix, proclame sa défection. Elle le paiera cher. Mais l'enlèvement du prince espagnol, Ferdinand, à Bayonne est la première faute politique de Napoléon engendrée par le cynisme et reconnue comme telle dans le *Mémorial* de Las Cases.

Les Français poursuivent les Russes qui se sont réfugiés en Pologne et, dix ans après le dernier partage de la Pologne, sont accueillis en libérateurs. Les provinces se révoltent contre l'occupant russe ou prussien et fournissent à la Grande Armée trente mille hommes.

Devant Varsovie, les Russes refusent de livrer combat. Murat s'empare de Praga et les Russes détruisent les ponts du Boug derrière eux. Le 28 novembre, Murat entre à Varsovie, rejoint par Davout le 29. Ney passe la Vistule, dont le cours est encombré de glace, et entre à Thorn.

Les 11 et 15 décembre, des traités sont signés à Posen.

Napoléon entre à Varsovie le 18 décembre, où il passe tout le mois de janvier à se laisser aimer par la très belle Marie Walewska.

Le 26 décembre, à la bataille de Golymin, l'armée russe de Galitzine échappe à Murat, mais subit d'énormes pertes.

La Grande Armée se dirige vers le nord pour prendre Koenigsberg. Les Russes se dérobent toujours, mais ils finissent par livrer bataille le 7 et le 8 février à Eylau.

Par une température de moins quinze degrés, sur un champ de bataille qui mesurait à peine quatre kilomètres de large, près de 150 000 hommes se battirent à mort. De part et d'autre, les pertes furent immenses. Près de 12 000 hommes chez les Russes, et 14 000 blessés qui mourront faute de soins, et près de 10 000 Français y laissèrent la vie.

« Ce pays est couvert de morts et de blessés, écrit Napoléon à Joséphine. L'âme est oppressée de voir tant de victimes. Tu dois être inquiète et cette pensée m'afflige. Tranquillise-toi, mon amie, et sois gaie. »

Jamais un ordre aussi charmant n'a semblé aussi triste.

« Sa culotte et son gilet blanc sont maculés de boue et ses gants de fine peau de daim sont noircis par la bride des chevaux qu'il aura successivement montés pendant la journée du 8 février », écrit Saint-Chamans, officier de l'état-major du maréchal Soult.

Pendant huit jours, Napoléon demeure sur le champ de bataille. Il erre dans la neige ensanglantée. D'ordinaire, le combat à peine fini, il quittait les lieux. À Eylau, c'était la première fois qu'il devait occuper le terrain pour signifier la victoire.

Cette victoire inutile — « Tout ça pour rien ! » se serait écrié Murat — donnera deux chefs-d'œuvre : *Napoléon visitant le champ de bataille d'Eylau* de Gros et *Le Colonel Chabert* de Balzac. Pour la première fois, les horreurs de la guerre sont montrées dans leur brutalité.

Dans sa manière de traiter le sujet, Gros annonce *Le Radeau de la Méduse* de Géricault. Seule la figure de Murat harnaché, véritable allégorie de la Guerre, rappelle les valeurs académiques du tableau de genre, car la peinture est une illustration critique de la guerre et non plus seulement apologétique du vainqueur.

Dans le très beau livre qu'il a consacré à Napoléon à Sainte-Hélène, *La Chambre noire de Longwood,* Jean-Paul Kauffmann rapporte que, pour Delacroix, c'était le portrait le plus magnifique et assurément le plus exact qu'on ait fait de l'Empereur, et il concluait : « Cette figure paraît brûlée de l'intérieur. » Rien n'est plus vrai. Les photographes parlent aussi d'images « cramées », dont la lumière a dévoré les visages, aveuglants de blancheur électrique.

Gros redoutait le jugement de l'Empereur. Quand le tableau lui fut présenté, Napoléon garda le silence, puis épingla sur la poitrine de Gros la Légion d'honneur qu'il venait de retirer de son propre habit. « Comment, s'interroge Jean-Paul Kauffmann, a-t-il pu laisser passer un tel tableau ? Ces visages gelés, ces mutilations, ce charnier, tout l'accuse. »

En effet, les cadavres occupent le premier plan du tableau. Les visages sont énormes — deux fois plus grands que ce qu'ils devraient être —, mais cette déformation, cette exagération des proportions, les grandes dimensions de la toile, la lumière vespérale qui enveloppe la scène d'où émergent la monture claire de Napoléon et Napoléon lui-même, rendent l'angoisse qui étreint les témoins de ce carnage. Il règne dans ce tableau une atmosphère de fin du monde. Ce n'est pas encore la tristesse du deuil ou de l'affliction. Gros a saisi le moment de la stupeur, qui précède l'émotion elle-même. Il a rendu le *silence de mort* qui plane sur Eylau.

Ce tableau de Gros représentant Napoléon à Eylau, Balzac, grand amateur d'art — il n'est qu'à se souvenir du *Cousin Pons* —, devait le connaître puisqu'il était exposé au Louvre.

La bataille d'Eylau était célèbre pour avoir été « un peu gagnée », selon le mot de Talleyrand, et pour avoir été meurtrière : les batailles au corps à corps ne furent jamais aussi sauvages et *Le Colonel Chabert* est un des romans les plus noirs de Balzac. À travers l'histoire et les malheurs de cet officier de l'Empire, Balzac fait le procès d'une société avide d'argent et de titres, dont l'absence d'humanité et de compassion surpasse les cruautés de la guerre.

En effet, le colonel Chabert est cru mort à Eylau. Après des années d'errance en Allemagne, où il est enfermé dans un asile, car on le prend pour un fou, il revient en France. Sa femme, qui se croyait veuve, s'est mariée à un autre dont elle a eu deux enfants; l'hôtel particulier de Chabert a été détruit, il a été spolié de tout. Il fait le récit de sa vie au notaire qu'il est venu trouver pour recouvrer ses droits : « Je commandais un régiment de cavalerie à Eylau. J'ai été pour beaucoup dans le succès de la célèbre charge que fit Murat, et qui décida du sort de la bataille. Malheureusement pour moi, ma mort est un fait historique consigné dans les *Victoires et Conquêtes*, où elle est rapportée en détail. »

Le récit que fait le général Marbot dans ses *Mémoires* n'est pas moins terrible que celui de Balzac. Il aurait même pu l'inspirer, mais la première version du *Colonel Chabert* parut en 1832 et la version définitive en 1844. Or, les *Mémoires* de Marbot ne furent publiés qu'en 1891.

« Étendu dans la neige parmi des tas de morts et de mourants, écrit Marbot, ne pouvant me mouvoir d'aucune façon, je perdis insensiblement et sans douleur le sentiment de moi-même. Enfin, je m'évanouis complètement, sans être ranimé par le grand fracas que les quatre-vingt-dix escadrons de Murat allant à la charge firent en passant auprès de moi et peut-être sur moi ! »

Les contemporains de Balzac durent être moins étonnés que nous par ce récit terrifiant, car l'écrivain reprend sans doute un *poncif* des guerres napoléoniennes se relever par miracle d'entre les morts après avoir été confondu avec eux —, mais le plus grand malheur de Chabert ne sera pas d'avoir été cru mort, mais d'avoir survécu et de voir sa vie ruinée en spectateur impuissant à en changer le cours.

L'idée de génie de Balzac a été de placer son personnage au cœur de l'action — il déclenche l'attaque de Murat — mais parmi les morts. Cette exagération est l'équivalent de celle des visages des cadavres du tableau de Gros. Elle en est le prolongement. Balzac pousse l'esthétique morbide jusqu'à son point extrême : si Gros montre, Balzac fait sentir.

Toutes les sensations sont exacerbées, sauf la vue, bouchée par la masse de cadavres enchevêtrés. On atteint alors au paroxysme de l'horreur : celle qui est vécue se double de celle que Chabert *imagine*.

« En ouvrant les yeux, je ne vis rien. La rareté de l'air fut l'accident le plus menaçant, et qui m'éclaira le plus vivement sur ma position. Mes oreilles tintèrent violemment. J'entendis, ou je crus entendre, des gémissements poussés par le monde de cadavres au milieu duquel je gisais. »

On s'était accoutumé à ce que tout fût représenté par des métaphores. Cela exigeait, de la part du spectateur, une *traduction* de l'image. Dans le roman, comme dans le tableau, on est ramené à la densité du réel. La laideur de la guerre, la réalité physique de la mort, des blessures, de la folie, qui avaient toujours été soigneusement cachées au public, sont dévoilées. Elles ne sont plus une *abstraction*. Cette vision marque sans doute un tournant dans l'opinion publique. L'image de l'Empereur en sort altérée. Même son humanité — la compassion montrée par Gros — le rend moins *héroïque*. On dit que Napoléon a été saisi d'épouvante devant la cruauté du combat, mais autour de lui, on commençait à murmurer qu'il avait le cœur sec et conduirait la France à la ruine à force de conquêtes.

Dans *Guerre et Paix*, Tolstoï dresse le bilan, après Eylau, de la campagne militaire des Russes : « C'était le dégel, la boue, le froid, la débâcle des rivières ; les routes étaient impraticables. L'acheminement étant impossible, pendant plusieurs jours, on ne distribua ni vivres aux hommes ni fourrage aux chevaux ; les hommes se dispersaient dans les villages abandonnés à la recherche de pommes de terre. Tout avait été dévoré et les habitants s'étaient enfuis. Ceux qui étaient restés étaient plus dépourvus que des mendiants et il ne leur restait plus rien à leur prendre. »

C'était la même chose du côté français.

L'armée prend ses quartiers d'hiver et Napoléon passe tout le printemps à Ostroda, où il reçoit les ambassadeurs de Perse et de Turquie, jusqu'alors alliées de l'Angleterre. Le 4 mai, il signe le traité de Finkenstein avec la Perse. Le 14, il apprend la mort de son neveu favori, Napoléon-Louis, petit-fils de Joséphine, fils de Louis et d'Hortense, qui a été emporté par le croup. L'enfant était appelé à lui succéder. Napoléon fut très affecté par cette mort et cela le poussa à un divorce auquel il répugnait jusqu'alors.

L'impératrice Joséphine obtint de sa fille qu'elle lui donnât la chevelure de l'enfant. Elle la fit encadrer sur un fond de velours noir. Ce tableau ne la quittait pas. Les signes de mort et de deuil deviennent *visibles*.

Au printemps, après deux mois de siège, Dantzig se rend. Lefebvre, qui l'a conquise, sera fait duc de Dantzig. Ainsi l'aristocratie impériale était-elle composée de noms de victoires qui résonnaient à tout moment, comme le rappel incessant de la gloire dont ils étaient issus.

« À Friedland, je le vois encore, à pied, écrit Norvins, cinglant et brisant les hautes herbes à coups de cravache, dire au maréchal Berthier : "Quel jour est-ce aujourd'hui ? — C'est le 14 juin, Sire. — Jour de Marengo, jour de victoire". »

Les dieux de la guerre lui étaient encore favorables : les Russes furent battus et, la Perse et la Porte déclarant la guerre à la Russie, Alexandre consentit à négocier.

Le prince de Ligne brosse un portrait sur le vif de Napoléon à la veille de sa rencontre avec Alexandre : « Enfin, je l'ai vu ce faiseur et ce défaiseur de rois, en descendant de voiture, échauffé de la poussière des combats, du camp et des voyages ; il monte les escaliers de la Cour, à Dresde, d'assez bonne grâce militaire, et l'air noble que donne la guerre, dans un meilleur genre que celle des parchemins. Sa tête bien portée et basanée, son coup d'œil ferme et calme, qui rappelle celui qui venait de gagner sa dernière bataille, m'a plu infiniment. »

Ligne n'a pas l'esprit encombré de préjugés qui lui *brouilleraient* la vue, mais il s'inquiète pour un avenir qu'il prévoit sombre pour les adversaires de Napoléon : « Il a charmé cet Alexandre, a fait semblant de s'en laisser charmer et est devenu, par là, encore plus l'épouvantail de l'Europe. » Sur un radeau bâti à la hâte, « le sort du monde, écrit Chateaubriand, flottait sur le Niémen, où plus tard il devait s'accomplir ».

Alexandre, qu'on disait amoureux de Louise de Prusse, ne fera rien pour la malheureuse reine. À Tilsit, elle verra l'humiliation de la défaite militaire doublée par l'humiliation de la défaite politique.

La reine était belle et Napoléon craignait d'être sensible à son charme : il évita de se trouver seul avec elle. Au cours d'un dîner, elle lui offrit une rose de sa toilette en échange de Magdebourg. Il prit la rose, remercia et garda Magdebourg.

Talleyrand, que la reine avait attendri, rapporte ce dialogue étonnant : « "Comment avez-vous osé me faire la guerre, Madame, avec d'aussi faibles moyens que ceux que vous aviez ? — Sire, je dois le dire à Votre Majesté, la gloire de Frédéric II nous avait égarés sur notre propre puissance." Ce mot de *gloire* si heureusement placé, et à Tilsit dans le salon de l'empereur Napoléon, me parut superbe. »

Napoléon ne l'entendait pas ainsi. Il fera payer cher à la reine ses illusions de puissance : la Prusse sera amputée de la moitié de son territoire et de la plupart de ses places fortes. Elle perd cinq millions d'habitants et doit verser une indemnité de guerre faramineuse : cent vingt millions de l'époque.

Pour ne pas compromettre les chances de paix avec la Russie, l'Autriche et la Prusse, Napoléon ne fit pas renaître la Pologne, mais créa le duché de Varsovie dont Frédéric-Auguste Ier de Saxe devint le duc. Son frère Jérôme fut mis sur le trône de la Westphalie. Son royaume était composé de plusieurs provinces cédées par la Prusse, de la majeure partie de l'électorat de Hesse et du duché de Brunswick-Wolfenbüttel.

Napoléon, étouffé d'encens par Alexandre, sortira de Tilsit enivré par sa réussite. À cette extrémité de l'Europe, il tenait l'héritier de la Grande Catherine et l'héritier du Grand Frédéric. D'autres que lui eussent été chavirés par ces triomphes.

Le 7 juillet 1807, quand le traité de Tilsit fut signé entre les empereurs de France et de Russie, Pozzo dut sans doute murmurer, comme l'avait fait un proche d'Alexandre après Austerlitz : « On se serait cru à une demi-heure de la fin du monde. »

La nouvelle lui fut annoncée alors qu'il se trouvait sur une frégate russe et qu'il venait d'assister au combat naval du mont Athos où la flotte turque fut écrasée. Il s'était embarqué aux premiers jours d'avril à Corfou ; à la fin de l'été, une dépêche du nouveau ministre des Affaires étrangères, Budberg, lui signifiait que sa mission était terminée.

Après Tilsit, Pozzo n'existe plus. Il est malade, en proie à la fièvre. Il voit le tsar et, à la suite de leur entretien, lui écrit pour lui rappeler la teneur de leur conversation. Sans doute sait-il les puissants oublieux et veut-il sceller, par cette lettre, le pacte moral qu'ils ont conclu : « À mon retour des Dardanelles, je suis venu, Sire, me mettre aux pieds de Votre Majesté Impériale. Sa politique avait changé, mais j'eus le bonheur d'être convaincu que son opinion et sa bonté envers moi étaient toujours les mêmes. [...] J'exposai avec candeur à Votre Majesté mes opinions en général et les embarras de ma situation particulière. Elle daigna apprécier les motifs qui me décidaient à m'éloigner, et elle me permit de voyager avec des marques de sa faveur et de sa munificence. »

Pozzo, si j'ose dire, sauve les meubles, mais il doit quitter Saint-Pétersbourg au plus vite et rentre à Vienne, épuisé. Le comte Romanzoff lui donne asile pour peu de temps. Metternich, pour la première fois, mais ce ne sera pas la dernière, et « avec des formes les plus exquises », dit Pozzo, le prie de quitter Vienne. Sa vie est menacée : la police de Napoléon est à ses trousses. Il écrit de nouveau au tsar : « Que Votre Majesté me donne l'autorisation de partir. Loin de lui être utile, je ne lui serais maintenant qu'un embarras. Bonaparte n'a point oublié sa haine de jeunesse. [...] Au reste, je doute que l'harmonie soit durable entre Votre Majesté et Napoléon. [...] Je ne cesse point d'ailleurs d'être un serviteur de Votre Majesté. Avant qu'il se soit passé beaucoup d'années, je le prévois, elle aura daigné me rappeler. »

Dans ces années qui voient le triomphe de Napoléon, il faut imaginer la terrible solitude de Pozzo. Perdu, sans appui, exagérant quelquefois cette solitude et son dénuement, se soutenant à l'idée que l'ordre des choses finira par triompher et les Bourbons avec lui, Pozzo oppose à Napoléon la persévérance de l'obscur.

Longtemps, rien n'alla comme il l'aurait voulu. Il en conçut de l'amertume, souvent dissimulée sous l'ironie du propos ; j'y vois la cause de l'obstination qu'il mit à faire persécuter Napoléon après sa chute et à le faire exiler à Sainte-Hélène, ce qui n'était pas digne du grand adversaire loyal qu'il avait toujours été.

Au moment où je trace ces lignes, le doute m'étreint : Pozzo fut-il vraiment le grand adversaire loyal de Napoléon ?

Qui est Pozzo comparé à Napoléon ? Il fut à peine un détail dans l'épopée napoléonienne, mais un détail capital : son intervention auprès du tsar décida ce dernier à faire entrer ses troupes dans Paris. Cette intervention fut-elle aussi décisive que l'affirme Pozzo ou l'a-t-il proclamé pour avoir son heure de gloire ? Je m'interroge. À force de scruter ses écrits, sa vie même, je trouve que Pozzo fut surtout un *beau parleur*. Car enfin, personne, à part lui, ne rapporte un fait si essentiel.

Un épisode que raconte le prince de Ligne et que seul Pozzo a pu lui confier témoigne de son goût du romanesque : « À quinze ans, écrit Ligne, étant revenu en Corse pour voir ses parents, Napoléon vint un jour, comme un furieux, retrouver un de ses amis (qui me l'a raconté) sur un rocher où ils se rendaient compte de leurs lectures, au bord de la mer, et lui dit : "Dix mille hommes à vous, dix mille hommes à moi, nous nous faisons rois d'Italie." » Je crois qu'il était plaisant pour Pozzo de laisser croire que le jeune Bonaparte s'imaginait en *Napoléon* et que lui seul en avait été le témoin.

Bref, sans les Russes à Paris, qu'est Pozzo ? Rien, ou presque. Mais qu'est-il en réalité ? Si Napoléon s'était attaché à le faire arrêter, il n'aurait pas échoué : il faut se souvenir que c'était le génial, féroce et diabolique Fouché qui était son ministre de la Police. Pozzo ne s'est-il pas inventé un destin faute d'en avoir eu un à la mesure de son illustre rival ?

Il faut aussi imaginer comment Pozzo, à force de danses, comme disait Saint-Simon, s'insinue dans la cour de Russie, comment il se targue d'être le seul qui connaît Napoléon, comment il enfle l'importance de tout cela. Que d'efforts pour convaincre et quel talent ! Napoléon est assez exposé pour que sa vie soit connue ; il est peu de zones d'ombre. Certes, il n'a pas d'illustration de naissance, mais personne ne l'ignore. Pozzo est confiné dans un rôle fourni par Napoléon et je commence à croire qu'il n'était guère doué pour en jouer un autre. Il est bien tard pour y songer, me direz-vous. Je ne le nie pas.

Narcissisme, bavardage, jalousie, amertume parfois, mais doublés d'une grande éloquence, d'une finesse, d'un sens politique hors du commun composent le fond du caractère de Pozzo.

N'ayant pu réussir alors que la Révolution offrait des opportunités inouïes, Pozzo, sans nom et sans fortune, réussit d'une façon tout à fait improbable du côté des Bourbons et des monarchistes où il n'aurait pas dû avoir sa place. C'est un tour de force qu'il faut modérer, car il réussit auprès des partisans *étrangers* des Bourbons et non pas de la haute aristocratie française trop à cheval sur ses principes d'exclusion, *abêtie* par l'épreuve.

Pozzo ne variera jamais de politique : il garde la position inflexible des Anglo-Saxons. Je l'ai dit, il incarne la politique anglaise. Il a su tirer profit des conseils de lord Minto. Il s'y est tenu. Pozzo se sentait plus anglais que français, italien ou russe et, au-delà de tout, il était jaloux. Il instille le poison du doute sur la toute-puissance de Napoléon, insiste sur le caractère éphémère, chaotique et passager de son règne. Il prépare les esprits à la possibilité de la chute alors que Napoléon est au sommet de sa gloire. Il sait, si l'histoire lui donne raison, que ce talent sera récompensé. Pozzo ne joue pas les Cassandre pour se sacrifier, mais pour vaincre.

Je découvre un autre visage de Pozzo, mais peut-être l'inventé-je aussi ? Jusqu'à présent, je n'ai pas remis en question la sincérité de ses opinions, or, Pozzo ne *tient* que grâce à cela.

Je crois que Pozzo était un grand prestidigitateur, dont le dernier tour illusionna Napoléon lui-même. Sa véritable victoire est contenue dans cette réflexion de Napoléon : « C'est lui, à ce qu'on crut, qui a conseillé à l'empereur Alexandre de marcher sur Paris [...]. "Et en cela, disait l'Empereur, il a par ce seul fait décidé des destinées de la France, de celles de la civilisation européenne, de la face et du sort du monde." »

Pozzo a-t-il vraiment joué ce rôle primordial ? Il l'a assez répété pour qu'on le crût. Chateaubriand l'assure : « J'ai entendu le général Pozzo raconter que c'était lui qui avait déterminé l'empereur Alexandre à marcher en avant. » La comtesse de Boigne l'affirme aussi, mais c'est Pozzo qui le leur a dit. Toute la question est de savoir ce que valait sa parole.

Si à ce talent de composition il eût joint une certaine *candeur*, il aurait pu être écrivain, mais rien de tel chez lui : il n'était qu'un remarquable faussaire, et un stratège, un peu devin.

Me voilà bien embarrassée, j'ai pris le personnage de Pozzo en grippe. Au vrai, j'ai été séduite par *l'idée* que Pozzo avait pu jouer ce rôle et je suis déçue qu'il ne l'ait pas fait ou plutôt de ne pas en être absolument certaine. Ma vision romanesque de l'histoire n'a pas résisté à l'observation des faits. J'essaie donc de tenir le difficile équilibre entre ce que je découvre et ce que j'imaginais. Enfin, si je ne déteste pas être suivie dans mes tribulations et mes errements, je tiens aussi qu'il ne faut pas s'y attarder outre mesure : je ne veux pas lasser le lecteur. Reprenons donc, telle Pénélope, le fil de l'histoire, considérons sa *trame*.

Pour toute réponse à Tilsit, le 2 septembre, l'Angleterre bombarde et détruit quasiment Copenhague, faisant craindre le même sort aux ports russes, ce qui fait dire au prince de Ligne : « Si les Français avaient attaqué le Danemark aussi injustement que les Anglais et tué 2 000 bourgeois par le bombardement à Copenhague, comme on crierait contre eux. "Quels monstres !" dirait-on. Mais les Anglais sont des anges. »

Le 11 novembre, « l'angélique » Angleterre décrète que les navires des pays non belligérants, sous peine d'être déclarés de bonne prise, doivent lui payer une taxe, s'ils veulent entrer dans les ports européens. Napoléon y répond par le décret de Milan, qui renforce le blocus continental et, s'ils touchent l'Angleterre, expose les bâtiments à la saisie. Quelques jours plus tôt a été signé le traité de Fontainebleau avec Godoy, chancelier pourri de l'Espagne, qui autorise les Français à traverser l'Espagne pour envahir le Portugal, celui-ci refusant de se soumettre au blocus continental.

« C'est de l'Espagne, écrit Talleyrand, que l'Europe apprit que Napoléon pouvait être vaincu et comment il pouvait l'être. »

Un destin funeste — aidé par Talleyrand — pousse Napoléon en Espagne.

On avait d'abord formé le projet de marier une nièce de l'Empereur au prince des Asturies, Ferdinand, et on avait pensé à la fille de Lucien, Charlotte : cela aurait tout arrangé.

Lucien habitait Rome, il fut convoqué à Mantoue où séjournait l'Empereur. Il y vint dans la soirée du 13 décembre 1807. Les deux frères passèrent la nuit à essayer de s'entendre. Dans une ultime tentative pour ramener Lucien dans le giron familial, une royauté lui fut proposée mais Napoléon exigeait qu'en contrepartie il renonce à sa femme et divorce. Il n'avait jamais accepté pour belle-sœur cette Alexandrine de Bleschamp, femme très belle et connue pour ses galanteries. Lucien avait toujours pensé qu'il valait bien Napoléon et sa femme, Joséphine ; naguère, il avait répondu avec aigreur à Napoléon, qui critiquait ses errances : « Au moins la mienne est jeune et jolie. » On imagine aisément l'effet que produisit cette réplique. Lucien refusa donc avec raideur le divorce, accepta le mariage pour sa fille et sortit de l'entrevue brouillé pour des années avec Napoléon.

Après cet échec, toute alliance étant devenue impossible, Napoléon, voulant en finir, se précipite à Bayonne où les souverains espagnols sont quasiment retenus prisonniers.

« L'affaire de Bayonne n'est pas belle, c'est même la moins belle affaire de la vie de Napoléon », écrit Élie Faure, dont le livre est pourtant un long plaidoyer lyrique en faveur de l'Empereur, effrayant d'enthousiasme et de passion. C'est dire si l'affaire espagnole fut laide.

« La conduite de Napoléon dans cette scandaleuse affaire, écrit Marbot dans ses *Mémoires*, fut indigne d'un grand homme tel que lui. S'offrir comme médiateur entre le père et le fils pour les attirer dans un piège, les dépouiller ensuite l'un et l'autre... Ce fut une atrocité, un acte odieux que l'histoire a flétri et que la Providence ne tarda pas à punir. »

Charles IV et son fils Ferdinand VII abandonnèrent tous deux leurs droits à la couronne d'Espagne et Joseph fut mis sur le trône.

À l'annonce de cette nouvelle, les Espagnols se révoltèrent et entamèrent une guerre sans merci contre les Français. L'insurrection espagnole fut sauvagement réprimée par Murat qui mitrailla la foule, mais le 22 juillet, c'était la défaite de Baylen. Napoléon n'aura pas de mots assez durs pour critiquer Dupont, le général qui a failli. « Pour sauver ses caissons chargés du pillage, Dupont a livré ses soldats, ses compatriotes, à la honte d'une capitulation sans exemple, et à celle, si fâcheuse par l'influence qu'elle a eue sur le peuple espagnol, de fournir la preuve des profanations et du pillage des églises que Dupont avait tolérés pour couvrir ses propres déprédations. » Il répète sans cesse : « C'est une horrible catastrophe. » Il ne croit pas si bien dire. Les Espagnols, exaltés par cette victoire, qu'ils pensaient impossible, sur la première armée du monde, sont transportés de joie, leur ardeur au combat est décuplée. Les Français sont abasourdis et découragés. Joseph entre à Madrid pour mieux fuir quelques jours après cette débâcle. Sir Arthur Wellesley (futur Wellington) pénètre en Espagne. Le Portugal se soulève et les Anglais peuvent de nouveau y débarquer. Napoléon écume de rage : « L'irritation de Napoléon contre son frère le faisait toujours agir de premier mouvement, note finement Talleyrand, et lui faisait sans cesse commettre des fautes graves. »

L'attachement de Napoléon à son clan à qui il passait tout, y compris les trahisons et les manquements les plus graves, a été une des causes de sa chute. Sans doute pensait-il que d'autres n'auraient pas fait mieux et n'auraient pas été plus fidèles et les voyait-il comme des rouages de son système de gouvernement, mais qu'il ne cessât de constater qu'ils échouaient sans sanctionner leurs fautes produisit l'effet inverse de celui souhaité : ils prirent des libertés de plus en plus grandes, laissèrent éclater leur jalousie et détestèrent ouvertement Napoléon.

Cette fidélité de Napoléon au clan familial l'éloignera de l'idéal républicain, fera des envieux, suscitera les critiques. La rapidité avec laquelle les royaumes étaient renversés et redistribués comme des jouets à sa famille favorisera la comparaison, à son détriment, avec l'ancienne monarchie et lui fera commettre des erreurs fatales : l'Espagne en est une.

De même, la volonté, éclairée par la raison, avait abouti au Concordat et la passion furieuse de Napoléon, à l'enlèvement du pape.

Si je ne m'étonne pas que Napoléon ait voulu honorer sa famille en lui donnant des trônes auxquels leur naissance ou leur mérite ne leur conféraient pas de droits, ce qui n'avait échappé à personne, et qu'il soit passé sur leurs caprices ou leurs trahisons, puisque, suivant en cela l'usage corse et romain, il pensait que la fidélité à la famille finirait par triompher du reste, je m'étonne que Napoléon, élevé dans le respect et la peur du sacré — la peur étant l'expérience primitive du sacré —, se soit livré à la persécution du pape Pie VII. « Or, qui défend les droits de la justice, de la liberté et de la religion du pape ou de l'empereur ? » s'écrie Chateaubriand. L'évidence de ce combat inégal consacre la faute de Napoléon. La nomination du cardinal Fesch à la présidence du Concile n'y changera rien : « Ici, il se trompa, observe Talleyrand, comme dans tout ce qu'il avait fait en élevant chacun des membres de sa famille, dans la pensée de s'en servir ensuite. Son oncle, le cardinal, avait à faire oublier son origine, et il voulut, comme les frères de Napoléon, tirer sa considération de son opposition à ses volontés, de son rigorisme, et non de son crédit sur son neveu. »

« Rigorisme » sous la plume de celui qui affirmait « La fixité dans les natures composées tient à leur souplesse » relevait du mépris, pire, de la bêtise, seule chose impardonnable à ses yeux.

Chateaubriand apporte une réponse dont il faudrait explorer la profondeur, au-delà de la splendeur de la forme : « Qui poussait donc Bonaparte ? la partie mauvaise de son génie. »

« Les Latins nommaient Genius le dieu auquel chaque homme se trouve confié au moment de sa naissance, écrit Giorgio Agamben[1]. Avec le temps, le génie se dédouble. L'art romain montre les deux génies l'un à côté de l'autre : le bon porte un flambeau et le messager de la mort, un flambeau renversé. » Il semble que Napoléon soit entré alors dans la phase de sa vie dominée par le messager de la mort, et si, comme l'affirme Walter Benjamin[2], plus d'un siècle plus tard, « Il n'y a aucun témoignage de la culture qui ne soit également un témoignage de

---

1. *Profanations.*
2. *Thèses sur la philosophie de l'histoire.*

la barbarie », par les livres, Napoléon s'était accoutumé à regarder cette hérésie sans épouvante. En effet, par une lettre à son frère Joseph, on connaît ses lectures du moment : « Mes lectures habituelles en me couchant sont des vieilles chroniques des IIIe, IVe, V^e et VIe siècles ; je les lis ou je me les fais traduire. Rien n'est plus curieux et plus ignoré que le passage des anciennes mœurs aux mœurs nouvelles, la transition des anciens États aux nouveaux fondés sur leurs ruines. » Napoléon a toujours aimé les légendes, il leur a toujours sacrifié la réalité. Ce fut sans doute son plus grand tort politique.

Le moment où les choses allaient mal en Espagne fut celui qu'il choisit pour régler les affaires de Rome. Cela produisit un résultat étonnant : l'obsession de battre l'Angleterre aveugla Napoléon et la crainte qu'il inspirait donna du courage à ses adversaires que les circonstances firent s'élever au-dessus d'eux-mêmes.

Ainsi le pape terrorisé, enlevé de Rome et jeté en prison, devient-il un martyr, ainsi les Espagnols, méprisés, sont-ils prêts à tout sacrifier pour un roi, qui est un être médiocre et vil, mais qu'ils préfèrent à celui qu'on leur impose.

Les deux affaires se nouent au pire moment : l'Église espagnole fera payer cher à Napoléon les tourments qu'il inflige au pape. Elle se dressera contre lui de toutes ses forces puisées dans les bûchers de l'Inquisition. La cruauté ne l'arrêtait pas et la mort excitait le désir de vengeance. L'Europe stupéfaite assistait à la révolte d'un peuple en guenilles, qui battait la première armée du monde, et celle d'un vieil homme, qui se dressait presque seul contre un empire.

La crainte que Napoléon inspirait fut la cause de tout.

Le pape, voulant montrer son désaccord, protesta faiblement d'abord, puis s'enhardit jusqu'à excommunier, mais pas au point de citer l'Empereur en personne; les choses prirent une telle ampleur qu'elles devinrent inextricables. Napoléon fut enfermé dans cette contradiction : il avait défendu la religion en France et était l'oppresseur du pape. En Espagne, il opprimait le peuple au nom de la liberté qu'il voulait lui donner et que les Espagnols refusaient de toute leur âme, qui est belle.

Napoléon avait eu raison du Nord qu'il redoutait et dont il croyait ne rien savoir, et était vaincu par le Sud qu'il croyait connaître — mais il ne savait rien des Espagnols et avait du mépris pour un peuple dont il ignorait tout. S'il s'était rappelé ses origines, il aurait pu démêler les fils de cette révolte, l'aurait comprise, aurait laissé régner les descendants de Louis XIV sans leur disputer leur couronne. Il aurait tâché de conserver l'amitié de l'Espagne qui, longtemps, lui fut acquise. Dans cette faute politique indigne, l'Europe vit le signe manifeste d'un pouvoir tentaculaire, qui étouffait les nations dans son sein. Napoléon, qui rêvait d'être le grand rassembleur de l'Europe, fut celui qui réveilla les nationalismes, contre lesquels on ne peut rien, car les peuples désespérés sont invincibles.

Dans un premier temps, ces réactions inattendues compliquent tout.

Cela entraîne des retards ou des impossibilités dans l'exécution des plans et l'énorme machine de l'Empire se grippe. Son effondrement prendra du temps, mais, pour les ennemis de la France, il suffisait d'attendre le moment favorable. C'était le conseil que donnait Metternich, ambassadeur de Vienne à Paris, au secrétaire d'ambassade de Russie, Nesselrode, avec qui Pozzo entretenait une correspondance assidue.

Ainsi, l'image de Napoléon et de la France révolutionnaire puis impériale triomphante céderait bientôt devant celle d'une France sacrifiée aux passions furieuses d'un homme subjugué par son génie.

« Si l'inique invasion de l'Espagne souleva contre Bonaparte le monde politique, écrit Chateaubriand, l'ingrate occupation de Rome lui rendit contraire le monde moral : sans la moindre utilité, il s'aliéna comme à plaisir les peuples et les autels. »

À force de silence imposé, la trahison devint bientôt la seule forme de liberté d'expression possible. Si ce paradoxe étonne, il est éclairé par Talleyrand : « Napoléon, dit-il, croyait que, pour être à lui, il fallait être hors de soi. »

L'anarchie militaire, politique, financière engendrée par la mésentente entre Joseph et Napoléon fit qu'aucun plan de conduite ne put être établi ; cela mena à la ruine que l'on sait en Espagne.

Restait l'alliance avec la Russie. Napoléon voulut en mesurer la solidité et imagina une rencontre avec le tsar à Erfurt devant « un parterre de rois » — « une plate-bande », aurait répliqué Talleyrand — mais enfin, pendant dix-huit jours, devant tous les souverains que comptait l'Europe, les ors et les fastes du meilleur de la culture française furent déployés : le théâtre, la cuisine, la musique. L'Allemagne n'était pas en reste ; Goethe et Wieland furent conviés à la fête. Il s'agissait de faire oublier Baylen et Cintra et la fuite honteuse du « roi intrus », comprenez Joseph, le frère aîné de l'empereur.

Pour Goethe, Napoléon était le « héros parfait » mais Wieland ne verra en lui qu'un « homme de bronze ». Le prince de Ligne rapporte que, le 2 octobre 1809, l'Empereur invita Goethe à déjeuner en compagnie du prince de Bénévent (Talleyrand), du prince de Neuchâtel (Berthier), du duc de Montebello, c'est-à-dire le maréchal Lannes, qui mourrait quelques mois plus tard, à Essling.

Goethe conversa pendant plus d'une heure avec Napoléon : « Cette conversation fit une impression profonde sur Goethe, écrit le prince de Ligne dans ses *Mémoires*. Les questions que lui adressa l'Empereur sur *Werther* (qu'il disait avoir lu sept fois), le jugement lumineux qu'il porta sur les situations les plus délicates et sur les rapports moraux de ce roman firent voir avec quelle facilité le génie, en saisissant en même temps le détail et l'ensemble d'une composition, sait trouver dans les productions de l'art de nouveaux aperçus et des combinaisons brillantes. » Une telle conversation de nos jours serait inimaginable ; on considérerait que c'est du *temps perdu*. Le goût de la littérature ne risque pas de perdre nos dirigeants comme, en un sens, il a perdu Napoléon.

À Erfurt, cependant, tout est changé. Si, deux ans plus tôt, le radeau sur le Niémen en imposait à cause de la grandeur sauvage de la nature dont il était le cadre, le théâtre d'Erfurt trahissait la fausseté du jeu, les allusions à double sens. Cela manquait de vérité comme le décor en trompe-l'œil que, *in fine*, il était. Ce fut une suite d'erreurs qui en annonçait d'autres.

Parce que l'aristocratie impériale lui semblait trop novice et pas assez aguerrie aux codes compliqués de la vieille aristocratie européenne et que, d'une certaine manière, Napoléon avait *honte* de l'aristocratie qu'il avait créée, pour la sûreté de son coup d'œil et ses grandes manières, Talleyrand fut rappelé.

Celui-ci crut servir Napoléon, affirma servir la France et se servit surtout lui-même en tâchant de convaincre Alexandre qu'il était le seul à même de s'opposer à Napoléon. Il voulait qu'on appliquât une politique des possibles alors que son maître ne désirait que l'impossible, et l'imposer par la force, s'il le fallait. Cet antagonisme, librement exposé au grand jour, convainquit les ennemis de la France que la liberté que prenait Talleyrand était le signe d'un affaiblissement de l'Empereur. Ce n'était pas faux. Cette faiblesse fut exploitée *à mort*. Après Erfurt, le nœud se resserra. Tilsit n'était qu'un mirage : la paix, sans cesse recherchée, se dérobait toujours. À Erfurt, la fête était manquée. C'était la dernière fois que Napoléon voyait Alexandre.

MEMENTO MORI

Souviens-toi que tu dois mourir.

À partir de 1808, enfermé dans un tissu de taffetas noir qu'il passe autour du cou à l'aide d'un ruban, Napoléon en campagne porte sur lui du poison. Au sommet de sa gloire, Napoléon songe donc à la mort, et à cette mort brutale et instantanée que procure le poison. Ce qui paraissait impossible quelques mois plus tôt ne l'est plus tout à fait. Le petit morceau de tissu noir qui enferme le poison est le *memento mori* que Napoléon porte contre sa peau et n'enlève pas même pour dormir.

VI

LA FATALITÉ MODERNE

> L'obstination avait remplacé le talent.
>
> STENDHAL, *Vie de Napoléon*

« La politique est la fatalité moderne », dit Napoléon à Las Cases.

Cette fatalité moderne, qui le fascine, le conduit à l'obsession de vaincre l'Angleterre et se conjugue avec l'ivresse du pouvoir, ce philtre dont usent les dieux pour perdre les tyrans.

En effet, après Tilsit, chacun espère la paix et un desserrement du pouvoir, mais la dictature s'accentue, la guerre recommence et l'on découvre avec stupeur la *monotonie* des campagnes militaires. Les victoires, que l'on sait aussi annonciatrices des pires catastrophes, n'enchantent plus. Pour aiguiser de nouveau notre curiosité, il faudra que vienne le temps des défaites dont une fut si cruelle que son nom en devint le symbole dans le langage courant : la Bérézina. Il ne faut pas taire les mauvais sentiments qu'inspire la cruauté du malheur. La beauté des désastres donne un frisson d'épouvante et met en joie.

Pour battre l'Angleterre, dès le retour d'Erfurt, Napoléon prend donc le chemin de l'Espagne. L'Angleterre de 1809 est exactement la même que celle de 1795, l'ennemi héréditaire, le plus dangereux adversaire de la France. Devant les portes de Saint-Jean-d'Acre, devant les retranchements de Lisbonne, à tous les coins de l'univers, la volonté de Napoléon s'est heurtée à la force méthodique, réfléchie et pleine de sang-froid des Anglo-Saxons ; et, tandis qu'il conquérait tout le territoire de l'Europe, les Anglais lui ont enlevé l'autre moitié du monde : la mer.

Le 12 janvier 1809, alors qu'il est au fond de l'Espagne et poursuit le général Moore, un courrier venu de France lui apprend que l'Autriche s'arme et ne semble pas redouter l'intervention de la Russie ; que Murat, soutenu et encouragé par Talleyrand et Fouché, pense à le remplacer ; qu'exploitant l'échec espagnol, le Corps législatif est mécontent.

Le 28 janvier, Napoléon est de retour à Paris. Fouché, préparé au pire, garde son ministère, mais Talleyrand perd sa place de Grand Chambellan, tout en conservant son titre et son rang de dignitaire, ce qui fera dire à Hortense de son beau-père : « Il humilie trop et ne punit pas assez. »

Abensberg et Eckmühl ouvrent une nouvelle fois les portes de Vienne à Napoléon. Ce n'est plus tout à fait le même triomphe. Les ennemis ne s'effacent plus devant lui et les Français perdent Ratisbonne qu'il faut reprendre d'assaut. Une balle frappe Napoléon au pied, une contusion sans gravité, comme un avis du destin, un signe que les temps sont devenus âpres. Essling est un échec, le Danube en crue empêche toute manœuvre et Lannes est tué. L'excommunication papale a été lancée quelques jours plus tôt. Le jour de Wagram, le pape est enlevé.

Wagram, « la perfection, le chef-d'œuvre de la

maturité de Bonaparte », écrit Bainville, « Bonaparte y déploie tout son génie », affirme Chateaubriand, Wagram n'en reste pas moins l'illusion de la victoire totale : l'armée est devenue un instrument moins souple, trop de fatigues, de pertes, de campagnes, de différences de mœurs, de langues, de pays, ont usé la cohésion de la Grande Armée.

Le 12 juillet, l'armistice est signé à Znaïm ; mais le Portugal est perdu pour la seconde fois et le pape, qui a reçu un accueil triomphal à Grenoble, est ramené à Savone. L'Angleterre redouble d'efforts, débarque des troupes sur l'île de Walcheren et, après avoir conquis la forteresse de Bath, s'ouvre la route d'Anvers. En France, Fouché, récemment nommé duc d'Otrante, répand partout l'alarme, lève la garde nationale et en donne le commandement à Bernadotte. Napoléon, absent depuis six mois de Paris, approuve, mais, pour la première fois, il n'est plus tout à fait maître du jeu : l'agression de l'Autriche, la neutralité de la Russie, l'insurrection de l'Espagne, l'inflexibilité de l'Angleterre, le réveil du nationalisme allemand ébranlent l'Empire ; Napoléon décide alors de divorcer pour assurer sa succession.

La période noire de Napoléon commence donc par un projet de mariage. « Une satisfaction de vanité de plus », dira Talleyrand. Rien n'est moins sûr : Napoléon essayait des stratégies qui ne fussent pas militaires parce qu'il sentait l'inutilité des guerres perpétuelles.

Il avait renoncé à une alliance avec la Russie pour se tourner vers l'Autriche, car il craignait d'essuyer un refus. Alors que l'on croyait encore au mariage russe, le comte Tolstoï, ambassadeur à Paris, avait dit : « L'impossible en ce siècle est encore ce qu'il y a de plus vraisemblable. » C'était très exagéré pour ce qui concernait le mariage avec la sœur du tsar. Les choses traînaient en longueur et l'Autriche offrait avec empressement l'archiduchesse Marie-Louise. Metternich avoua qu'il la mit « dans le lit du Minotaure pour obtenir un temps d'arrêt qui permît à l'Autriche de se refaire ».

« Le prince de Neuchâtel et malheureusement de Wagram », écrit le prince de Ligne, qui aurait aimé qu'il laissât ce nom à la frontière, « fit sa demande à merveille : on lui a fort bien répondu. Les Français ont admiré nos restes de magnificence et d'antique noblesse. »

Napoléon, qui lisait de vieilles chroniques pour s'instruire des usages de l'ancien temps, aurait pu le faire en conversant avec le prince de Ligne. Cette beauté des formes anciennes console le prince de la défaite autrichienne et lui donne l'espoir d'une paix durable. Il voit dans ce mariage un coup diplomatique magistral de Metternich, sans en déceler le vice. Le prince de Ligne crut à ce mariage parce qu'il aimait la France, admirait — sans l'aimer — Napoléon et que l'Autriche était devenue sa deuxième patrie.

Marie-Louise, dont le prince disait : « C'est un ange », quand elle arriva à Paris, trouva un époux dont le nom était synonyme pour elle d'épouvante. « Quand l'Impératrice est arrivée ici, elle a joué au whist avec deux régicides, M. Cambacérès et M. Fouché », dit Napoléon. Elle s'adapta pourtant très bien à son nouveau rôle : l'obéissance filiale, le manque d'imagination et la coquetterie firent le reste.

Le mariage fut célébré le 2 avril 1810, mais

consommé avant la célébration religieuse, ce qui fit dire à Chateaubriand : « Ce mépris de la majesté des mœurs royales et des lois saintes n'était pas d'un heureux augure. » Mais peu de choses désormais seraient d'un heureux augure. Chateaubriand le sait qui n'oublie jamais de mettre les événements en regard de cette perspective noire, anticipant sur la fin, ce qui donne à ses *Mémoires* un fond de grandeur inégalée.

Des fêtes données pour le mariage de Napoléon et de l'archiduchesse, la comtesse de Boigne ne vit que les illuminations : « Ce sont sans comparaison les plus belles que je me rappelle. L'Empereur, auquel les grandes idées ne manquaient guère, eut celle de faire construire en toile le grand arc de l'Étoile tel qu'il existe aujourd'hui, et ce monument improvisé fit un effet surprenant. » « C'était, écrit Constant dans ses *Mémoires*, une suite de décorations magiques. Les maisons, les hôtels, les palais, les églises, tout était éblouissant. [...] Le pont Louis XV était lui-même une avenue dont la double rangée de feux, de verres de couleurs, d'obélisques, de plus de cent colonnes, surmontées chacune d'une étoile et réunies par des guirlandes de verre de couleurs en spirale, produisait un éclat à peine supportable à la vue. » Toute la ville semblait être un « lieu d'enchantements ». La magie du trompe-l'œil *jouait* encore.

Les fêtes se succédaient, car l'Empereur craignait que sa jeune épouse ne s'ennuie. Le 1er juillet, un immense bal fut donné par l'ambassade d'Autriche. La décoration fit l'admiration de tous : une grande salle de bois fut ajoutée à l'ancien hôtel de Montesson que le prince de Schwarzenberg habitait. Elle fut agrémentée de voiles, de rideaux, d'une multitude de candélabres, on y mit une profusion de fleurs. Un courant d'air agita un rideau qui prit feu aux bougies. Des jeunes gens tentèrent en vain de l'éteindre. La salle s'embrasa. L'Empereur qui venait de quitter le bal accompagna sa femme jusqu'à l'entrée des Champs-Élysées et revint au lieu de l'incendie pour organiser lui-même les secours. Il rentra à Saint-Cloud à quatre heures du matin, profondément bouleversé par ce qu'il venait de voir. La belle-sœur du prince de Schwarzenberg avait péri dans les flammes. La scène avait été épouvantable. La princesse était enceinte ; le terme approchait. On avait tenté de sauver l'enfant qui était né vivant mais n'avait vécu que quelques instants. L'Empereur en avait gardé une impression horrible, le sentiment d'une affreuse prémonition. Il conserva longtemps la crainte que cet incendie fût l'annonce d'événements funestes. Selon Constant, trois ans plus tard, durant la campagne de Russie, quand on vint annoncer à l'Empereur que le corps d'armée commandé par le prince de Schwarzenberg avait été détruit et le prince tué — ce qui était faux —, Napoléon s'écria : « C'était donc lui que menaçait le mauvais présage ! » En voyant Moscou en flammes, il comprit, sans doute, entre autres choses, que l'incendie de l'ambassade d'Autriche était la préfiguration de celui-là et que ce n'était pas *l'autre* prince qui avait été menacé mais lui-même par cet avis du destin.

Après l'échec de la cinquième coalition, Pozzo a quitté Vienne et s'est réfugié à Troppau, petite ville de Silésie, où ont échoué tous les opposants à Napoléon. Ils y seront tolérés quelque temps.

Le comte Ouvaroff, qui connut Pozzo à Troppau, rapporte que « sa haine pour Napoléon ne connaissait pas de bornes, mais elle ne s'annonçait au-dehors que sous une forme modérée et impartiale. Jamais on ne le vit rabaisser les talents extraordinaires de l'homme qu'il considérait comme le fléau du monde et qu'il haïssait comme son ennemi personnel, et il ne souffrait pas que l'on s'exprimât légèrement devant lui sur son colossal adversaire ».

Pozzo ne voulait pas donner le sentiment que sa haine avait une cause personnelle : cela lui eût enlevé la portée supérieure qu'il désirait qu'elle eût. « Pozzo, écrit Ouvaroff dans ses *Mémoires*, acceptait sa position comme le résultat d'une fatalité absolue et qui faisait de lui l'antithèse naturelle de son puissant adversaire. Quoi de plus dramatique, en effet, que ce duel à mort, que ce combat à outrance entre deux hommes dont l'un faisait trembler l'Europe et dont l'autre, pauvre banni, sans famille, sans fortune, sans patrie, n'avait pour toute ressource que son inépuisable patience et sa fermeté à toute épreuve. »

Je bute une fois de plus sur cette dramatisation de la situation de Pozzo, « ce combat à mort » me semble une illusion cultivée par Pozzo et ses amis. Il en était obsédé comme si Napoléon ne respirait que pour l'abattre.

À Troppau, Pozzo se lie d'amitié avec le baron Stein, qui sera à l'origine du renouveau du nationalisme allemand et rêvait, dit Ouvaroff, d'une « Allemagne unitaire, idéale, utopique, gouvernée par la maison de Brandebourg ». L'occupation ou la domination française pousseront ces royaumes humiliés à évoquer la grandeur passée et à s'unir dans une révolte commune. L'ancienne politique des rois de France, qui laissait aux innombrables princes allemands la conduite de leurs affaires, était moins périlleuse pour la France que celle menée par Napoléon : les trente-deux princes qui s'entendirent avec la Russie pour se liguer contre la France et précipiter la chute de l'Empereur en fournirent la preuve. Pozzo le comprit avec Stein.

Comme l'Angleterre, Pozzo séparerait désormais les intérêts de la France de ceux de Napoléon. Il ne visait plus qu'à détruire la tyrannie qui, à ses yeux, depuis la Révolution française, bouleversait l'équilibre harmonieux des nations. Une fois les Bourbons rétablis sur le trône, il considérerait la France comme une nation amie de la Russie, pays qu'il continuerait à servir.

La ville de Troppau fit preuve d'une hospitalité dont on ne tarda pas à voir les limites et Pozzo, devenu indésirable, dut partir pour Vienne. Toute la ville bruissait de la rumeur du mariage de Napoléon avec la jeune archiduchesse. Les négociations étaient en cours. Napoléon exigea l'expulsion de Pozzo, car il craignait qu'il ne raconte des choses déplaisantes sur sa famille. Mais Pozzo était *fair play*; il ne s'abaissa jamais à le faire.

Metternich, tout en le regrettant, l'invita à partir « de son propre mouvement ». L'ambassadeur russe, Schouvaloff, de qui Pozzo sollicita l'aide, lui conseilla la même chose. Il ne pouvait guère rester à Vienne sans s'exposer à mettre ses amis dans l'embarras ou, pire, à être arrêté. Les portes de l'Autriche, de la plupart des royaumes allemands, de la Russie, lui étant désormais fermées, Pozzo voulut retourner en Angleterre. Il écrivit au tsar : « Quelque part que ma destinée m'envoie, Votre Majesté pourra être assurée d'y avoir un serviteur fidèle. J'ai trop porté d'intérêt à la gloire de son trône et au bonheur de la patrie qui m'a adopté pour l'effacer jamais de mon cœur. Tous les deux existeront malgré les ruines extérieures qui les entourent et les périls auxquels je les crois réservés. Un jour viendra où tous les hommes associés de cœur au sort de la Russie trouveront l'occasion de partager ses dangers, et j'espère, Sire, sous les auspices de Votre Majesté, coopérer à son triomphe. »

Une telle flamme ne laissa pas le tsar insensible. Pozzo obtint son congé de service et le maintien de son traitement. Comme il ne pouvait pas traverser le continent, il s'embarqua à Constantinople. Avant de rejoindre Londres, il visita toute la Turquie, la Syrie, Malte et Smyrne. Ce grand voyage oriental lui prendra plus d'un an. Il arriva à Londres à la fin de l'année 1810 pour apprendre que l'archiduchesse avait épousé quelques mois plus tôt l'empereur des Français. Il dut alors songer au conseil que lui donnait le prince de Ligne à Vienne : « Silence et patience ».

Ce mariage n'était qu'un répit. Pozzo le savait bien ou du moins l'espérait qui, à Londres, voyait assidûment lord Wellesley, dînait chez lord Castlereagh ou chez le Prince Régent.

L'Angleterre, au bord de l'asphyxie économique, ne cédait pas un pouce et la Russie était près de s'entendre avec elle. Pozzo fut un intermédiaire zélé entre les deux pays.

« Presque partout sur le continent, écrit Bainville, Napoléon a des rois pour alliés, des rois pour parents et des rois, du moins l'entend-il ainsi, pour le servir. » Ainsi poursuit-il l'illusion de Tilsit par celle de l'alliance de famille mais, presque au moment où il épouse Marie-Louise, Charles XIII de Suède adopte pour successeur Bernadotte, élu prince héritier de Suède, et, dans le clan Bonaparte, rien ne va plus : Joseph règne sur un pays dont il ne saura jamais se faire aimer, Lucien va quitter Civita-Vecchia avec la complicité de Murat, son beau-frère, et Louis s'enfuit de Hollande, quittant son trône et sa femme, Hortense, la fille de Joséphine.

Louis, le frère préféré de Napoléon, celui qu'il avait élevé comme un fils sur sa solde à Valence, Louis était devenu hypocondriaque, allant d'un château à l'autre sans pouvoir jamais y résider longtemps, heurtant l'austérité naturelle des Hollandais par ses dépenses fastueuses, compensant ses folies par un attachement sincère à son nouveau pays et, ne se souciant guère des intérêts de la France, il négligeait de faire respecter le blocus.

« Louis ne sait faire que le malheur de sa femme », disait Napoléon.

Il contribuerait à faire le sien, répandant l'idée que son frère était aussi un tyran familial, puisque l'abdication de Louis survint au même moment que Lucien fuyait l'Italie. Lucien voulait aller aux États-Unis, il n'alla pas plus loin que l'Angleterre où il fut très bien traité, les Anglais voyant tout le parti qu'ils pouvaient en tirer.

Il résultera de l'abdication de Louis l'annexion de la Hollande à l'Empire français. L'effet produit fut détestable : on se demanda quel pays résisterait à l'appétit de celui que la plupart n'appelaient plus que l'Ogre ou le Corse, ce qui, pour reprendre l'expression de Chateaubriand, « n'augurait rien d'heureux ».

Pendant ce temps, l'Angleterre développe son commerce en Amérique, en Afrique, en Asie. Comme le roseau de la fable, elle plie mais ne rompt point. En cette fin du mois de décembre, le Sénat annonce la réunion des villes hanséatiques : Brême, Hambourg, Lübeck continueront la Hollande. Le royaume de Westphalie est amputé de ses rivages. Le duché d'Oldenbourg saute. Les embouchures de l'Escaut, de la Meuse, du Rhin, de l'Ems, de la Weser et de l'Elbe sont « de nouvelles garanties devenues nécessaires ». Mais il faudrait aussi fermer au sud la brèche turque et au nord la brèche suédoise. Bernadotte préfère passer à l'ennemi. Il n'a jamais aimé Bonaparte. Ils ne se sont jamais entendus. Il l'a toujours jalousé et il sent le vent tourner. La Russie souffre aussi du blocus et, le 31 décembre 1810, Alexandre adresse un ukase à Napoléon : les importations françaises sont lourdement taxées et la liberté de commerce ouvre les routes aux marchandises anglaises.

En parlant de l'année 1811, Napoléon dira à Gourgaud qui le rapporte : « Je n'étais pas d'aplomb. » Il reste longtemps prostré, cède souvent à la colère ; il est amer, se plaint d'être mal servi.

Mais le 20 mars 1811, Marie-Louise donne un fils à Napoléon. L'avenir semble s'éclaircir. Les Parisiens manifestent leur joie : ils aspirent à la paix et pensent qu'un héritier amènera Napoléon à la faire.

Napoléon aimait cet enfant, disait que le sort le plus triste est celui d'Astyanax. Le petit prince fut élevé à Vienne. Son grand-père défendait qu'on lui parlât de son père. Cependant, il aimait tendrement son petit-fils et le fit duc de Reichstadt. Considérant qu'elle avait consenti à un assez grand sacrifice en épousant Napoléon, Marie-Louise avait oublié son fils. Elle vivait loin de lui, à Parme, avec son amant qu'elle épousa dès qu'elle le put et dont elle eut d'autres enfants. L'Aiglon mourut à vingt ans dans ce palais de Schönbrunn où son père, au temps de sa gloire, avait fait venir Marie Walewska, après la victoire de Wagram.

Avant la guerre, ma mère se souvient d'avoir assisté, en compagnie de sa cousine Nounou, au théâtre de Bastia, à une représentation de *L'Aiglon*, donnée par la Comédie-Française. Une actrice célèbre, dont elle a oublié le nom, y jouait le rôle-titre.

« C'était un événement d'aller au théâtre, dit ma mère. Je me demande même comment nous avions eu l'autorisation d'y aller : une *distraction* sans doute ? J'avais quatorze ans. La télévision n'existait pas à l'époque, les émotions n'étaient pas émoussées.

— Au fait ! dis-je.

— J'ai pleuré pendant toute la pièce.

— Je suis sûre qu'aujourd'hui tu pleurerais autant.

— Qui sait ? Ça ne m'étonnerait pas, dit ma mère en riant. À certaines répliques, je sanglotais. Nounou en était excédée. À la sortie, j'avais les yeux gonflés et rouges, ce qui inquiétait beaucoup ma cousine pour la suite des événements. Elle ne se trompait pas. Quand elle me vit, ma grand-mère fut épouvantée. Elle gronda ma mère d'exposer une enfant qu'elle savait si sensible à de telles émotions. Elle détestait le théâtre. Selon elle, la vie infligeait assez de chagrins pour qu'on n'ait pas besoin d'en rechercher de factices. J'avais perdu mon père très tôt, cela était suffisant, lui semblait-il. Ma mère en convint : je fus privée de théâtre et dus attendre d'habiter Paris pour pouvoir y retourner. Je l'ai toujours caché à ma mère, à qui j'écrivais une grande lettre par semaine, comme si j'avais fait quelque chose de mal. »

Celui qui ferait pleurer ma mère, l'Aiglon, n'était encore que le roi de Rome et venait à peine de naître, quand Napoléon qualifiait l'Espagne de « chancre » ou de « boulet ». Soult échouait devant Cadix, Suchet en Aragon et Masséna livrait une bataille sanglante à Fuentes de Oñoro devant sir Arthur Wellesley, qui serait élevé à la pairie en tant que vicomte Wellington pour s'être si bien battu contre les Français.

Tout l'été 1811 fut employé par Napoléon à négocier avec la Russie ; il lui avait sacrifié ses anciens alliés : la Suède, la Turquie, la Pologne. Le tsar y avait gagné la Finlande, les provinces moldo-valaques, la promesse que l'indépendance de la Pologne ne serait pas rétablie. Cela n'avait pas empêché la Russie de s'armer en secret. Caulaincourt avait averti Napoléon que Saint-Pétersbourg ne parlait que de la guerre, que l'on était décidé à le laisser entrer sans combattre, car on pensait que le climat aurait raison de la Grande Armée.

Pozzo ne l'ignorait pas, qui espérait en secret que Napoléon se lancerait à corps perdu dans cette bataille ; il espérait aussi que la chance qui avait toujours été du côté de l'Empereur tournerait. Il misait tout sur l'art de la dérobade d'Alexandre. Il l'avait expérimenté et savait que, sur ce point au moins, il était supérieur à Napoléon ; il savait aussi que l'hiver russe, dont il avait éprouvé la rigueur, serait un obstacle redoutable. Quand il apprit que le tsar ne cédait pas, que le philtre d'amour de Tilsit s'était définitivement évanoui, Pozzo se laissa aller à un petit mouvement de joie qu'il comprima bien vite, craignant que le sort ne se retournât une fois de plus contre lui. Il soutint de toutes ses forces lord Castlereagh, ministre des Affaires étrangères anglais, qui négocia avec l'Autriche, la Russie et la Prusse la quadruple alliance contre la France.

Homme rude, parfois brutal, impopulaire, ce dont il se réjouissait : « Il convient à un gentilhomme, disait-il, d'être impopulaire », lord Castlereagh cultiva un sentiment de paranoïa qui finit par le détruire et le conduisit, quelques années plus tard, à se trancher la jugulaire avec un coupe-papier.

« C'était la nef des fous, dit ma mère. Le roi était fou, le régent ne valait guère mieux et le ministre était paranoïaque !

— Cela explique en partie l'impassibilité de l'Angleterre à la pression exercée par le blocus continental. D'autres n'y auraient pas résisté.

— Si la fermeté de la politique d'un pays tient à la folie de ses dirigeants, cela donne à réfléchir », dit ma mère.

Au mois d'avril, Alexandre adresse un ultimatum à Napoléon, lui enjoignant de ne pas dépasser l'Elbe. L'Empereur y répond par une lettre qui laisse percer les sentiments — feints ou réels — qu'il porte à Alexandre : « Si la fatalité, écrit-il au tsar, devait rendre la guerre inévitable entre nous, elle ne changerait en rien les sentiments que Votre Majesté m'a inspirés et qui sont à l'abri de toute vicissitude et de toute altération. »

Pour la quatrième fois, l'Empereur fait des offres de paix à l'Angleterre qui seront dédaignées, mais lui-même n'y croyait guère, tentant seulement de faire porter une fois de plus la responsabilité de la guerre à la « perfide Albion ».

Il part de Saint-Cloud le 9 mai.

Au matin du 20 juin 1812, le pape arrive à Fontainebleau.

« Sur la même table où Pie VII appuyait sa main défaillante, Napoléon signa son abdication », écrit Chateaubriand dans un raccourci saisissant, qui donne une idée de la hauteur du jeu qui se joue.

Trois jours plus tard, Napoléon franchissait le Niémen qui l'avait vu triompher à Tilsit. L'heure des triomphes était passée, celle de la barbarie approchait. Tilsit ne serait plus bientôt qu'un souvenir de sa gloire, mais Napoléon ne le savait pas encore.

Stendhal résume en quelques mots la faute que commit Napoléon à Tilsit : « Désormais les souverains sauront qu'il ne faut jamais épargner un souverain vaincu. »

Tout se réunit pour abuser et engager sans retour Napoléon dans l'erreur et alors que jamais monarque ne sentit aussi vivement le besoin d'affermir son pouvoir, jamais homme ne sembla aussi impatient de courir à la catastrophe.

« Le jour même où Napoléon donnait l'ordre de passer le Niémen, écrit Tolstoï dans *Guerre et Paix*, et où ses avant-gardes bousculant les Cosaques franchissaient la frontière russe, Alexandre passait la soirée au château de Bennigsen, au bal offert par les généraux aides de camp. La fête était brillante et joyeuse ; les connaisseurs en la matière assuraient qu'on avait rarement vu réunies autant de jolies femmes. »

Mais la fête sera gâchée. Au milieu du bal on apprit au tsar Alexandre que Napoléon venait de pénétrer en Russie sans déclaration de guerre.

« Bonaparte était entré dans l'orbite de ce que les astrologues appellent la *planète traversière*. » Longtemps après la chute de Napoléon, cette prédiction de Chateaubriand évoque la voix du chœur antique annonçant la tragédie. Les fils de la réalité devinrent bientôt inextricables et le labyrinthe où l'on croit se perdre a existé : ce fut le labyrinthe réel dans lequel Napoléon se perdit ; il avait pour décor les déserts glacés de Russie.

Pourtant, à Dresde, à la fin du mois de mai, devant un parterre de rois, Napoléon disait encore que la campagne trouverait son terme à Smolensk et à Minsk, aux limites de la Pologne et de la vieille Russie, et que, s'il n'avait pu battre les Russes, il reviendrait peut-être à Paris passer l'hiver. Le prince de Ligne était à Prague, où il vit Napoléon : « Quelle magnificence de cette cour de France que je viens de quitter. L'impératrice est touchante avec ses sœurs et son père, aussi a-t-elle plu généralement à tous, sauf à l'espèce de parti qui ne lui pardonne pas d'aimer son mari et à celui-ci de la rendre heureuse. »

« L'espèce de parti » ne devait pas compter pour rien car, quatorze mois plus tard, le roi de Prusse et l'empereur d'Autriche déclareraient tous deux la guerre à leur ancien allié et parent et s'uniraient à

Alexandre, devenu le libérateur des peuples et le symbole de l'opposition au tyran.

Napoléon pensait que le tsar, après une grande bataille perdue, demanderait à négocier, il croyait impossible qu'il livrât son pays à l'envahisseur. Ce fut l'impossible, comme souvent, qui advint.

Rien ne pouvait cependant laisser prévoir une telle déroute après une telle démonstration de puissance : « Lorsque Napoléon franchit le Niémen, écrit Chateaubriand, quatre-vingt-cinq millions cinq cent mille âmes reconnaissaient sa domination ou celle de sa famille ; la moitié de la population de la chrétienté lui obéissait ; ses ordres étaient exécutés dans un espace qui comprenait dix-neuf degrés de latitude et trente degrés de longitude. Jamais expédition plus gigantesque ne s'était vue, ne se reverra. »

« Nous sommes le 10 juillet, écrit le prince de Ligne. On a passé le Niémen. Pas encore de sabre ni de pistolet. Les Russes veulent-ils se retirer et laisser entrer et s'enfoncer les Français pour les faire mourir de faim ? Cela ne serait pas si bête. Mais gare que Napoléon ne fasse une pointe sur Pétersbourg ou Moscou, il datera un décret de Czarkosélo pour faire percer une rue dans Paris. Voilà ce qu'il aime. Il a la capitalomanie, et puis il fera la paix. »

Les plans russes sont donc connus de tous, l'Empereur seul semble vouloir les ignorer, malgré l'avis de Caulaincourt, qui sera, durant toute cette campagne, un autre Tirésias devant un Napoléon qui reste sourd à ses objurgations.

Le 28, Napoléon entre à Vilna et menace Alexandre d'une insurrection de la Pologne. Quelques jours plus tard, à Loutchega, croyant tenir sa bataille, il crie à Murat : « À demain, à cinq heures, le soleil d'Austerlitz ! »

Les Russes se dérobent encore. Ils feront de même à Vitebsk.

Le tsar a conclu une alliance avec l'Angleterre, une autre avec la Suède, les envoyés des Cortes ont été reçus à Saint-Pétersbourg. La paix est sur le point d'être signée entre les Russes et les Turcs. Ni la menace d'invasion de la Pologne ni son invasion n'ont forcé Alexandre à demander la paix. Les calculs de Napoléon sont faux. L'hivernage n'est pas possible : les cantonnements sont trop espacés, mal ravitaillés. Le 18 août, Napoléon est à Smolensk. La ville est déserte, les Russes ont fait le vide.

« Bonaparte, écrit Chateaubriand, aurait pu s'inquiéter au souvenir de Charles XII qui traversa Smolensk en cherchant Moscou. »

A Sainte-Hélène, il avouera y avoir songé.

Une marche de vingt jours sépare les Français de Moscou. « Le vieux Koutousov, écrit Jean Tulard, fut chargé de barrer la route à l'envahisseur. Il vint s'établir sur la Moskowa, au sud de Borodino. À l'issue d'une bataille acharnée et terriblement meurtrière, Napoléon força le passage, le 7 septembre[1]. »

La bataille de la Moskowa fut encore plus terrible que celle d'Eylau : plus de quarante généraux français furent blessés ou tués. Ce fut aussi une bataille « à demi gagnée », mais le 14 septembre, Napoléon entre dans Moscou.

À la joie mêlée de stupeur des Français de découvrir une ville désertée, succéda bientôt l'épouvante :

1. *Napoléon.*

le lendemain, sur le coup de midi, la ville était en feu. On sut que c'était le général Rostopchine, gouverneur de la ville, qui avait ordonné l'incendie. Il était le père de la future comtesse de Ségur, dont on ne s'étonnera plus que les histoires pour les enfants soient d'une telle cruauté.

Dans ses *Mémoires*, Marbot affirme que l'aristocratie russe fut si mécontente de la destruction de Moscou qu'Alexandre, « pour éviter une catastrophe personnelle, fut obligé, non seulement de reconstruire Moscou, mais de bannir Rostopchine, qui, malgré ses protestations de patriotisme, vint mourir à Paris, haï par la noblesse russe ».

Dans *Guerre et Paix*, Tolstoï avance une autre explication : « À partir de Smolensk, dans toutes les villes et les villages de la terre russe, il se passa ce qui se passa à Moscou, sans que Rostopchine et ses affiches y fussent pour rien. Les habitants attendaient l'ennemi avec insouciance, ne s'agitaient pas, ne se mutinaient pas, n'écharpaient personne, mais acceptaient tranquillement leur sort, sachant que, au moment critique, ils trouveraient en eux la force d'accomplir ce qu'il y aurait à faire. Et dès l'approche de l'ennemi, les éléments les plus riches de la population partaient, abandonnaient leurs biens ; les plus pauvres restaient sur place et brûlaient et détruisaient ce qui restait. [...] Ils partaient parce que pour les Russes la question de savoir si l'on serait bien ou mal à Moscou sous la domination des Français ne se posait pas. Il était impossible de vivre sous la domination des Français : c'eût été pire que tout. »

La vision de Tolstoï reste cependant une vision *idyllique* du patriotisme russe. J'y vois aussi de la résignation inspirée par la terreur et le sentiment, partagé par les nobles et le peuple, que c'était la fin du monde. Ces reculs, ces dérobades, cette politique de la terre brûlée me semblent davantage la conséquence de la panique que d'une stratégie véritable et, si les Russes n'avaient pas été vainqueurs par *défaut*, aurait-on vu autre chose qu'une erreur tragique, dont la Russie mit près d'un siècle à se relever, tant elle lui coûta cher en hommes, en biens et en argent ?

Enfin, pourquoi, se dit-on, *comme tout le monde*, Napoléon ne quitta-t-il pas Moscou aussi vite qu'il le put, comme la raison le lui commandait et comme son entourage le lui conseillait ?

Dès le 2 ou 3 octobre, à peine quinze jours après l'entrée de la Grande Armée à Moscou, à la question de savoir si Alexandre était disposé à faire la paix, Caulaincourt répondit à Napoléon qu'il n'était pas probable que l'on eût brûlé sa capitale pour signer après un traité de paix sur ses ruines. On « rêvait » négociation de paix, dit Caulaincourt, désespéré que son maître semblât « enchaîné au Kremlin ».

À la vue de Moscou en feu, Napoléon ne put s'empêcher d'éprouver de l'admiration pour la grandeur d'un tel sacrifice. « Ce sont des Scythes ! » se serait-il exclamé. La beauté de Moscou en feu dépassait tout ce que l'imagination la plus haute avait pu produire. « Jamais, dit Napoléon à Las Cases, en dépit de la poésie, toutes les fictions de l'incendie de Troie n'égaleront la réalité de celui de Moscou. La ville était de bois, le vent était violent ; toutes les pompes avaient été enlevées. C'était littéralement un océan de feu. »

Chateaubriand brosse de la ville incendiée un tableau d'apocalypse : « Sorti de Moscou le 15 septembre, Napoléon y rentra le 18. Il avait rencontré, en revenant, des foyers allumés sur la fange, nourris avec des meubles d'acajou et des lambris dorés. Autour de ces foyers en plein air étaient des militaires noircis, crottés, en lambeaux, couchés sur des canapés de soie ou assis sur des fauteuils de velours, ayant pour tapis sous leurs pieds, dans la boue, des châles de cachemire, des fourrures de la Sibérie, des étoffes d'or de la Perse, mangeant dans des plats d'argent, une pâte noire ou de la chair sanguinolente de cheval grillé. »

Il est fort probable que Napoléon sentit, tout en la déplorant, la *beauté baroque* de cette dévastation et fut envoûté par cet effrayant spectacle. Mais cette folie et le désastre qui s'ensuivit le terrassent : il cède à la mélancolie, née d'une fascination quasi *littéraire* pour le geste des Russes ; il est en proie à l'*acedia*, comme le fut Hannibal devant Rome : « La terreur et l'épouvante avaient frappé tout le monde, dit-il à Las Cases. Moscou devint pour nos troupes une nouvelle Capoue. » À Sainte-Hélène, il regretta de ne pas être mort à Moscou car, dit-il, « sa gloire militaire eût été alors sans revers et sa carrière politique sans exemple ».

Au vrai, la débâcle avait commencé là-bas.

Dès le 20 septembre, Napoléon écrit à Alexandre et attend une réponse qui ne vient pas. Il passe trois soirées à rédiger les statuts de la Comédie-Française. Ce fait est démenti aujourd'hui, mais je crois très probable qu'il ait cherché à se distraire aussi *bêtement*. Quoi qu'il en soit, le fil est rompu. Napoléon attendra ainsi un mois et demi. Ce fut la cause des plus grandes catastrophes qui survinrent durant la retraite. Cette fixité, contraire à sa nature et à son génie, le perdit.

Quand il se décide enfin à quitter Moscou, après dix-sept jours de marche la neige commence à tomber. De Paris arrive alors la nouvelle de la conspiration de Malet. Pendant quelques heures, la République a été proclamée. « Il y a quinze jours que je suis dans l'obscur de tout », écrit Napoléon à Maret, le duc de Bassano, dont Talleyrand disait : « Je connais une personne plus bête que Maret, c'est le duc de Bassano. » C'est dire si les affaires étaient en de mauvaises mains.

Il était déjà trop tard. Le pays était dévasté par les Russes, la température à moins vingt degrés au-dessous de zéro ; elle chuta jusqu'à moins trente. « Tout disparut sous la blancheur universelle[1]. » Les Français mouraient de froid. La bataille de la Bérézina surpassa en horreur tout ce qu'ils avaient enduré jusqu'alors. « La retraite de Smorgoni à Vilna par moins 36 ° et sans ravitaillement fut le coup de grâce, écrit Jean Tulard. On évalue les pertes totales en morts, prisonniers ou déserteurs à trois cent quatre-vingt mille soldats. Ce fut l'un des plus grands désastres de l'histoire. »

Caulaincourt, qui voyagea avec l'Empereur durant quatorze jours et quatorze nuits de Moscou à Paris, témoigne des conditions de vie extrêmes qui furent les leurs. Entre Vilna et Kowno, le thermomètre descendit jusqu'à moins vingt degrés au-dessous de zéro : « L'Empereur, quoique enveloppé de laine et couvert d'une bonne pelisse, les jambes

---

1. Chateaubriand, *Mémoires d'outre-tombe*.

dans des bottes fourrées et, de plus, dans un sac d'ours, s'en plaignait au point que je dus le couvrir de la moitié de ma pelisse d'ours. Notre respiration gelait sur nos lèvres et formait des petits glaçons sous le nez, aux sourcils, et autour des paupières. Tout le drap de la voiture, notamment l'impériale où la respiration montait, était blanc et dur. Quand nous arrivâmes à Kowno, l'Empereur grelottait. On eût dit qu'il avait le frisson. »

À la porte de Varsovie, l'état de leur équipage suffit à faire comprendre le tragique de la situation : « La vieille caisse, autrefois rouge, qu'on avait placée sur un traîneau, avait quatre énormes glaces — ou plutôt verre de vitres — encadrées dans des châssis vermoulus qui fermaient très mal. Les jointures de cette carcasse à moitié pourrie s'ouvraient de toutes parts et laissaient libre cours au vent et à la neige, dont j'étais à chaque instant obligé de débarrasser l'intérieur de notre domicile, afin que nous ne fussions pas mouillés quand elle fondait sur nos sièges. »

Durant tout le voyage, Napoléon ne cesse de montrer que sa préoccupation essentielle, familiale et politique, est l'Impératrice et le roi de Rome, et il analyse les causes de la défaite. « C'est l'Angleterre qui m'a poussé et forcé à faire tout ce que j'ai fait. C'est l'hiver qui nous a tués. Tous nos désastres ont tenu à quinze jours et à l'inexécution des ordres pour les levées de cosaques polonais », ce qu'il ne pardonnera pas à l'abbé de Pradt.

Au moment de traverser la Prusse, Napoléon s'interroge : « Si on nous arrête, que nous fera-t-on ? « Il s'amuse de la situation, ce qui stupéfie Caulaincourt. « Vous voyez tout en noir, vous n'êtes pas consolant », dit Napoléon au Grand Écuyer.

« Ce que j'avais observé dans le duché, poursuit Caulaincourt, ne me laissait plus de doute sur l'abandon de Wilna. N'admettant pas l'évacuation de la Lithuanie, il n'admettait pas plus les obstacles presque invincibles qu'éprouveraient les levées par l'approche de l'ennemi et la crainte de l'invasion. » Il remarque chez l'Empereur une indifférence inquiétante aux événements : « À la manière dont il reçut mes observations, dont plusieurs furent discutées par lui, on eût dit qu'il y était étranger. » Cet aveuglement est fascinant.

Quand ils passent en France, Caulaincourt dit ne pas se rappeler avoir vu l'Empereur aussi gai.

« Dans combien d'heures ?

— Dans quarante-quatre heures, Sire.

— Moi, je dis dans trente-six. »

Caulaincourt avait été si éprouvé par ce voyage qu'il fut plusieurs jours sans pouvoir dormir ni trouver le repos. À son arrivée à la cour, il rapporte une scène étonnante : « Chacun me regardait sans prononcer un mot. On ne savait que penser et de mon arrivée et de cette figure qui ne leur paraissait pas celle du nom que l'on avait annoncé. [...] Le terrible bulletin avait paru. On ne s'était pas réveillé le matin sur de douces impressions. On était triste. On ne savait pas l'Empereur à Paris. Pourquoi le Grand Écuyer y était-il ? Pourquoi l'avait-il quitté ? [...] Tout le monde me regardait sans pouvoir prononcer une parole : elles semblaient expirer sur les lèvres. Chacun cherchait son arrêt dans mes regards et l'expression de toutes les physionomies annonçait plus de crainte que d'espérance. Un peu remis du premier étonnement, M. Jaubert, auquel j'adressai la parole, s'écria :

« "Et l'Empereur, Monsieur le duc...?"

« Il ne put finir sa phrase. Chacun répéta, avec l'air consterné, ces mots :

« "Et l'Empereur ? Où est-il ?

« — À Paris", répondis-je. »

Napoléon, de retour aux Tuileries, résuma la situation : « La fortune m'a ébloui. J'ai été à Moscou. J'ai cru y signer la paix. J'y suis resté trop longtemps. » Il écrit à Eugène de Beauharnais : « Le mal passé est sans remède. » Tout est dit. Il n'y reviendra plus.

Ces récits de la campagne de Russie circulèrent longtemps après la mort de l'Empereur et ma grand-mère les avait entendus dans l'enfance. Ils avaient marqué si fort les esprits — et le sien en tout cas — qu'elle n'apprit pas sans frémir que les Russes, pendant la Seconde Guerre mondiale, étaient les alliés des Allemands et, plus tard, qu'ils étaient devenus les nôtres : « Ces Russes ensauvagés et sans Dieu, disait-elle, étaient pires pour moi que ceux qui anéantirent Napoléon, c'étaient les pires barbares que la terre ait jamais portés. »

Elle les craignait comme le feu en souvenir de la retraite de la Grande Armée de Napoléon et n'avait que mépris pour ceux de ses compatriotes qui votaient communiste. Certains affirmaient sans rire que la Russie était un paradis. Pleine de ce bon sens qui, selon Bergson, « ne redoute rien tant que l'idée toute faite », elle raillait leur naïveté : « Pourquoi, l'entendis-je dire un jour, n'ont-ils donc pas le droit d'en *sortir* ? »

Cependant, si ma grand-mère avait connu ce mot d'Alexandre, après sa victoire sur Napoléon, elle en aurait sans doute été enchantée comme je le suis moi-même : « Ce n'est pas moi qui l'ai vaincu, dit-il, ce sont les tempêtes du ciel, c'est l'esprit de la Sainte Russie, le vieux génie de nos pères. Contentons-nous de cette victoire, laissons Napoléon regagner en paix la France. Ne tentons pas la fortune qui le soutient. »

C'était ainsi que ma grand-mère concevait la guerre, une fatalité contre laquelle on ne pouvait rien, et la survie, un miracle, sans que, à ses yeux, le génie militaire y fût pour quelque chose. Ainsi pensait-elle que ses deux fils avaient été épargnés grâce à ses prières. Comme Alexandre, elle y voyait le doigt de Dieu.

La retraite de Russie est si extraordinaire que je fus gagnée moi-même par la « passion guerroyante » de Napoléon, comme dit Caulaincourt, et j'oubliai un peu Pozzo, comme cela m'est arrivé souvent. Je désespérais même de m'intéresser de nouveau à lui quand, au hasard d'une lecture, *La Femme abandonnée*, de Balzac, je découvris que l'écrivain place Pozzo au tout premier rang des diplomates avec Metternich et Talleyrand — que Napoléon prononçait *Taillerand*, toujours selon Caulaincourt. Je respirai.

En effet, jugeant de la politique de Napoléon, Balzac écrit : « Politique bizarre qui respecta trois têtes, celles de Talleyrand, de Pozzo di Borgo et de Metternich, diplomates dont la mort eût sauvé l'Empire français. »

Donc, Pozzo, envoyé en mission en Italie, poursuivi par la police de Napoléon, rejoignit Londres à la fin du mois de décembre et envoya aussitôt un mémoire au tsar sur la politique générale de l'Europe.

À l'affût des nouvelles de la campagne de Russie, Pozzo — à l'instar des Anglais — est gagné par l'impatience d'en finir, mais Alexandre s'y refuse. Son pays est dévasté ; il a perdu des milliers d'hommes, sa capitale a brûlé et si l'apathie et le refus de combattre, tant critiqués, de Koutousov, ont porté leurs fruits, l'aura de Napoléon est encore immense, mais, signe des temps, on l'appelle de nouveau Bonaparte et, dit le prince de Ligne : « Considérer Napoléon comme un homme prodigieux était une hérésie. »

Pozzo se console de cette occasion perdue d'anéantir Napoléon par son retour en grâce auprès du tsar : « Après l'incendie de Moscou, écrit-il, l'Empereur m'autorisa et me pressa de venir le joindre par le chemin le plus sûr et le plus court. » Il lui enjoint aussi de faire une halte en Suède.

Pozzo fait un voyage pénible à Gottenbourg en compagnie d'Hudson Lowe. On ne sait rien de ce qu'ils se dirent, ni même s'ils lièrent amitié. Pozzo se plaint seulement des difficultés du voyage ; Hudson Lowe ne présente pas un intérêt capital à ses yeux. Chaque chose en son temps.

Il arrive à Stockholm à la mi-février. Il se félicite que Bernadotte réunisse à une « réputation d'homme de guerre, l'exemple avantageux de s'élever contre le tyran dont on le croyait l'instrument » et conclut que la « Suède, par sa position, par les dispositions de son cabinet et le caractère du personnage qui en est le chef, est une arme offensive prête à être employée contre l'ennemi ».

Dans une lettre à lady Burghersh, il observe que Bernadotte « savait son histoire et la mienne mieux que moi-même, qui en ai déjà oublié plus de la moitié ». Il est vrai que tous deux connaissaient bien les Bonaparte. Bernadotte avait épousé Désirée Clary, ancienne fiancée de Napoléon — pour qui ce dernier avait écrit *Clisson et Eugénie* –, dont la sœur, Julie, avait épousé Joseph. Bernadotte était donc le beau-frère par alliance de celui qui était alors roi d'Espagne.

Pozzo voit Bernadotte, mais ne voit pas son épouse. Elle disait ne pas supporter le climat de la Suède, mais je la soupçonne d'avoir supporté encore moins son époux, dont Pozzo disait qu'il avait des « manières de muletier ». Le prince n'appréciait guère Pozzo non plus. Le comte de Rochechouart note dans ses *Mémoires* qu'il n'évoquait jamais le nom de Pozzo di Borgo sans le qualifier de « Corse délié. »

Le « Corse délié » rejoint Alexandre et son armée à Kalish et lui remet un nouveau mémoire, écrit en cours de route, pour tenter de comprendre des événements si complexes que « chaque jour, dit-il, la perspective devenait plus indéchiffrable ». Pozzo aussi était alors dans « l'obscur de tout ».

Du côté français, après la campagne de Russie, le pire, que l'on croit passé, reste à venir. Au cœur de l'hiver 1812, l'Allemagne voit passer le fantôme de la Grande Armée décimée par l'hiver russe, les privations, les conditions épouvantables du retour.

Le 30 décembre 1812, au moment où Pozzo est en route pour la Suède, le général prussien York signe un armistice avec les Russes. Puis ce sont les

Saxons, à Leipzig, et les Bavarois, à Hanau. L'Autriche n'est plus l'alliée de la France, elle a signé avec la Russie un pacte de neutralité. La Prusse a déclaré la guerre et envahi la Saxe. Deux jours avant de rejoindre l'armée d'Allemagne, Napoléon reçoit Schwarzenberg pour lui demander son concours contre les Russes. Il sera bientôt le général en chef des coalisés, car Metternich et François II sont déjà résolus à passer du côté russe : « Une savante politique commence, écrit Bainville, une politique d'illusions et de tromperies. »

Napoléon part de Saint-Cloud le 15 avril 1813. Il y reviendra le 9 décembre et abdiquera le 7 avril de l'année suivante. Entre ces quelques mois, le sort de l'Empire va se jouer.

Au début de l'année 1813, après qu'il eut accepté la médiation autrichienne dans le conflit franco-russe, Napoléon fait lever 350 000 hommes. Murat abandonne son commandement et rentre à Naples. Napoléon a une entrevue avec le pape à Fontainebleau ; un nouveau concordat est signé. Il sera dénoncé quelques mois plus tard.

Le 1er février, depuis son exil, Louis XVIII s'adresse aux Français : « On entendit une voix depuis longtemps oubliée ; quelques vieilles oreilles françaises crurent en reconnaître le son », écrit Chateaubriand. La nostalgie monarchiste ne l'illusionnerait pas longtemps, mais alors le vicomte y fut sensible et le montra — presque trop — avec son pamphlet, *De Buonaparte et des Bourbons*, qui fit de si grandes frayeurs à Céleste, sa femme, quand elle crut perdu le manuscrit — qu'elle portait sur elle —, un si grand chagrin à Caroline Murat quand elle le lut, et fit éprouver de la honte à la comtesse de

Boigne au souvenir de l'avoir lu « dans des transports d'admiration et des torrents de larmes ». Elle note que les étrangers, « moins aveuglés que les Français, sentaient toute la portée de cet ouvrage et l'empereur Alexandre particulièrement s'en tint pour offensé. Il n'oubliait pas avoir vécu dans la déférence de l'homme si violemment attaqué. »

Les troupes russes entrent à Varsovie et Alexandre adresse une proclamation à l'Europe : « Si le Nord imite le sublime exemple qu'offrent les Castillans, le deuil de l'Europe est fini. » On dit que Pozzo y fut pour quelque chose.

Pozzo ne rêve pas ou plutôt ses rêves de gloire sont remis à plus tard : il propose au tsar un plan d'attaque générale qui est refusé — le seul nom de Napoléon inspire encore de la crainte ; il est renvoyé auprès de Bernadotte, muni d'une lettre de créance d'Alexandre. « Il s'est acquis, dit le tsar, des titres à mon estime par la constance de ses principes. Il est digne de la confiance de Votre Altesse Royale. Je vous prie de bien vouloir la lui accorder et d'ajouter foi à tout ce qu'il lui dira de ma part. » Autrement dit, Pozzo a carte blanche.

Il remplace l'ambassadeur russe auprès du prince royal, le général Suchtelen, et parle aussi au nom de l'Angleterre, où sa nomination suscite une « grande satisfaction », selon lord Castlereagh. Auguste Guillaume Schlegel, l'ami de Mme de Staël, entré au service de la Suède, dit à propos de Pozzo : « Il a beaucoup d'esprit et de caractère, mais sa mission est difficile ; comment suppléer par de nouvelles promesses aux engagements manqués, alors qu'aucun effort ne fait preuve d'une intention sérieuse. »

Bernadotte voulait qu'on lui promît la Norvège, aux mains alors du Danemark. Pozzo promet, appuyé en cela par une lettre de Mme de Staël, une autre de Davout et l'annonce de l'arrivée du général Moreau. Il l'écrit à Nesselrode, mais ne se fait pas d'illusion : « Ces messieurs, dit-il, sont persuadés ou, du moins, ils craignent fortement d'être la dupe et de ne jamais avoir la Norvège. Les Suédois sont toujours contents lorsqu'ils gagnent quelque chose et ne sacrifient rien. Chevaliers fanfarons, l'égoïsme les guide plus que tous les autres ; l'objet de leur adoration aujourd'hui est conspué demain. C'est un malheur d'avoir une grande histoire et une petite puissance, on est alors enflé par l'orgueil et humilié par la faiblesse. » Ne dirait-on pas que Pozzo parle de lui et de son expérience politique en Corse, mais avec la distance de ceux qui ont *compris* et discernent cette faiblesse chez les autres ? C'est pourquoi, se connaissant si bien, il est d'une efficacité redoutable.

Envoyé par Napoléon avec des propositions de paix, le colonel Peyron n'a aucune chance de réussir : Pozzo a bien œuvré auprès de Bernadotte. Ce dernier, qui avait décidé de n'être « ni le préfet ni le douanier de Napoléon », est tout acquis à la cause russe, il a même la prétention d'être le successeur de l'Empereur sur le trône de France. Pozzo prend son mal en patience et travaille dans l'ombre à la grande affaire de sa vie : le rétablissement des Bourbons. Il est alors un des rares diplomates, avec Talleyrand, à y songer sérieusement : Metternich préférerait une régence de Marie-Louise qui favoriserait l'Autriche, le tsar ne voit pas d'un mauvais œil le désir de Bernadotte et l'Angleterre penche pour le duc d'Orléans, qui est devenu presque anglais, mais, dit Talleyrand : « Ce n'eût été qu'un usurpateur de meilleure maison que Bonaparte. »

Mme de Staël et son ami Schlegel fondent aussi de grandes espérances sur l'accession au trône de Bernadotte : « Gardez-vous surtout de Pozzo di Borgo comme du feu », lui écrit-elle. Je ne saisis pas très bien son intérêt pour Bernadotte. Sans doute voyait-elle en lui un souverain plus facile à manœuvrer que Napoléon ou même que Louis XVIII ? Cette femme était d'une nature si fougueuse qu'elle croyait ne rien négliger en défendant les idées les plus hardies pour maintenir ou élargir son influence. Elle avait grandi au cœur du pouvoir et ne rêvait que d'y revenir. Tout était bon à cette tête passionnée pour allumer son enthousiasme. Pozzo voyait plus loin, il n'accordait pas beaucoup d'importance à ces engouements qu'il trouvait nuisibles à la bonne marche du monde. Quelques mois plus tard, à Vienne, lors d'un bal chez le prince de Metternich, il le dira tout haut : « Dès que Louis XVIII sera remonté sur le trône, tous les faquins créés par Bonaparte doivent cesser d'exister. Je dis par là Murat et Bernadotte[1]. »

Nous n'en sommes pas encore là. Pozzo rejoint le tsar pour peu de temps. On le renvoie en Suède où il avoue avoir du mal à se contenir devant la grossièreté et les manières du prince. Enfin, en compagnie de Benjamin Constant, d'Auguste de Staël, d'Alexis de Noailles en chevalier de Malte, de Bernadotte et du général de Suremain en uniforme suédois, et aux

1. Selon un rapport de la police secrète autrichienne, cité par McEarlean.

côtés de Moreau, fraîchement rentré d'Amérique pour mourir bientôt en Bohême, sur les terres qui l'avaient vu triompher sous la Révolution, Pozzo fait entrer, en grande pompe, la Suède dans la cinquième coalition contre la France.

Le 17 mars 1813, la Prusse déclare la guerre à la France.

Le 25 avril, Napoléon prend le commandement de son armée à Erfurt. Le 2 mai, c'est la victoire de Lützen. Bernadotte est assailli par le doute. Il hésite. Pozzo fait la traversée de la Baltique à bord de la même frégate pour, selon ses propres termes, « ne pas le lâcher ». Le 19 mai, il écrit à Nesselrode : « De ma vie, je n'ai passé de jours plus laborieux que ceux de mon séjour auprès du Prince. »

Le 20 mai, les Français remportent la victoire de Bautzen. Pozzo rejoint le tsar. Le 4 juin, l'armistice de Pleiswitz est signé. Quelques jours plus tôt, Pozzo avait été de nouveau envoyé auprès du prince régent de Suède pour lui annoncer la signature de l'armistice, qui n'avait pas encore eu lieu. Il lui avait remis une longue lettre d'Alexandre, inspirée par lui, sur la politique et la stratégie russe.

Le 21 juin, Wellington triomphe, l'Espagne est perdue. Le 29 juillet s'ouvre le congrès de Prague, où, selon Talleyrand, « Napoléon ne voulut rien céder ».

Le même jour, Junot, l'un des plus anciens compagnons d'armes de Napoléon, se suicide en Bourgogne. À Sainte-Hélène, Napoléon disait à Las Cases que des plus grandes fortunes qu'il avait créées, celle de Junot avait été sans contredit une des plus désordonnées : « Il avait dissipé de vrais trésors sans avantages, sans discernement, sans goût, trop souvent, même dans des excès grossiers. » Sa femme ne fut pas pour peu dans cette folie. La duchesse d'Abrantès, que Théophile Gautier surnommait la duchesse Abracadabrantès, fut la maîtresse de Metternich, puis, vers 1828, de Balzac. Celui-ci corrigea ses Mémoires et les réécrivit en partie. Ingrate comme elle dut l'être toujours et comme elle le fut sûrement envers Napoléon, elle niera que Balzac y ait mis la main.

Il me semble voir un signe du destin dans le suicide de Junot le jour même de l'ouverture du congrès de Prague. Trop de richesses, de gloire, de « luxe érudit », comme disait Talleyrand, avait tourné les têtes. Cela annonçait la défection des maréchaux, en était comme la métaphore malheureuse.

Le 4 juillet, Pozzo quitte Bernadotte à Greifswald. Il arrive le 8 à Peterswaldau et est reçu en audience par Alexandre pour préparer les pourparlers, qui devaient commencer le lendemain au château de Trachenberg, entre l'empereur, le prince royal et le roi de Prusse. Le tsar nomme Pozzo général, « comme une marque d'approbation, écrit-il à Nesselrode, et m'envoie lui-même ses propres épaulettes ».

La conférence de Trachenberg établit un plan de campagne conçu par Bernadotte. Pozzo accompagne le tsar à Peterswaldau. Schlegel le rapporte dans une lettre à Mme de Staël : « Pozzo nous est revenu de Stralsund, il veut être rappelé à votre souvenir, c'est un homme de beaucoup d'esprit et de lumières dont la présence retrempera un peu les esprits *in despondency*[1]. »

Le 12 août, l'Autriche se dévoile et déclare la guerre à la France. Schwarzenberg assume le com-

---

1. « En proie au découragement. »

mandement unique de l'armée des coalisés. Wellington franchit les Pyrénées et porte la guerre sur le territoire français. La victoire qu'ils remportent à Orthez laisse à découvert tout le pays des Landes jusqu'à Bordeaux. L'occupation étrangère commence là.

L'armistice rompu, Pozzo est de nouveau envoyé auprès de Bernadotte. Stein l'annonce à la princesse Louise Radziwill en ces termes : « Votre Altesse Royale a fait la connaissance du prince de Suède, peut-être que le rôle de défendre Berlin lui est échu et qu'il fera oublier qu'il a perdu Hambourg. Le général Pozzo di Borgo va se rendre auprès de lui. Je suis sûr que vous en serez contente, Madame, il réunit à beaucoup de sagacité, de connaissance des hommes et des choses, un grand fond de *Wohlwollen*[1] et de gaîté. »

Les 26 et 27 août, les Français sortent vainqueurs de la bataille de Dresde, où Moreau a les jambes arrachées par un boulet. Le 30 août, ils vainquent encore les coalisés à Hanau, mais Bernadotte est victorieux le 23 août à Grossbeeren face à Oudinot, à Kulm aux dépens de Vandamme le 30 août, et enfin à Dennewitz, le 7 septembre, il bat Ney. Cela n'empêche pas Pozzo d'être amèrement déçu. Il écrit à Nesselrode : « Nous aurions pu exterminer les 50 000 Français qui sont venus se jeter dans la gueule du loup, mais le loup n'a pas voulu mordre. »

Quelques jours plus tard, il revient encore sur le chagrin que lui a causé cette victoire incomplète à ses yeux. Il se plaint aussi que Suchtelen passe son temps à flatter Bernadotte, qui en a la tête tournée.

1. Bienveillance.

« Avec 20 000 soldats, tout au plus, il veut disposer de l'Allemagne : je lui aurais tout donné s'il avait pris Ney et sa boutique, mais depuis ce jour-là, ma générosité à son égard est éteinte. »

Le 15 septembre, Bernadotte établit deux ponts sur l'Elbe mais ne semble pas prêt pour autant à les franchir, ce qui confirme les craintes de Pozzo. Au même moment, Bernadotte reçoit par divers émissaires une pluie d'honneurs : de la part du tsar, le comte de Rochechouart lui défère la grand-croix de Saint-Georges et des courriers prussiens et autrichiens lui apportent aussi les plus hautes décorations de la part de leurs souverains respectifs. Pozzo espère seulement que « ce déluge d'honneurs lui donne plus de zèle ». Cependant, il en doute et, le 29 septembre, il écrit : « La coopération du prince sera nulle chaque fois qu'il faudra risquer quelque chose. »

Le 3 octobre, Bernadotte se décide enfin à traverser l'Elbe, ce qui n'empêche pas, le 15 octobre, que la bataille des nations commence sans lui. Les commissaires russe, prussien, autrichien adressent alors une véritable supplique à Bernadotte pour le convaincre de rejoindre les armées alliées : « Nous nous réunissons tous pour supplier Votre Altesse Royale de se mettre dans une position d'où Elle puisse prendre part à l'événement qui doit décider du sort de l'Europe. »

Bernadotte les fera languir jusqu'au 18, et se vengera de ceux qui avaient critiqué sa prudence : il les emmena avec lui toute la journée du 18 et ils furent constamment exposés au feu.

S'il n'était pas présent à Austerlitz pour voir le triomphe de Napoléon, Pozzo le sera donc à Leipzig pour assister à ce qui sera le prélude de sa chute, car ce fut à Leipzig que l'Empire fut perdu, à cette fameuse « bataille des Nations », où, écrit Bainville, « du côté français, tout manque, le nombre, les munitions, la confiance ».

À la fin du mois d'octobre, Pozzo reçut des mains de l'empereur Alexandre l'ordre de Sainte-Anne de première classe. C'est dire si la victoire était belle et le rôle que Pozzo y joua.

L'Allemagne napoléonienne n'existe plus. Napoléon ordonne la retraite. C'est la panique ; le pont de l'Elster saute trop tôt, Poniatowski se noie. C'est le chaos. Il n'y a plus de discipline ; les défections se multiplient. Comment réagit Napoléon ? « Déjà deux fois foudroyé, sa tête restait haute, sa voix brève et impérative, son attitude souveraine, témoigne Ségur. Sa nature était telle que, réduit à un village, il y eût encore paru le maître du monde. » Cependant, beaucoup, au contraire, s'accordent à reconnaître une étrange apathie chez Napoléon, une indécision maladive ; on le trouve « morne et silencieux ».

« La grandeur de Napoléon, écrit Chateaubriand, n'était pas de cette qualité qui appartient à l'infortune ; la prospérité seule lui laissait ses facultés entières : il n'était pas fait pour le malheur. »

Napoléon affirmait le contraire à Las Cases : « Je crois, disait-il, que la nature m'avait calculé pour les grands revers ; ils m'ont trouvé une âme de marbre, la foudre n'a pu mordre dessus, elle a dû glisser. »

N'était-ce pas plutôt la stupeur qui le plongeait dans une apathie inquiétante, déjà observée par Caulaincourt en Russie, et qui le laissait indifférent à tout, non pas de « marbre » dur, mais *poreux* au contraire, comme s'il était traversé, sans être touché, par les événements, comme devenu étranger à lui-même, en proie à une mélancolie qui s'aggrave ? « Les signes du début de la mélancolie sont un jugement mauvais, une crainte sans cause, la rapidité à se mettre en colère, l'amour de la solitude, le tremblement, le vertige, la tristesse, l'effroi ou la sauvagerie, la désaffection de la conversation, une sorte de crainte de ce qui n'existe pas ou de ce qui existe, beaucoup de crainte de ce qu'habituellement on ne craint pas. » En cette fin de règne, tous les actes de la vie de Napoléon pourraient illustrer le tableau que dresse de la mélancolie le grand médecin arabe, Avicenne. Ainsi reconnaît-on la marque de la mélancolie dans cet orgueil démesuré, source d'exaltation et cause d'accablement dont rien ne semble pouvoir sortir Napoléon : il finira par être prisonnier des rets qu'il a lui-même tissés ; il le dira à Las Cases : « Personne que moi n'est cause de ma chute. J'ai été mon principal ennemi, l'artisan de mes malheurs. J'ai voulu trop embrasser. »

Le 14 novembre, Napoléon, pour la seconde fois en moins d'un an, rentre vaincu à Paris. Deux jours plus tard, le 16 novembre, la Hollande est perdue. Le 29 décembre, le Corps législatif vote l'impression du rapport condamnant « l'activité ambitieuse » de l'Empereur. On lui demande de déclarer qu'il ne continuera la guerre que pour assurer l'indépendance de l'intégrité territoriale de la France et on « le supplie de maintenir les lois qui garantissent aux Français le libre exercice de leurs droits politiques ». Deux jours plus tard, le même Corps législatif interdit l'impression de ce rapport.

L'histoire marche au galop et comme à rebours.

« Toutes les pièces de l'Empire semblaient tomber les unes sur les autres, écrit Stendhal. Napoléon avait encore mille moyens d'arrêter le cours de sa décadence. Mais il n'était plus le Napoléon d'Égypte et de Marengo. L'obstination avait remplacé le talent. » En effet, l'Espagne, la Hollande, l'Italie sont perdues, la Confédération du Rhin a volé en éclats, la Suisse s'est déclarée neutre, l'Autriche s'est alliée à la Prusse et à la Russie et l'Angleterre finance cette énorme coalition : la sixième.

Deux mois après Leipzig, les Alliés reprennent leur marche en avant. La frontière est franchie : Strasbourg, Épinal, Dijon et Reims se rendent presque sans combattre ; les désertions se multiplient : « On déserte même dans la vieille garde », écrit Grouchy. Murat rentre à Naples et négocie avec l'Autriche. La trahison de Murat porte un coup terrible à Napoléon ; il ne le lui pardonnera pas. Du reste, eût-il voulu lui pardonner, il n'aurait pu le faire, l'exemple était trop mauvais et aurait révolté les soldats contre leurs chefs.

Longtemps après la défaite de Napoléon, Chateaubriand relit les notes qui sont devenues *De Buonaparte et des Bourbons* : « J'écris comme les derniers Romains au bruit de l'invasion des Barbares. »

Les Barbares en question, c'était la coalition de l'Europe entière.

« Sa première campagne et sa dernière campagne de France, poursuit Chateaubriand, sont ses deux plus belles campagnes : par l'une, il gagna l'empire, par l'autre, il le perdit. »

« Avec 70 000 hommes, il résistait à 200 000 et les battait sans cesse », renchérit Stendhal.

Chateaubriand est transporté par tant d'audace et de génie *retrouvé* : « Napoléon battit les Russes à Saint-Dizier, les Prussiens et les Russes à Brienne, culbuta l'armée de Silésie à Montmirail, à Champaubert, et une partie de la grande armée à Montereau. Il fait tête partout; va et revient sur ses pas, repousse les colonnes dont il est entouré. Les Alliés proposent un armistice, Bonaparte décline les préliminaires de la paix offerte et s'écrie : "Je suis plus près de Vienne que l'empereur d'Autriche de Paris!" »

« Un obus, dit Stendhal, vint tomber à dix pas de son cheval; au lieu de s'éloigner, il marcha dessus. Il éclata à quatre pieds de lui sans le toucher. » « Il sortit sain et sauf du milieu de la foudre brisée », écrit Chateaubriand envoûté comme Stendhal par l'aura de Napoléon.

Ses plans découverts, la défection des maréchaux, la marche des Alliés sur Paris auront raison de sa fortune. Cela serait arrivé tôt ou tard et cela advint, en définitive, assez tard au regard des événements. C'est un miracle que Napoléon ait pu *tenir* jusque-là. En effet, selon Emmanuel de Waresquiel[1], dès après la campagne de Russie, Napoléon ne disposait que de peu d'hommes, quasiment pas d'équipements ni de chevaux : « La résistance à l'impôt et l'insoumission étaient les réponses à l'impopularité d'un régime d'oppression qui, entre 1805 et 1814, avait fait 600 000 victimes. »

Le 1er mars, le pacte de Chaumont scellait l'entente des Alliés. Ce fut alors que Pozzo se prit à

---

1. *Histoire de la Restauration*, avec Benoît Yvert.

espérer *sérieusement*. Le 28 du même mois, Marie-Louise et le roi de Rome quittèrent Paris pour n'y plus revenir. Deux jours plus tard, les Alliés étaient à Paris.

Ils avaient beaucoup hésité : le prestige de Napoléon jouait encore et ils avaient peur de ce Paris de la Révolution qui avait fait exécuter le roi. On dit que Pozzo prêcha sans relâche la marche sur Paris. Alexandre, convaincu, convainquit les autres souverains. Ce fut fatal à Napoléon.

Il ne lui sera pas indifférent que ce soit un de ses compatriotes qui lui ait porté le coup de grâce. Il ressassera beaucoup ce point à Sainte-Hélène, y voyant un signe du destin, ou plutôt le signe de son destin *brisé*.

« Il faut, écrit Bainville, que la Corse si lointaine, si oubliée, vienne avec ses clans, ses querelles et ses haines, chercher et retrouver Napoléon qui, entre l'Aisne et la Marne, commence à n'être lui-même qu'un chef de partisans, à tenir le maquis en Champagne pour la Révolution conquérante et guerrière dont il a reçu le testament, et déjà tout près de retourner à l'aventurier, comme aux temps d'Ajaccio. La marche hardie et décisive de l'ennemi sur la capitale laissa Napoléon dans une perplexité mortelle. »

Alors que Napoléon sombre dans la mélancolie, ressasse des idées noires et ne retrouve son génie que par accès, manquant de force pour le maintenir longtemps en action, retombant dans cette prostration maintes fois observée et qui est une forme d'épuisement psychique, l'aura de Pozzo croît en même temps que grandit son influence, que se révèle une sagacité sans pareille, une profondeur de vue inégalée : il survole la situation ; il est au sommet de son art.

Bainville assure que Pozzo *è la causa di tutto*[1]. Chateaubriand aussi qui écrit : « J'ai entendu le général Pozzo raconter que c'était lui qui avait déterminé l'empereur Alexandre à marcher en avant. »

Mais je lis par un témoin de première main, la comtesse de Boigne, qu'il n'en est rien. Nesselrode, qui vient de négocier la reddition de Paris, lui montre un billet, écrit à l'encre sympathique, qui aurait décidé le tsar : « Ce billet, dit-elle, écrit par M. de Talleyrand, après la retraite des Alliés de Montereau, leur arriva près de Troyes, et les instructions données au singulier porteur de cette lettre de créance influèrent beaucoup sur la décision qui ramena les Alliés à Paris. »

Selon Talleyrand lui-même, ce billet aurait été adressé à Nesselrode par le baron de Vitrolles. Qui croire ? Jean Tulard reprend à son compte que ce fut Pozzo qui décida Alexandre. Peut-être les choses se déroulèrent-elles ainsi. Pozzo était dans son rôle et, dans le camp français, on trahissait pour sauver les meubles, les siens, ceux du pays, ou les deux.

Enfin, le 30 mars 1814, l'armée coalisée arrive à Paris.

Joseph est à Blois avec Marie-Louise et le roi de Rome, les Tuileries sont vides, aussi Alexandre vient-il loger chez Talleyrand, où Nesselrode a précédé son maître : « M. de Talleyrand m'accueillit à merveille ; étant en train de se faire coiffer, il me couvrit de poudre de la tête aux pieds en m'embrassant. »

En ce printemps 1814, le bonheur de Talleyrand

1. Voir lettre de Pozzo citée p. 60.

— aussi singulier qu'il nous paraisse — était partagé par la majorité des Parisiens. Nous le savons par la comtesse de Boigne ; elle donne la couleur du ciel, décrit les uniformes, les mœurs, l'état d'esprit des Parisiens et des Alliés et peint sur le vif les Cosaques qui bivouaquent sur les Champs-Élysées : « Il faisait un temps magnifique ; tout Paris était dehors. [...] C'était un singulier spectacle pour les yeux et pour les esprits que ces habitants du Don suivant paisiblement leurs habitudes et leurs mœurs au milieu de Paris. Ils n'avaient ni tentes, ni abri d'aucune espèce ; trois ou quatre chevaux étaient attachés à chaque arbre et leurs cavaliers assis près d'eux, à terre, causaient ensemble d'une voix très douce en accents harmonieux. [...] Leur uniforme était très joli : le large pantalon bleu, une tunique en dalmatique également bleue, rembourrée à la poitrine et serrée autour de la taille par une large ceinture de cuir noir verni, avec des boucles et ornements en cuivre très brillants, qui portaient leurs armes. Ce costume semi-oriental et leur bizarre attitude à cheval, où ils sont tout à fait debout, l'élévation de leur selle les dispensant de plier les genoux, les rendaient un objet de grande curiosité pour le badaud de Paris. Ils se laissaient approcher très facilement, surtout par les femmes et les enfants qui étaient positivement sur leurs épaules. [...] Ces habitudes nomades nous semblaient si étranges qu'elles excitaient vivement notre curiosité, et nous la satisfaisions d'autant plus volontiers que nous étions persuadés que nos affaires allaient au mieux. Le succès de parti nous déguisait l'amertume d'un bivouac étranger aux Champs-Élysées. »

Cette atmosphère bon enfant incline la comtesse

à l'indulgence mais elle aura du remords et même de la honte — elle en aurait, dit-elle, « la rougeur sur le front » — de ce qu'elle vit de l'attitude — qu'elle suivit elle-même — d'une partie de l'aristocratie française. Elle relate une scène à l'Opéra où les femmes se rendirent « coiffées, bouquetées, guirlandées. Les hommes avaient la cocarde blanche à leur chapeau ». L'accueil qui fut fait à ceux qui venaient de vaincre la France et avaient démembré son empire fut empreint d'un enthousiasme délirant : « D'abord, nous commençâmes par applaudir l'empereur Alexandre et le roi de Prusse à tout rompre ; ensuite, les portes de nos loges restèrent ouvertes et, plus il pouvait y entrer d'officiers étrangers, plus nous étions foulées, plus nous étions contentes. [...] Un moment avant l'arrivée des souverains dans la loge impériale, des jeunes gens *français*, des *nôtres*[1], étaient venus voiler d'un mouchoir l'aigle qui surmontait les draperies qui la décoraient. À la fin du spectacle, ces mêmes jeunes gens la brisèrent et l'abattirent à coups de marteau au bruit de nos vifs applaudissements. J'y pris part comme les autres gens de mon parti. Cependant je ne puis dire que ce fut en sûreté de conscience ; je sentais quelque chose qui me blessait, sans trop savoir le définir. Sans doute, ces démonstrations avaient un sous-entendu, c'était la chute de Bonaparte, le retour présumé de nos princes que nous inaugurions ; mais cela n'était pas assez clair. [...] Je crois que cette soirée de l'Opéra était tout au moins une grande faute. Les partis se persuadent trop facilement qu'ils sont *tout le monde*. »

1. C'est elle qui souligne.

Pozzo aussi est à Paris. Il ne se tient plus de joie, il exulte. Il paraît transformé, comme si toutes ces années passées à se retenir d'exprimer ses sentiments, ses craintes, ses humiliations, tout ce temps passé à élaborer des stratégies qui avaient jusqu'alors toutes échoué, à écrire d'inutiles mémoires sur des situations dont personne ne voyait l'issue, avaient comprimé son moi profond et qu'il pouvait enfin laisser éclater au grand jour cette joie dont il avait à peine osé rêver. La jouissance sans mesure qu'il en éprouve vient de ce qu'il est ébloui de sa réussite et comme incrédule de son succès. Le temps de l'exaltation laissera place assez vite à son sens des réalités ; il craint d'être grisé et que *quelque chose* lui échappe ; il craint de ne pas en retirer les bénéfices escomptés : il sait les vainqueurs oublieux ; aussi faut-il *s'imposer* et reprendre son sang-froid. Il s'y résigne, non sans mal.

Une des premières personnes qu'il va visiter est la comtesse de Boigne. Quand il apparaît dans son salon, la comtesse et les autres convives ne reconnaissent pas Pozzo et le prennent d'abord pour un fou. Il est vrai que l'attitude de Pozzo a de quoi surprendre : « Ce vendredi, jour de l'Opéra, nous étions à dîner, la porte de la salle à manger s'ouvrit avec fracas et un général russe s'y précipita en valsant tout autour de la table et chantant : "Ah ! mes amis, mes bons amis, mes chers amis."

« Notre première pensée à tous fut qu'il était fou, puis mon frère s'écria : "Ah ! c'est Pozzo." »

Par parenthèse, si Pozzo semble déguisé en général de l'armée russe, il en a néanmoins le grade ; quant à Chateaubriand, « il se rêvait déjà en homme d'État ; mais personne d'autre que lui ne s'en était encore avisé », observe méchamment celle qui dit « faire de la politique en amateur ».

« Dès le lendemain de l'entrée des Alliés, poursuit la comtesse, il s'était affublé d'un uniforme de fantaisie par-dessus lequel un gros cordon de soie rouge, passé en bandoulière, supportait un immense sabre turc qui traînait sur tous les parquets avec un bruit formidable. Il avait certainement plus l'apparence d'un capitaine des forbans que d'un pacifique écrivain ; ce costume lui valut quelques ridicules, même aux yeux de ses admirateurs les plus dévoués. »

On la croit volontiers. Je soupçonne néanmoins la comtesse d'avoir forcé le trait, mais ces « petits faits vrais » me semblent précieux. Aucun détail de ce qui pourrait nuire à la postérité de Chateaubriand n'est d'ailleurs négligé par la comtesse. Ainsi apprend-on qu'il mit un grand prix à obtenir une audience particulière du tsar Alexandre et que la comtesse l'obtint par le truchement de Nesselrode. Ce dernier lui raconta l'entrevue que la comtesse s'empresse de rapporter : le tsar, sans laisser à Chateaubriand le temps de placer un mot, lui conseilla d'amuser le public plutôt que de faire de la politique. On peut imaginer la fureur *muette* de Chateaubriand et, *a contrario*, la joie de la comtesse qui s'en amuse follement. Du reste, Pozzo porte un jugement sur Chateaubriand qui n'est pas moins étonnant : « Malgré son talent et son génie, dit-il, il est l'homme le moins apte à gouverner la France, mais il a acquis une telle importance dans la presse qu'il est impossible de former un ministère sans lui et il est d'un caractère si dissolvant qu'il est impossible d'être ministre avec lui. » Le caractère dissolvant de Chateaubriand !

Avec l'arrivée des Russes à Paris, l'importance du rôle que joue Pozzo n'est plus contestable. Il s'épanouit, s'exprime, s'élève au rang des tout premiers diplomates européens. Préserver les intérêts de la Russie sans nuire à ceux de la France sera son principal souci. Pour parvenir à ses fins, Pozzo fait feu de tout bois.

Tandis que Napoléon débarque à l'île d'Elbe, Pozzo s'occupe déjà de renforcer par un mariage les liens de la Russie et de la France : il rêve d'unir le jeune duc de Berry avec la sœur du tsar et s'y emploie de toutes ses forces.

Cependant, dans un tel chaos, dans cette confusion, on peine à savoir le rôle qu'ont joué les uns et les autres. Dans ces conditions, on est bien obligé de croire — même un peu — les mémorialistes du temps. Ainsi Talleyrand affirme avoir persuadé le tsar de la nécessité du retour des Bourbons. Président le gouvernement provisoire, il convoque le Sénat le 2 avril. La déchéance de Napoléon est prononcée et le rétablissement des Bourbons, avec des garanties constitutionnelles, est proclamé.

« L'empereur Alexandre, écrit Talleyrand, resta stupéfait, je dois le dire, quand il vit dans le nombre de sénateurs, qui demandaient la maison des Bourbons, les noms de plusieurs de ceux qui avaient voté la mort de Louis XVI. En une heure, ajoute Talleyrand, l'empire de Napoléon était détruit. »

Talleyrand joua le premier rôle, ce qui ne lui est contesté par personne, mais il ne tenait pas à le partager : « Je sais que tout ce que je viens d'écrire doit déplaire à bien du monde, car je détruis, je crois, l'importance de tous les petits efforts qu'une quantité de personnes dévouées fidèlement aux

Bourbons se vantent d'avoir fait pour amener leur restauration. »

Pozzo ne fit pas de petits efforts mais des gros, et l'ingratitude de Talleyrand faisait qu'il ne le portait pas dans son cœur : « Nous avons toujours été assez bien, vous connaissez mon abandon et je m'étais laissé aller à compter sur ses sentiments, écrit-il à Nesselrode. Mais, dès que j'ai vu qu'il n'en a pas plus que le marbre, je me suis tenu avec lui dans une mesure parfaite. Il est jaloux de tout, même d'un mot qui vous échappe et qui fait faire la grimace à son sérail[1]. »

Pozzo est fait aide de camp général de l'empereur Alexandre et ministre plénipotentiaire près de la cour de France. À ce titre, il retourne en Angleterre pour y chercher Louis XVIII et le ramener à Paris.

Nous avons un récit de sa main, écrit en 1833, qui relate l'épisode : « J'arrivai la nuit, lorsque le monarque, le Prince Régent, lord Liverpool et toute la Cour étaient encore à table sur le yacht qui devait transporter le roi et sa famille en France. À peine informés de ma présence, je fus invité à les rejoindre et reçu avec joie, car c'est le mot propre pour exprimer l'effet que mon apparition produisit sur les illustres convives. »

Son rival en diplomatie, Talleyrand, ne verra le roi qu'à Compiègne : « En remontant sur le trône, lui dit-il, vous succédez à vingt années de ruines et de malheurs. » Cela laisse rêveur. Louis XVIII ne dut pas l'être moins que nous d'entendre ces mots dans la bouche de celui qui écrivait dans ses *Mémoires* : « J'aimais Napoléon. Pourquoi craindrais-je de le

---

1. Cité par Yvon Toussaint in *L'Autre Corse*.

dire ? J'avais joui de sa gloire et des reflets qui en rejaillissaient sur ceux qui l'aidaient dans sa noble tâche. » Talleyrand est reçu froidement par Louis XVIII, alors qu'il lui doit son retour sur le trône. Mais il y a pis : le tsar est reçu aussi froidement que Talleyrand. La comtesse de Boigne rapporte qu'on se proposa de le loger « dans un logement fort modeste, après avoir fait un véritable voyage à travers les corridors. Pozzo, qui suivait son impérial maître, était au supplice ». Le tsar rentre à Paris le soir même. Il est seul avec Pozzo dans la voiture qui le ramène. Après un long silence, il se répand en reproches contre le roi. « Pas un mot de remerciement ou de confiance n'était sorti de la bouche du Roi ni de celle de Madame. Il n'avait pas même recueilli une phrase d'obligeance. Aussi, dès lors, les rapports d'affection auxquels il était disposé furent rompus. Toutes les marques d'amitié, les formes d'intimité furent réservées pour la famille Bonaparte. »

La comtesse de Boigne voit dans ces maladresses successives — qui s'apparentent à des fautes politiques — une des raisons du mécontentement de l'opinion qui favorisera le retour de Napoléon au pouvoir. Cependant, le tsar, que Talleyrand voit le soir même de sa visite à Compiègne, lui demande s'il a été content du roi, ce qui donne une idée de la puissance de Talleyrand et de la faiblesse du roi.

Talleyrand, même s'il ne joua aucun rôle dans la rédaction de la Charte, fut nommé ministre des Affaires étrangères, ce qui équivalait à être l'homme le plus important du royaume, car la France, comme il l'écrivait dans ses *Mémoires*, était « épuisée d'hommes, d'argent, de ressources ; envahie sur toutes ses frontières à la fois, aux Pyrénées, aux Alpes, au Rhin, en Belgique ». Qu'allait devenir l'empire dépecé de Napoléon était une question cruciale et son sort allait donc se jouer à l'étranger, au congrès de Vienne.

Pendant ce temps, Napoléon abdiquait, tentait de s'empoisonner quelques jours plus tard et, croyait-on, abandonnait définitivement la France pour gagner l'île d'Elbe dont on lui avait donné la souveraineté, le 20 mars.

Dès le 23 avril, Talleyrand traite avec les puissances alliées. Il en découle une suspension des hostilités et la reconnaissance de Louis XVIII. Le 30 mai, le traité de Paris voit le jour. L'article premier stipule que la paix et l'amitié uniront désormais et à perpétuité tous les souverains d'Europe. Mis à part ces balivernes, la France revient aux frontières de 1792, mais garde le comtat d'Avignon, la Savoie, Landau et Montbéliard. Les cessations de réquisitions sont ordonnées ainsi que le retour des prisonniers français. Talleyrand est content de lui, mais *quid* du duché de Varsovie, du royaume de Naples et du roi de Saxe, qui était resté fidèle à Napoléon ?

« La France, dit Talleyrand, plaçait sa gloire dans sa modération. » C'était la première fois depuis très longtemps que ces mots résonnaient au Sénat.

La modération était, en effet, partout de mise. Ainsi Joséphine accueillit-elle le tsar, au demeurant fort bien disposé à son égard, à la Malmaison. C'était le mois de mai, les nuits étaient encore fraîches, Joséphine, dont la coquetterie ne s'était pas démentie avec l'âge, était vêtue légèrement. Du siècle des Lumières, elle avait hérité un goût prononcé pour la botanique et avait essayé, avec succès, d'acclimater et de faire prospérer des plantes exotiques à la Malmaison. Elle voulut montrer ses jardins à Alexandre. Le soir même, Joséphine fut prise d'un froid mortel. Le refroidissement dégénéra en pneumonie. Quelques jours plus tard, après une affreuse agonie, elle était morte.

Madame Mère y vit une punition divine pour avoir reçu les vainqueurs de Napoléon, mais ne fut pas suivie en cela par son fils : il pardonnait tout à Joséphine. Il éprouva du chagrin et peut-être même davantage quand il apprit la mort de celle qu'il appelait « ma très chère amie » dans sa dernière lettre et à qui il disait qu'il ne l'oublierait jamais.

Le 1er novembre 1814, 15 membres de familles royales, 200 princes, 216 chefs de missions diplomatiques se retrouvent au congrès de Vienne.

Avant son départ, Talleyrand écrivait au tsar : « Le général Pozzo, que je vois tous les jours et que je ne puis trop vous remercier de nous avoir laissé, nous regardera, nous avertira, car nous avons besoin quelquefois d'être avertis ; je traiterai avec lui des intérêts de la nation ; et si, comme je l'espère, Votre Majesté honore la France de quelques moments de retour, il vous dira et vous verrez vous-même que je ne vous aurai pas trompé. »

L'ouverture du congrès coïncide avec la mort du prince de Ligne : « L'Europe qui, une dernière fois, venait de se faire remonter la figure par Metternich, écrit Paul Morand, croyait ne suivre que l'enterrement du maréchal de Ligne, c'est-à-dire d'un vieil original "très perruqué", suivi de huit mille hommes d'infanterie, de quatre bataillons d'artillerie et de la compagnie des trabans de Ligne, derrière le tsar Alexandre et le roi de Prusse : elle assistait, sans le savoir, à ses propres funérailles. »

On peut en effet le penser : la Russie rêve d'annexer une grande partie de la Pologne au détriment de la Prusse, veut démembrer l'Empire ottoman, au détriment des Anglais, afin de se rapprocher des détroits du Bosphore et des Dardanelles qui offrent l'accès à la Méditerranée. La Prusse veut la Saxe. Talleyrand s'y oppose : « Tant de souverains, dit-il, avaient été dépouillés, tant de pays avaient changé de maître, que le droit public, atteint par une sorte de corruption, commençait pour ainsi dire à ne plus réprouver l'usurpation et, pour maintenir leur sûreté, les souverains de l'Europe étaient disposés à devenir usurpateurs eux-mêmes. »

Mais le ministre des Affaires étrangères n'a pas voix au chapitre ; il a même du mal à se faire admettre aux conférences. Cela ne l'empêche pas d'être favorable au rétablissement des Bourbons dans le royaume des Deux-Siciles, cause défendue aussi par l'Angleterre alors que l'Autriche soutient le maintien de Murat sur le trône de Naples. Enfin, Talleyrand manœuvre assez bien et obtient la participation des petits alliés aux conférences : la Suède, l'Espagne et le Portugal siégeront.

Pozzo sera appelé auprès du tsar à Vienne car Talleyrand s'oppose assez vite à la politique russe. Louis XVIII écrit à Talleyrand : « Vous savez sans doute qu'Alexandre a mandé le général Pozzo di Borgo. Dieu veuille que cet esprit sage ramène son souverain à des vues plus sensées. »

Pozzo ne comprend pas que les Français défendent les intérêt de la Saxe au détriment des leurs. Il est aussi opposé à ce qu'un gouvernement autonome soit constitué au profit de neuf millions de Polonais au détriment d'autres Polonais soumis à l'Autriche et à la Prusse. Il pense qu'ils s'uniront à leurs compatriotes à la moindre occasion. La conquête de la Pologne par les Russes lui paraît être une nécessité historique. « Le titre de roi de Pologne ne pourra jamais sympathiser avec celui d'autocrate et d'empereur de toutes les Russies. C'est une grande erreur en politique de créer des intérêts universels et permanents contre soi-même. » Ainsi ne voit-il dans l'autonomie accordée aux Polonais qu'une « dangereuse tentation à se mettre dans l'alternative des extrêmes, succès ou ruine », et prédit que, « avec tant de bonté et de générosité, on en arriverait à amener une guerre d'extermination ».

L'année suivante, quand le comte Jan Potocki, auteur du *Manuscrit trouvé à Saragosse*, apprit que la Podolie, dont il était le prince, n'existait plus et était annexée à la Russie, il fit fondre une balle en argent avec un sucrier qui lui venait de sa mère, la fit bénir par son chapelain, et se tua d'un coup de pistolet.

Pozzo, qui s'illusionnait sur la liberté que lui accordait le tsar, fut renvoyé à Paris. D'après Talleyrand, qui savait tout : « L'empereur l'a tenu à Vienne deux mois et demi sans le voir qu'une seule fois. Quelques-uns, observe finement Talleyrand, prétendent que le tsar le renvoie comme un censeur qui s'explique trop librement et qu'il désire éloigner. »

Sa disgrâce ne fut pas longue : Pozzo fut chargé par Alexandre de travailler à obtenir que Louis XVIII approuve sa politique envers la Saxe, ce contre quoi Talleyrand prévint le nouveau roi de France. À cela, Louis XVIII répondit qu'il attendait le « général Pozzo di Borgo de pied ferme », ce qui était beaucoup dire, eu égard à la suite des événements.

Je l'ai déjà évoqué : Pozzo est aussi chargé de

négocier le mariage du duc de Berry avec la sœur du tsar. L'ultimatum de Louis XVIII, concernant la religion de la princesse russe, soutenu en cela par Talleyrand, ce qui ne laisse pas d'étonner Pozzo, empêchera cette union. « Votre Majesté, écrit Talleyrand, veut et a toute raison de vouloir, que la princesse, quelle qu'elle soit, à qui M. le duc de Berry donnera sa main, n'arrive en France que princesse catholique. » Il soutient des raisons plus sérieuses : la folie de la maison Holstein que Talleyrand a peur de voir transportée par ce mariage dans la maison de France et peut-être à l'héritier du trône, la crainte que la Russie n'exerce, par le biais de ce mariage, une trop grande influence en Europe et, enfin, la supériorité des Bourbons sur les Holstein. « Quand la maison de Bourbon en honore une autre de son alliance, il vaut mieux que ce soit une maison qui s'en tienne pour honorée, que celle qui prétendrait à l'égalité en croyant que la noblesse et l'antiquité d'origine peuvent être compensées par l'étendue des possessions. » Cet orgueil-là ne pouvait trouver qu'un écho favorable chez Louis XVIII car, selon Chateaubriand, Talleyrand flattait les « prétentions des anciennes monarchies ».

Quand l'année suivante le prince de Berry épousera une fille de Savoie, Pozzo ne cachera pas son désappointement. Dans une lettre à Nesselrode, comparant ce mariage à celui qu'il envisageait, il le qualifie de « mariage en miniature ».

Mais en ce printemps 1815, il n'aura guère le temps de s'étendre sur cette question. Napoléon, comme à l'accoutumée, a pris tout le monde de vitesse. Le père de la comtesse de Boigne, alors ambassadeur à Turin, a été informé que Napoléon se préparait à quitter l'île d'Elbe et en a averti par lettre le duc de Duras, qui en a fait lui-même part au roi. La comtesse de Boigne s'indigne qu'aucune précaution particulière n'ait été prise : « L'incurie à cette époque, dit-elle, a été au-delà de ce que la crédulité de la postérité pourra consentir à se laisser persuader. »

L'intuition de Pozzo que l'île d'Elbe était trop petite pour contenir Bonaparte et trop proche du continent pour l'empêcher d'y revenir s'est donc révélée exacte. Par la suite, il n'aura guère de mal à convaincre les Alliés qu'il faut envoyer Napoléon à l'autre bout du monde, au milieu de nulle part : à Sainte-Hélène, c'est-à-dire en enfer.

Mais alors, le retour de Napoléon frappe l'Europe comme la foudre. Pozzo, désemparé, mais feignant de ne l'être pas, part pour Bruxelles rejoindre Louis XVIII et le suit à Gand.

À l'île d'Elbe, après avoir légiféré comme s'il était le maître d'un empire, Napoléon s'ennuyait. Il y remédia en quittant Portoferraio le premier jour de mars.

Quand elle l'apprit, Mme de Staël crut que « la terre allait s'entrouvrir sous ses pas ». Talleyrand garde son sang-froid : il qualifie d'abord le débarquement de Bonaparte sur le continent d'« incident désagréable », et se félicite dans une lettre à Louis XVIII que « l'apparition de Bonaparte en France aura du moins cet avantage qu'il hâtera à Vienne la conclusion des affaires ».

Le retour de Napoléon dépassera rapidement le simple désagrément ; treize jours plus tard, une déclaration des Alliés déclare Bonaparte hors la loi : « Comme ennemi perturbateur du repos du monde, il s'est livré à la vindicte publique. »

Talleyrand affirme à Louis XVIII : « Tout le monde est persuadé que Bonaparte ne peut échapper au châtiment et s'en réjouit. »

« M. Pozzo di Borgo, note Chateaubriand, déclarait à Vienne que le délinquant serait accroché à une branche d'arbre. » En France, Ney proclamait qu'il ramènerait l'empereur déchu dans « une cage de fer ». Chacun se rassurait comme il pouvait. Ainsi, après que le tsar eut commencé par prétendre : « Ce n'est rien. À supposer que nous ayons pu penser que ce fût quelque chose ! » et que Louis XVIII eut déclaré aux ambassadeurs : « Nous avons une visite inattendue en France, mais j'espère que nous ne l'aurons pas longtemps », l'apparition de Bonaparte est devenue, quelques jours plus tard, sous la plume du ministre des Affaires étrangères soudain tout à fait *réveillé*, « une catastrophe aussi funeste qu'inattendue qui a frappé l'Europe du plus juste étonnement ».

Les lettres de Talleyrand à Louis XVIII se succèdent. Au mépris pour Bonaparte dont étaient empreintes les premières missives succèdent l'inquiétude, l'incrédulité, la stupeur. Le 29 mars, il écrit : « Sire, je n'ai pas besoin d'exprimer à Votre Majesté tout ce que me font éprouver les événements désastreux qui viennent de se succéder avec une incroyable rapidité. » Le lendemain, il informe Louis XVIII que Pozzo va se mettre en route pour se rendre auprès de lui.

En quelques jours, Napoléon, redevenu pour tous Bonaparte ou Buonaparte, est à Paris et revient aux Tuileries, porté en triomphe. Ce sera le dernier, mais on en demeure abasourdi : « Lorsque Napoléon passa le Niémen, écrit Chateaubriand, à la tête de quatre cent mille fantassins et de cent mille chevaux pour faire sauter le palais des czars à Moscou, il fut moins étonnant que lorsque, rompant son ban, jetant ses fers au visage des rois, il vint seul, de Cannes à Paris, coucher paisiblement aux Tuileries »

Talleyrand n'en demeure pas moins persuadé que la tentative de reconquête de Napoléon est vouée à l'échec et que la position de la France va devenir intenable. Il ne cessera de distinguer les intérêts de l'Empereur de ceux de la France. Il est opposé à ce que Louis XVIII quitte Paris, lui conseille d'établir son gouvernement à Lyon, mais Louis XVIII a peur. Deux mois auparavant, le 21 janvier, les cours de France et de Vienne — l'empereur d'Autriche a assisté à la cérémonie habillé en grand deuil — ont commémoré en grande pompe la mort de son frère. Cela lui a rappelé qu'en des temps si troublés un roi pouvait être emprisonné et exécuté, faute d'avoir su prendre le parti de fuir à temps.

Selon le mot définitif de Chateaubriand, ce retour de Bonaparte est le « prodige de l'invasion d'un seul homme ». Ce fut le *deus ex machina* de la tragédie napoléonienne, le dernier coup de théâtre qui manquait encore pour qu'elle fût tout à fait achevée, avant le dénouement grandiose de la bataille de Waterloo.

À Paris, Napoléon fait promulguer l'acte additionnel aux constitutions de l'Empire, qui ne satisfait personne. Il a été rédigé par Benjamin Constant pour apporter des améliorations à la Charte de 1814. On l'appela la Benjamine du nom de l'auteur. Le congrès de Vienne s'achève le 9 juin, alors que la Benjamine est adoptée par plébiscite en France : elle ne sera jamais appliquée.

Par parenthèse, Benjamin Constant était depuis toujours un opposant au régime napoléonien, suivant, au moins en cela, sa célèbre maîtresse, Germaine de Staël. Peu avant le retour de Napoléon de l'île d'Elbe, il avait écrit un article dans *Le Moniteur*, qui l'avait fait détester des bonapartistes. Quelques jours plus tard, Napoléon était de retour aux Tuileries. Benjamin Constant se cache dans un réduit de peur d'être arrêté. Il est débusqué par Fouché; on l'emmène auprès de Napoléon qui le convainc d'écrire une constitution. Constant est alors voué aux gémonies par les royalistes et détesté de tous les partis. Quand Louis XVIII retrouve son trône, il a l'idée de lui écrire pour s'expliquer de sa conduite et en fait part à Mme Récamier, qui l'approuve : elle avait encouragé Benjamin à accepter la mission de Bonaparte et en concevait des remords. La comtesse de Boigne rapporte ce dialogue étonnant : « Votre lettre est-elle faite ? » demande Juliette. « Oui », répond Benjamin. « En êtes-vous content ? — Très content. Je me suis presque persuadé moi-même. »

Louis XVIII fut moins facile à convaincre. Il lui tint une telle rigueur de sa faiblesse pour Napoléon que Constant, et son redoutable talent de polémiste, se mit au service de l'opposition dont il devint l'un des chefs quelques mois plus tard.

Pozzo, qui a rejoint Louis XVIII, était porteur d'une lettre d'Alexandre assurant au roi qu'il mettrait toutes ses forces à détruire Bonaparte et les siens ; il est accueilli en sauveur et il écrit à Nesselrode : « Mon arrivée ici a été l'apparition de l'ange, quoique je ne prétende pas l'être ; la lettre de l'empereur a été la première consolation qu'ils ont eue depuis leur malheur. »

Par empereur, il faut entendre le tsar de toutes les Russies, car Pozzo n'ose même plus tracer le nom de Napoléon, non plus que le dire. Son nom lui brûle les lèvres.

VII

WATERLOO

> *Sunt lacrimae rerum*[1].
> Virgile, *Énéide*

---

1. « Il y a des larmes pour l'infortune. »

Longtemps, Waterloo n'évoqua pour moi qu'une « morne plaine » et la neige ; deux choses à peu près inimaginables pour une enfant de sept ou huit ans, qui vit au bord de la mer, dans une île de Méditerranée.

Je dois ces premières impressions à ma mère. Elle racontait l'épopée napoléonienne à sa façon, mêlait les désastres de Russie et de Waterloo, grossissait les catastrophes, trouvant dans l'exagération de la tragédie son sens profond : celui de la solitude et du désespoir *à venir* de Napoléon, mettant ainsi en exergue sa grandeur et justifiant l'admiration qu'elle lui conservait malgré ses folies et ses défaites. Elle transformait aussi les vers d'Hugo : « On attendait Grouchy, c'était Blücher ! » au lieu de « Soudain, joyeux, il dit : Grouchy ! — C'était Blücher » que je découvris bien plus tard.

Eût-elle cité Hugo avec la précision voulue que cela n'eût rien signifié pour moi : ces mots étranges que j'ignorais être des noms propres et dont je n'avais jamais pensé à demander la signification, pas plus qu'on n'avait pensé à me la donner, ajoutaient au mystère de cette plaine enneigée où Napoléon perdit son empire.

Je comprenais seulement au visage et au ton de ma mère que les choses étaient graves et que l'histoire ne finirait pas bien. Cela lui déplaisait beaucoup de ne pas arranger la fin, comme elle le faisait la plupart du temps, mais elle se résignait à la vérité que l'on doit à l'Histoire. Elle en était fort contrariée, je le sentais à sa façon de précipiter les choses et de bâcler le dénouement. Je l'écoutais terrifiée et avide d'en savoir davantage, ce qui sans doute explique ma passion des livres et des « raconteurs d'histoires » que sont les écrivains selon Stevenson.

Je me souviens aussi que ma mère, quand elle voulait marquer la profondeur d'une déception, citait le vers sur Grouchy et Blücher pour montrer à quel point c'était irréparable. C'était devenu un mot de passe entre nous et puis le goût de ce vers lui passa et je l'oubliai.

Je dus à Proust de le redécouvrir. La duchesse de Guermantes, se moquant de l'un de ses invités, dont j'avais lu le nom sans y prêter attention, dit : « Décidément, c'est une habitude dans votre famille d'arriver en retard ! » Les écailles me tombèrent des yeux : l'invité était Grouchy, un descendant de celui de Waterloo ! Le sens du vers de Hugo s'éclaira soudain et perdit de son charme. Par une étrange alchimie, je connus et éprouvai le genre de déception que Proust évoque avec une minutie qui donne parfois le vertige. Je fus attristée que l'énigme, déchiffrée avec la force d'une révélation, ait tout soudain cette transparence qui rend les choses banales, abolit l'enchantement de la langue maternelle, signe que vous vieillissez et que le monde de l'enfance est désormais perdu.

Il n'en demeure pas moins que les récits de ma mère favorisèrent sûrement chez moi une prédisposition certaine au goût des catastrophes. De ce point de vue, Waterloo, le vrai, allait me combler : « Waterloo, écrit Chateaubriand, apporte à l'histoire de Napoléon la catastrophe qui est l'événement dernier et principal des tragédies. »

Avant la bataille, tout paraissait simple et facile.
« Donc, le matin de Waterloo, Napoléon était content[1] », écrit Hugo.
« Nous avons 90 chances pour nous, dit l'empereur. Je vous dis que Wellington est un mauvais général, que les Anglais sont de mauvaises troupes et que ce sera l'affaire d'un déjeuner. »
Quelques heures plus tard : « L'espoir changea de camp, le combat changea d'âme[2]. »
Nous en connaissons tous l'issue : « De toutes les batailles que Napoléon a livrées, la plus célèbre est celle qu'il a perdue[3]. »
L'exil commence avec cette retraite où, protégé par sa garde, Napoléon quitte, défait, le champ de la bataille qui a anéanti son empire.
Il réussit à s'enfuir avec une poignée d'hommes. Au milieu de la nuit, ayant fait une halte, l'aide de camp de Soult le découvre, pleurant, près d'un feu : « Sur son visage morne, aux pâleurs de cire, il n'y avait plus rien de la vie que les larmes[4]. »

1. *Les Misérables.*
2. In *Les Châtiments*, « L'expiation ».
3. Bainville, *Napoléon.*
4. Cité par Dominique de Villepin in *Les Cent-Jours ou l'esprit de sacrifice.*

VIII

FOUCHÉ, TALLEYRAND, POZZO
ET LES AUTRES...

> Ce grand homme vieilli était seul au milieu de tous ces traîtres, hommes et sort, sur une terre chancelante, sous un ciel ennemi, en face de sa destinée ennemie et du jugement de Dieu.
>
> CHATEAUBRIAND

À Gand, on crut d'abord Napoléon vainqueur des Alliés.

Selon Chateaubriand, ce fut Pozzo, par une lettre au roi datée du 19 juin, à une heure du matin, qui rétablit la vérité des faits. Il était temps : la plus grande confusion régnait ; on ne songeait plus qu'à fuir.

Après la victoire de Waterloo, l'empereur Alexandre demande à Pozzo, qui est auprès de Wellington, de veiller à ce que les Anglais n'entrent pas en France avant que l'armée austro-russe et prussienne y soit ; il veut que Louis XVIII attende en Belgique que l'on statue sur son sort. Le tsar avait été fort mécontent d'apprendre que la France, l'Angleterre et l'Autriche avaient signé un traité secret pour contrecarrer la volonté hégémonique de la Russie. Napoléon s'était chargé de le lui faire savoir ; il avait trouvé la preuve de cette alliance dans les papiers du cabinet du roi. « En arrivant à Paris, le 20 mars au soir, rapporte Las Cases, l'Empereur trouva le cabinet du roi dans le même état où il avait été occupé ; tous les papiers demeuraient encore sur les tables. [...] Il voulut qu'on ne touchât à rien [...]. Et comme l'Empereur a quitté lui-même la France sans rentrer aux Tuileries, le roi aura trouvé sa chambre et ses papiers à peu près comme il les avait laissés. » À peu près, en effet. On comprend donc aisément qu'Alexandre ne fut rien moins que pressé de remettre Louis XVIII sur le trône.

Mais, Pozzo, comme le dit la comtesse de Boigne, « n'était *brin Russe* et avait grande envie de s'arranger en France une patrie à son goût, en y conservant un souverain qui lui avait des obligations personnelles », aussi fit-il preuve d'une audace inouïe : il alla trouver Wellington et convint de passer outre aux ordres de l'empereur.

« On arriva à Paris à tire-d'aile et le Roi fut bombardé à l'improviste au palais des Tuileries, selon l'expression pittoresque de Pozzo quand il fait ce récit », poursuit la comtesse.

Pozzo alla au-devant du tsar pour lui annoncer la nouvelle, et malgré sa confiance en la loyauté de Wellington, il craignait les réactions de l'empereur et n'en menait pas large, car, écrit la comtesse de Boigne dans le plus pur style voltairien, « tout libéral qu'était l'autocrate, il n'oubliait pas toujours ses possessions de Sibérie lorsqu'il se croyait mal servi ». Alexandre, au grand soulagement de Pozzo, vit une intervention divine dans le retour du roi et l'accepta comme un arrêt du ciel.

Chateaubriand conforte la version de la comtesse en même temps que le rôle des mémorialistes qui est, selon lui, de « faire voir l'envers des événements que l'histoire ne montre pas » : « Pozzo, qui savait combien il s'agissait peu de légitimité en haut lieu, se hâta d'écrire à Louis XVIII de partir et d'arriver vite, s'il voulait régner avant que la place fût prise : c'est à ce billet que Louis XVIII dut sa couronne en 1815. »

À ce moment critique, Pozzo donna la pleine mesure de son intelligence et de son efficacité : Louis XVIII, à Gand, était complètement *oublié* et, disait Chateaubriand, « la légitimité gisait au dépôt comme un vieux fourgon brisé ».

Confirmant les propos de Chateaubriand, Pozzo dit à Talleyrand : « Ce n'est pas moi, sans doute, après Waterloo, qui ai tué politiquement Bonaparte ; mais c'est moi qui lui ai jeté la dernière pelletée de terre. »

By the way, ce fut donc à deux Corses que la France dut un empire et la restauration de son trône. Cela n'avait pas échappé à Talleyrand. Excédé par l'influence de Pozzo auprès de Louis XVIII, il dira : « Est-ce donc toujours un Corse qui nous gouverne[1] ? »

Mais à Paris, Fouché, contre un poste de ministre, avait aussi préparé l'arrivée du roi. Napoléon avait abdiqué pour la seconde et dernière fois et Lucien, qui avait rejoint son frère et s'était réconcilié avec lui après le retour de l'île d'Elbe, n'avait pu refaire un deuxième brumaire. Les temps avaient changé.

Quand j'évoquai l'abdication, ma mère ne put s'empêcher de réciter quelques vers d'Hugo. Encore que j'eusse trouvé que c'était exagéré et sentimental et me fusse juré de ne pas les citer, je les transcrivis comme malgré moi.

---

1. Cité par Paul Silvani, *Le Bonapartisme, Une saga corse.*

> *Quand la vieille garde fut morte,*
> *Trahi des uns, de tous quitté,*
> *Le grand empereur, sans escorte,*
> *Rentra dans la grande cité,*
> *Dans l'ancien palais Élysée*
> *Il s'arrêta, l'âme épuisée ;*
> *Et n'attendant plus de secours,*
> *Repoussant la guerre civile,*
> *Avant de sortir de sa ville,*
> *Triste, il la contempla trois jours.*

Comme si elle lisait dans mes pensées, ma mère me dit : « On a beaucoup d'idées fausses sur Victor Hugo. Sais-tu qu'Aragon fut un grand défenseur d'Hugo ? Connais-tu le jeu des notations que pratiquaient les surréalistes ?

— Celui des cadavres exquis, mais pas celui-là.

— Eh bien, ces jeunes gens établissaient des listes de poètes et s'amusaient à leur attribuer des notes. Un soir, le nom d'Hugo était sur la liste. Au mieux il obtint un zéro. Aragon et Breton — qui partageait la passion de son ami pour Hugo — en furent indignés. Ils passèrent la nuit à lire des poèmes d'Hugo et, au petit matin, Hugo n'obtenait que des vingt !

— Voilà qui devrait te réconcilier avec Aragon, dis-je.

— Quel dommage, soupira ma mère, tout ce talent dédié aux communistes !

— Non pas aux communistes, mais au parti, c'était plus profitable !

— Voilà pourquoi je préfère Hugo, dit-elle, "vêtu de probité candide et de lin blanc". »

Je continuai à lire mon histoire, guettant une

interruption de ma mère, mais elle écoutait sagement, l'air rêveur.

« — Et Ruth ? dit-elle brusquement.
— Ruth ?
— *Et Ruth se demandait,*
 Immobile, ouvrant l'œil à moitié sous ses voiles,
 Quel dieu, quel moissonneur de l'éternel été,
 Avait, en s'en allant, négligemment jeté
 Cette faucille d'or dans le champ des étoiles. »
« Je ne sais rien de plus beau !

— Donc, repris-je d'une voix forte, par un tour de passe-passe, Fouché subtilise le poste de la présidence du gouvernement provisoire à Carnot et se rend maître du jeu. "L'intrigue a triomphé de l'idée, l'habileté du génie, dit Zweig. C'est à Neuilly que le roi Louis XVIII reçoit secrètement Fouché, car nul ne doit se douter qu'un chef élu du peuple vend son pays pour un poste de ministre et un prétendant au trône son honneur pour une couronne de roi. Louis XVIII, descendant de Saint Louis, reçoit l'un des meurtriers de son frère, Fouché — sept fois parjure, ministre de la République, de la Convention et de l'Empereur —, pour lui faire prêter serment, son huitième serment de fidélité."

« Il est conduit par Talleyrand.
— Le vice appuyé sur le bras du crime », souffle ma mère.

Malgré les apparences, Talleyrand dit avoir regretté le choix de Fouché, qui avait, selon lui, persuadé tout le monde (c'est-à-dire Louis XVIII, Monsieur et le duc de Wellington) qu'il était indispensable au rétablissement de la monarchie légitime, parce qu'il « tenait le fil de toutes les intrigues qui l'avaient renversée ». Il le regrettait d'autant plus que si le choix de Fouché agréait à l'Angleterre et à la maison d'Autriche, il déplaisait beaucoup à Alexandre de qui Talleyrand avait beaucoup de choses à se faire pardonner.

Last but not least, le Parlement était ultraroyaliste. « Cette Chambre, dit la comtesse de Boigne, que dans les premiers temps le Roi avait qualifiée d'introuvable se montra folle, exagérée, ignorante, passionnée, réactionnaire, dominée par l'esprit de caste. »

Alors que Louis XVIII avait promis l'amnistie en Belgique, sous l'influence des Ultras, qui tiraient vanité de leur fidélité, il accepta que fussent poursuivis ceux qui pendant les Cent-Jours avaient déserté le drapeau fleurdelysé. L'homme des basses œuvres, une fois de plus, serait Fouché. La mission lui déplaisait. Elle le plaçait dans une situation très délicate, mais lui aussi, comme Louis XVIII, savait *dévorer les couleuvres*. Cependant, pour faire reculer le roi, il présenta une liste énorme de plus de quatre cents noms. Louis XVIII demanda à ce qu'elle fût réduite. La liste se borna donc à cinquante-sept noms. Le premier d'entre eux était celui de Ney. « Tout le monde avait peur et rien n'est aussi cruel que la peur. Il régnait une épidémie de vengeance », observa la comtesse de Boigne, qui était aux premières loges.

À Sainte-Hélène, l'Empereur comparait la situation de Ney à celle de Turenne. « Ney pouvait être défendu. Turenne était injustifiable, et pourtant Turenne fut pardonné, honoré, et Ney allait probablement périr. » Quand il apprit les détails du procès et de l'exécution de Ney, l'Empereur jugea sévèrement le nouveau régime. « Ney, dit-il, aussi mal attaqué que mal défendu, avait été condamné par la Chambre des pairs, en dépit d'une capitulation sacrée. On l'avait laissé exécuter, c'était une faute de plus ; on en avait fait dès cet instant un martyr. Le pardon de Ney n'eût été qu'une preuve de la force du gouvernement et de la modération du prince. On dira peut-être qu'il fallait un exemple, mais le maréchal le devenait bien plus sûrement par un pardon. »

À peine trois ans après la bataille de la Moskowa, qui lui avait valu d'en devenir le prince, celui qui avait sauvé les débris de la Grande Armée en Russie était condamné à mort. Chateaubriand vota la mort. Le seul qui s'y opposa fut le jeune duc de Broglie. Deux mois plus tard, il épousait la fille de Mme de Staël, Albertine. On connaît leur fille, Louise, comtesse d'Haussonville, par un merveilleux portrait que fit d'elle Jean-Auguste-Dominique Ingres, dans les années 1840. Il n'y a pas de hasard.

Le 1er août 1815, pour récompenser Fouché de son *dévouement*, le roi accepta de servir de témoin à son mariage avec une comtesse de Castellane, issue de cette aristocratie que, vingt ans plus tôt, l'ancien ministre de Napoléon vouait aux gémonies. Une partie de l'aristocratie en fut irritée et suivit l'exemple de la duchesse d'Angoulême : la fille de Louis XVI et de Marie-Antoinette n'avait jamais tendu la main à Fouché et ne restait jamais dans la même pièce que lui pour ne pas en respirer le même air. En effet, elle avait des étouffements et ne pouvait souffrir sa vue, elle défaillait si elle se trouvait en sa présence et lui tournait ostensiblement le dos. Ce fut le début de la fin. On ne croyait plus utile de *feindre*. Cela valut à Fouché une disgrâce que Talleyrand lui annonça devant toute la cour. Fouché démissionna ou plutôt, selon le mot de Talleyrand, fut « congédié ». On lui donna une ambassade à Dresde, qu'il accepta, ce qui stupéfia tout le monde, mais son sort était scellé : l'année suivante, frappé par l'ordonnance du 12 janvier 1816, Fouché était proscrit et exilé en tant que régicide. Il s'installa à Linz, mais la rudesse du climat lui étant néfaste, il demanda à Metternich de pouvoir s'établir à Trieste. Metternich, le sachant mourant, lui accorda cette faveur. Ainsi, chaque jour, pouvait-on voir Fouché se rendre à la messe, s'agenouiller devant les bancs et prier les mains jointes. En 1820, oublié de tous, il ne faisait plus peur à personne, si ce n'était à lui-même. Quelques jours avant sa mort, il fit venir son fils. On alluma un grand feu et Fouché y fit jeter des milliers de papiers et de lettres : « Il a anéanti, conclut Stefan Zweig, tout ce qui pouvait compromettre autrui et le venger de ses ennemis. »

Après Waterloo, une pluie d'honneurs s'était abattue sur Pozzo. Alexandre l'avait gratifié de l'ordre de Saint-Georges, Louis XVIII l'avait fait commandeur de l'ordre royal et militaire de Saint-Louis et, sur proposition de Wellington, il fut élevé au rang de Knight Commander of the Most Honorable Military Order of the Bath.

À cette époque, Pozzo ne songeait qu'au rétablissement de la France, car il avait une vision européenne de la politique et une France affaiblie était une promesse de guerre proche. Il eut une conduite impeccable et montra par sa modération la supériorité morale et politique de ses jugements.

En témoigne une lettre écrite au tsar, datée d'août 1815, qu'il faudrait citer *in extenso*, tant elle est remarquable : « On exige 600 millions de contributions pour bâtir des forteresses ; il existe, en outre, des stipulations pour 160 millions. Qu'on ajoute l'entretien des troupes pendant l'occupation et l'on approchera d'un milliard et demi ; et cela dans un pays dont on détruit les ressources et dont on désorganise à dessein le revenu.

« Si la France consent à un pareil arrangement, elle est effacée de la carte politique de l'Europe. À la vérité, le traité est rédigé dans ce but. Quoi qu'on en dise, il acquiert, il occupe, il désarme, il impose des conditions impossibles à exécuter et attend les prétextes de l'inexécution pour opérer de nouveaux empiétements. C'est un chef-d'œuvre de destruction. [...] Le Roi ne peut donc accepter ce qu'on lui propose sans renouveler l'exemple d'un grand suicide politique. »

La politique menée par les Alliés était tout ce que Pozzo détestait. Il s'entremit pour que le roi de France adresse une lettre à l'empereur de Russie, dont celui-ci s'autoriserait auprès des Alliés pour refuser son consentement à la mutilation du territoire.

Il n'oubliait pas son vieil ennemi pour autant. Fustigeant le goût immodéré du pouvoir qui le dévorait, Pozzo avait toujours opposé à Napoléon le droit, l'ordre, toutes choses bien françaises auxquelles l'Empereur avait toujours aspiré sans jamais les atteindre, empêché en cela par les guerres perpétuelles. Il usa de ces arguments, dissimulant la peur que Napoléon lui faisait encore, pour lui asséner le coup de grâce, appuyé par Talleyrand et Wellington : il proposa d'exiler l'Empereur déchu à Sainte-Hélène. Au mois d'août 1815, un traité entre les puissances était signé : il reconnaissait que l'Empereur était prisonnier des Anglais.

La même année, l'occupation de la capitale par ceux qu'on appelait nos alliés, mais qui, en réalité, étaient devenus nos ennemis, fut beaucoup plus rude que l'année précédente. « Vainqueurs de Napoléon en 1814, ils s'étaient montrés généreux ; alliés de Louis XVIII en 1815, ils poussèrent les exigences jusqu'à l'insulte », écrit la comtesse de Boigne.

Ainsi vit-on le duc de Wellington juché sur une échelle pour décrocher les tableaux du Louvre et s'en emparer sans vergogne, et tout à l'avenant. Le cynisme des Anglais et la rage de revanche qui animait les Prussiens firent prendre ces alliés en horreur. Seul le tsar conservait quelque modération, mais cela ne suffisait pas à faire trouver bonnes les conditions de paix de ces alliés insupportables.

Ainsi voulut-on faire sauter le pont d'Iéna, qui ne dut sa conservation qu'à un changement de nom : il prit celui de l'École-Militaire, qui, écrit Talleyrand, « par le jeu de mots devint une allusion plus piquante que le nom primitif de Iéna ».

Pour ménager la Russie, Talleyrand, qui s'était opposé si fort aux intérêts russes, tenta une dernière démarche : pour se concilier Pozzo, il avait proposé au roi de laisser vacants le ministère de sa Maison et celui de l'Intérieur, avec l'intention d'y appeler le duc de Richelieu et Pozzo di Borgo. Ils préférèrent rester au service de la Russie et refusèrent les ministères qu'on leur offrait. Étant en position de force, ils ne voulaient pas tomber dans les griffes de Talleyrand. Ils ne seraient pas restés longtemps sous sa coupe. Talleyrand démissionna le mois suivant.

En effet, à la mi-septembre, les Alliés exigent de la part de la France des garanties aux conditions très dures, arguant que « ce qui a pu les satisfaire en 1814 ne peut plus les contenter en 1815 ». Ils veulent d'autres cessions territoriales, renforcer et rallonger la durée d'occupation du territoire par leurs troupes. Louis XVIII et le parti royaliste, effrayés par les conséquences de négociations qui n'iraient pas dans le sens souhaité par les Alliés, prônent de céder. Talleyrand s'y opposa et donna sa démission à Louis XVIII qui l'accepta, dit son ministre, « de l'air d'un homme fort soulagé ».

Le duc de Richelieu fut nommé. En l'apprenant, Talleyrand, dépité, s'exclama : « C'est l'homme de France qui connaît le mieux la Crimée. »

Richelieu avait été, en effet, le gouverneur d'Odessa jusqu'en 1814. C'était aussi l'homme auquel Talleyrand avait songé quelques semaines plus tôt, mais sûrement pas pour prendre sa place.

En novembre de la même année, Pozzo écrivait drôlement à Nesselrode : « Je suis à me tourner de tous côtés comme un chien piqué par les mouches : il faut faire ma cour à Wellington, moi qui suis le moins courtisan des hommes ; représenter au roi qu'il a besoin de fermeté, dire à son ministre qu'il ne convient pas de se décourager et de s'irriter, à Monsieur qu'il se perd avec les siens s'il ne change pas de système, aux jacobins qu'ils sont des coquins et aux voltigeurs qu'ils sont des fous. [...] Malgré ce carillon, je suis décidé à faire entendre raison et je ne désespère pas du succès. Vous savez que je ne donne jamais pour perdues les causes que j'aime et je me garderais de commencer par celle qui les comprend toutes. »

Le « carillon », quoi qu'il en ait dit, n'était pas pour lui déplaire. Ne fût-ce son sens aigu des dangers de la griserie, qui ôte tout bon sens, et Pozzo n'en manqua jamais, il se fût adonné au jeu des flatteries de la cour et laissé aller à l'ivresse d'y succomber.

Napoléon à Sainte-Hélène, les Ultras au pouvoir, Fouché congédié, Talleyrand parti, l'époque change : « La période des aventures héroïques est terminée, dit Stefan Zweig, l'ère de la bourgeoisie commence[1]. »

---

1. *Fouché.*

IX

D'UNE ÎLE À L'AUTRE

> Sainte-Hélène ! — Leçon ! chute !
> exemple ! agonie !
>
> Victor Hugo

Les cinq mots de Victor Hugo : *Sainte-Hélène!* *— Leçon! chute! exemple! agonie!*, qui servent d'exergue à ce chapitre, pourraient suffire à définir l'exil de Napoléon, mais le rythme qui les scande, et produit une sorte d'accélération factice de l'histoire, donnerait une idée fausse de ce que fut réellement la vie à Sainte-Hélène, en ferait oublier l'essentiel : la lenteur vénéneuse.

En novembre 1815, évoquant avec Las Cases *l'autre île*, la Corse, Napoléon affirmait qu'il eût été sûr d'y réunir tous les suffrages, « à l'abri contre toute puissance étrangère ». En abdiquant pour son fils, il avait été sur le point de se réserver la jouissance de la Corse durant sa vie : « Aucun obstacle de mer ne m'eût empêché d'y arriver. » Il y renonça, car « son séjour au centre de la Méditerranée, au sein de l'Europe, si près de la France et de l'Italie, pouvait demeurer un prétexte durable pour les Alliés ».

Se retirer en Corse était impossible et Napoléon le savait.

Si la Corse devint pour lui une sorte de paradis

perdu, Sainte-Hélène en constitua l'exact contrepoint : il l'appelait *l'isola maladetta*, l'île maudite. Qu'il l'eût nommée dans la langue italienne dit bien la profondeur de son aversion pour ce lieu. Cela renvoie à une intériorité que la langue française ne peut rendre et qui demeurerait autrement *intraduisible*, comme l'*inimicizia* de Pozzo.

À Sainte-Hélène, Napoléon parle donc de nouveau sa langue maternelle — mais rien ne dit qu'il avait cessé de le faire avec ses proches — pour exprimer ses émotions, ce qui ne lui était plus permis depuis longtemps. Il trouve dans l'exil au moins l'apaisement de ne pas avoir à renier ses origines tout en les conciliant avec cette identité française à laquelle il est si fortement attaché. Savait-il qu'on le traitait d'étranger en France ? Ou lui avait-on épargné cette ultime avanie ? Je l'ignore. Son amour pour la langue française et sa littérature sortit renforcé de l'épreuve de Sainte-Hélène. L'usage du français, le respect des formes, de l'étiquette, aussi dérisoires fussent-ils, permettaient de prendre de la distance et, dans l'exil, la survie commandait la distance.

Par une étrange ironie du sort, les rares conversations que Napoléon eut avec Hudson Lowe se déroulèrent en italien. Mais Hudson Lowe était l'être le plus étranger à l'italianité qui fût : ils ne se comprirent pas ; ils n'entendaient pas la même langue : il est frappant de voir combien, entre eux, les quiproquos furent nombreux.

Quand le bateau approcha de l'île, la première chose que Napoléon découvrit dans sa lunette fut un village, encaissé parmi d'énormes rochers noirs, dont chaque ouverture, chaque plate-forme, chaque crête étaient hérissées de canons. Le décor préfigure l'enfer.

Au-dessus de la porte de l'Enfer, l'inscription : *Lasciate ogni speranza voi ch'entrate* prévenait les damnés de ce qui les attendait. Pozzo, qui savait son Dante, y eût songé. On ignore ce que pensa Napoléon. Il ne laissa rien deviner des impressions qui l'assaillirent. Las Cases l'assure, qui épiait le moindre mouvement de l'Empereur.

Malgré la lenteur de la navigation — on a mis plus de deux mois à atteindre Sainte-Hélène —, rien n'a été prévu pour accueillir l'Empereur. « L'Empereur Napoléon, écrit Las Cases, qui disposait de tant de puissance et disposa de tant de couronnes, s'y trouve réduit à une méchante petite cahute de quelques pieds en carré, perchée sur un roc stérile ; sans rideaux, ni volets ni meubles. Là, il doit se coucher, s'habiller, manger, travailler, demeurer ; il faut qu'il sorte s'il veut qu'on la nettoie. Pour sa nourriture, on lui apporte de loin quelques mauvais plats, comme à un criminel dans son cachot. »

En décembre, Napoléon s'installe à Longwood : « L'appartement, dit Las Cases, est formé de deux pièces d'environ quinze pieds de long sur douze de large[1]. Dans la chambre à coucher se voit le petit lit de campagne où couche l'Empereur ; le canapé sur lequel il repose la plus grande partie du jour ; il est encombré de livres qui semblent lui en disputer l'usage ; à côté, un petit guéridon sur lequel il déjeune et dîne dans son intérieur. Sur la cheminée, des portraits et un buste du roi de Rome, un portrait

1. 16 mètres carrés environ.

de Marie-Louise, la grosse montre d'argent du grand Frédéric et celle que l'Empereur portait en Italie et en Égypte. La seconde pièce lui sert de cabinet de travail. Elle présente le long des murs, du côté des fenêtres, des planches brutes posées sur de simples tréteaux, supportant un bon nombre de livres épars et les divers chapitres écrits par chacun d'entre nous sous la dictée de l'Empereur. On y trouve un second lit de campagne, identique au premier, sur lequel l'Empereur repose parfois le jour et se couche même la nuit, après avoir quitté le premier dans ses fréquentes insomnies, et avoir travaillé ou marché dans sa chambre. »

La maison du gouverneur est située de l'autre côté de l'île que beaucoup décrivent comme paradisiaque. Longwood est la partie la plus aride, la plus venteuse, la plus humide, la moins habitable du pays. Mais la véritable prison qui enferme Napoléon, c'est l'océan, immense frontière infranchissable qui le sépare du monde.

« Je hais ce Longwood, ce *vento agro*[1] », disait l'Empereur.

« Certes, renchérit Las Cases, si les souverains ont arrêté cet exil, une haine secrète en a dirigé l'exécution. » Pozzo, Talleyrand, Metternich, Fouché, lord Castlereagh en furent les artisans et ils avaient pour Napoléon, non pas une haine secrète, mais une haine *ouverte*.

On croit trop souvent que Napoléon, à Sainte-Hélène, était libre d'aller où il voulait et qu'il avait des privilèges et des avantages qui n'étaient pas ceux

1. « Ce vent aigre. »

d'un prisonnier. On se trompe. Jean-Paul Kauffmann a décrit avec une grande précision le système de surveillance de Longwood : il est impressionnant. « Un millier de soldats sont cantonnés en permanence à Deadwood, dans le voisinage, pour surveiller la maison. Dans un périmètre d'environ sept kilomètres, Napoléon peut se promener à sa guise, mais, au coucher du soleil, des sentinelles entourent le bâtiment jusqu'à l'aube et se tiennent sous les fenêtres tous les quinze mètres. Une autre limite d'une vingtaine de kilomètres de circonférence qui englobe la première enceinte autorise l'empereur à circuler librement, avec le risque de rencontrer des patrouilles chargées de le surveiller. Un officier d'ordonnance britannique, qui réside en permanence à Longwood, doit s'assurer personnellement, deux fois par jour, de la présence de Bonaparte. En 1816, la garnison de Sainte-Hélène compte 2 784 hommes. Hudson Lowe dispose d'une escadre qui croise en permanence autour de l'île. Elle comprend trois frégates, deux vaisseaux armés et six bricks.

« Tout navire qui approche de Sainte-Hélène est immédiatement repéré et n'a la permission d'accoster qu'après accord des autorités. Le prisonnier ne peut recevoir de visiteurs sans l'autorisation du gouverneur, ni adresser ou recevoir des lettres sans qu'elles soient soumises à la censure des Anglais. On lui dénie son titre d'Empereur. À Sainte-Hélène, il n'est plus que le général Bonaparte. Un jour où Hudson Lowe lui adresse une lettre à ce nom, l'Empereur la lui retourne avec ce commentaire : "Je n'ai plus eu de nouvelles de ce général depuis la bataille des Pyramides." »

Dans les premiers temps, Napoléon est en bonne

santé, il fait des promenades à cheval, parle d'abondance, dicte pendant des heures, fait preuve d'une activité prodigieuse. Si, comme l'affirme Cioran, « le désabusement est l'équilibre du vaincu », Napoléon n'en paraît atteint que par *accès*. Il résiste à l'amertume inutile. Il semble même faire sien le précepte de saint Augustin : « Il ne faut pas laisser perdre l'utilité de son malheur. » Cependant, les conditions de vie sont d'une telle dureté que son énergie s'épuise. Napoléon, mais aussi tous ceux qui l'ont accompagné dans l'exil, sont épouvantés à l'idée de devoir rester à Sainte-Hélène.

On savait l'âpreté du climat, l'humidité qui s'insinue partout, l'éloignement du monde, les rats et les termites, le harcèlement des Anglais et de Hudson Lowe en particulier, les mesquineries, la petitesse, les humiliations, mais en lisant Jean-Paul Kauffmann, on comprend tout : il a rendu l'odeur de pourrissement de Sainte-Hélène, qui faisait dire à Napoléon que, lorsqu'il quittait le feu du salon et entrait dans sa chambre, il avait l'impression de pénétrer dans une cave.

La sensibilité olfactive de l'Empereur est connue, son goût pour l'eau de Cologne et son dégoût pour les parfums trop lourds aussi, qui lui fit un soir renvoyer une jeune beauté, prête à s'offrir, dont le parfum l'indisposait. Il est des odeurs qui détruisent. L'odeur de pourriture de Sainte-Hélène détruisit Napoléon. Jean-Paul Kauffmann a décrit la lente dévoration de l'ennui, de la lenteur du temps, de l'inutilité d'agir, il a rendu le travail de la mort à l'œuvre, car, si Sainte-Hélène fut un enfer, c'était que tout espoir était anéanti. Riche de son expérience terrifiante d'otage, sans jamais l'évoquer cependant, et avec une pudeur et une retenue émouvantes, Kauffmann a approché *au plus près* ce que dut être la réclusion de Napoléon à Sainte-Hélène.

Ce dernier a d'abord lutté contre ce pourrissement. Suivant en cela d'illustres exemples, dont celui de Jules César, il a dicté ses *Mémoires*, mais avec l'arrivée d'Hudson Lowe et la certitude de ne plus pouvoir quitter Sainte-Hélène, la vie va lui sembler insupportable.

Hudson Lowe fut désigné comme le principal artisan des malheurs de l'Empereur. Le 18 juillet 1816, lors de la dernière entrevue qu'ils eurent, car il refuserait désormais de le recevoir, Napoléon lui dit : « Vous êtes pour nous un plus grand fléau que toutes les misères de cet affreux rocher. »

Qui est-il ? Nous le connaissons au physique comme au moral par les descriptions qu'en a faites Las Cases : « Environ quarante-cinq ans, d'une taille commune, mince, maigre, sec, rouge de visage et de chevelure, marqueté de taches de rousseur, des yeux obliques fixant à la dérobée et rarement en face, recouverts de sourcils d'un blond ardent, épais et fort proéminents. "Il est hideux, a dit l'Empereur, c'est une face patibulaire. Mais ne nous hâtons pas de prononcer : le moral, après tout, peut raccommoder ce que cette figure a de sinistre ; cela ne serait pas impossible." » Hudson Lowe était laid, avait le regard fuyant, rien qui fût de bon augure et les apparences sont rarement trompeuses.

Je ne sais si Hudson Lowe haïssait Napoléon, ni même s'il était seulement capable de haïr, ou d'éprouver le moindre sentiment, mais une chose est certaine : il avait toujours combattu Napoléon.

Il connaissait bien la Corse, il s'y était battu contre les Français. En 1799, on le retrouve à Minorque, aux Baléares. Il y instruit des réfugiés corses hostiles aux Français. Hudson Lowe forme le Royal Corsican Rangers. Ils feront la campagne d'Égypte. Quand la paix d'Amiens est rompue, de nouveau, on le charge d'organiser une légion corse. On le voit partout porter le fer contre Napoléon. C'est un obscur. Il n'a rien d'un héros. Au début des Cent-Jours, il est à l'état-major du duc de Wellington — qui dira de lui qu'il n'a ni éducation ni jugement et plus crûment encore qu'il est un sot. Ce jugement sévère fut peut-être la raison qui fit que Hudson Lowe ne participa pas à la bataille de Waterloo. C'est à Marseille, dont l'administration lui a été confiée, qu'il apprend, le 1er août 1815, la nouvelle de sa nomination au poste de gouverneur de Sainte-Hélène. Il est parfait pour le rôle. Sa froideur et l'ancienneté de son combat contre Napoléon le préservent de toute sensibilité, de toute compassion ; il est incorruptible. Certains ont vu dans le choix d'Hudson Lowe la patte de Pozzo, qui craignait le pouvoir de séduction de Napoléon. Rien ne l'affirme ni ne le contredit.

Quoi qu'il en soit, Pozzo fut informé régulièrement de ce qui se passait à Sainte-Hélène, on sait qu'il encouragea les Anglais à ne pas relâcher leur surveillance. Eût-il pu faire preuve de mesquinerie pour humilier son grand adversaire ? Il ne faut pas sous-estimer la crainte que lui inspirait encore Napoléon, et la peur rend cruel.

Sans excuser Hudson Lowe, Jean-Paul Kauffmann rappelle que le gouverneur obéissait aux ordres de

Londres : « L'histoire, dit-il, a trop chargé Hudson Lowe. Lord Bathurst, secrétaire d'État aux colonies et à ce titre responsable de la détention de Napoléon, était un bien plus triste sire que le geôlier. Il fixait avec un soin maniaque depuis Londres règlements et dispositions qui n'avaient pas d'autre but que d'humilier le prisonnier et d'empoisonner son existence. »

Ma mère tient que Hudson Lowe était le seul coupable. « Je ne me souviens plus, me dit-elle, où j'ai lu que sa propre famille, ses amis, et beaucoup de ses compatriotes le vouèrent aux gémonies pour l'attitude inique qu'il avait eue à l'encontre de Napoléon. Il est mort dans la misère, abandonné de tous. Qui le plaindrait ?

— Reconnais, dis-je, que, sans Hudson Lowe, l'exil à Sainte-Hélène n'aurait pas suscité cette compassion qui est à la source de la légende napoléonienne.

— Sans doute, mais Napoléon avait fait provision d'assez de gloire pour s'en passer.

— Je n'en suis pas sûre. Sainte-Hélène est une sorte de transfiguration qui élève Napoléon au rang de martyr. Chateaubriand comprit très vite que l'attitude des Anglais était une erreur politique majeure : "Les Anglais, dit-il, se laissant emporter à une politique étroite et rancunière, manquèrent leur dernier triomphe. [...] ils lui rendirent plus brillante pour la postérité la couronne qu'ils lui avaient ravie."

— Mais qui écoutait Chateaubriand ? dit ma mère.

— Sûrement pas Pozzo, qui lui trouvait, tu t'en souviens, un "caractère dissolvant". D'ailleurs, après plus d'un an sur l'île, et avant même l'arrivée de Hudson Lowe, la vie était devenue insupportable. Las Cases, qui, comme toi, passe son temps à consigner la météo, note : "Le 29 mars 1816, la pluie et l'humidité envahissaient nos appartements de carton ; la santé de chacun en souffrait. Le climat est des plus insalubres. C'est une chose reconnue dans l'île qu'on y atteint rarement cinquante ans, presque jamais soixante." Cinquante ans, c'est alors l'âge de Las Cases. Plus que de la lassitude, on sent poindre l'angoisse d'être coincé et de mourir sur cette île. Cela le conduira à tenter de passer en fraude une correspondance — et peut-être même à le faire savoir —, ce qui amènera Hudson Lowe à l'expulser. En novembre 1816, Las Cases quitte Sainte-Hélène. Ce fut un coup très dur pour Napoléon. Celui que les autres, jaloux de son influence sur l'Empereur, avaient surnommé le jésuite ou le cafard, était celui avec qui Napoléon aimait le mieux parler.

— Pense ce que tu veux, dit ma mère, mais pour moi Hudson Lowe était un sadique.

— Peut-être était-il tout simplement obéissant et borné ?

— C'était un imbécile méchant, comme le sont tous les êtres de cette espèce, mais lui était anglais par-dessus le marché !

— Tu exagères !

— Mais dans quel monde vis-tu ? dit ma mère. Tu ne regardes donc pas la télévision ? »

La santé de Napoléon se détériore durant toute l'année 1817. Le 11 février 1818, Gourgaud quitte l'île. Ce n'était plus avec Napoléon que disputes continuelles, suivies de brèves réconciliations. Même si l'atmosphère se détend au départ de Gourgaud, la mort subite de Cipriani, douze jours plus tard, bouleverse Napoléon, qui était très attaché à son maître d'hôtel.

À la fin du mois de septembre 1818, le congrès de la Sainte-Alliance se réunit à Aix-la-Chapelle. Napoléon espérait que la bienveillance qu'Alexandre avait eue pour sa famille s'étendrait jusqu'à lui, au nom de l'amitié qui les avait liés autrefois, au temps de Tilsit. En outre, il était encore l'époux de Marie-Louise et François II était son beau-père, mais les amis et la famille, hormis sa sœur Pauline et sa mère, le trahiront toujours.

À Aix-la-Chapelle, le duc de Richelieu représente la France et Pozzo veille. Il justifie les mesures prises à l'encontre du prisonnier par les Anglais et suggère même de les durcir si besoin est, en aucun cas de les adoucir ou de rapatrier Napoléon sur le vieux continent.

« Craintes inutiles ! » bougonne ma mère.

Le sort de Napoléon est scellé. Tout espoir est perdu. Napoléon ne quittera plus Sainte-Hélène. On le lui signifie officiellement en mai 1819. Il lui reste deux ans à vivre.

Le 2 octobre 1818, les armées d'occupation quittent la France.

Pozzo est accrédité auprès de la cour de France, mais il centralise toute l'action politique de la Russie en Occident. Il est au congrès de Troppau, de Laybach et de Vérone. Comme ambassadeur extraordinaire, il ira à Naples et à Madrid. Il dirigera les ministres et les chargés d'affaires russes en Espagne, au Portugal et dans les Deux-Siciles. Il entretient une correspondance permanente avec les ambassadeurs à Londres et à Vienne.

L'espoir anéanti de Napoléon, il me semble en recueillir l'écho dans des paroles les plus simples, qui traduisent son désarroi et serrent le cœur. Bertrand les a notées. « Bertrand, dit l'Empereur, quelle heure est-il ? Encore un jour de moins. Allons nous coucher. »

Au début de l'année 1819, Napoléon a un grave malaise ; il perd connaissance. Il n'a plus de médecin. O'Meara est parti, soupçonné par Hudson Lowe de favoriser le prisonnier. En juillet 1819, Albine de Montholon et ses enfants quittent l'île à leur tour. Selon Marchand, son valet de chambre, Napoléon pleura en les regardant partir.

Désormais, il reste des heures dans des bains chauds qui apaisent son angoisse. Il sombre lentement dans la léthargie.

Les rats pullulent, envahissent tout jusqu'au salon de Longwood.

En septembre arrivent l'abbé Vignali, Buonaviti et le docteur Antomarchi. « Ma famille ne m'envoie que des brutes », dira Napoléon, qui a vite fait de les juger.

Il vit en reclus, s'enferme dans sa chambre, ne veut pas se promener dans le jardin. « L'air me fait mal », répond-il à Antomarchi qui le supplie de prendre de l'exercice. Il sort une dernière fois au début du mois d'octobre 1820. Ensuite, il passe ses journées dans le noir, sans parler, les persiennes closes. Pendant des heures, Bertrand reste assis auprès de lui.

Le 17 avril 1821, Napoléon entre en agonie. Depuis des semaines, il ne mange plus. Il est très maigre, comme il l'était au retour de la campagne d'Égypte. Il meurt le 5 mai.

Montholon voulait qu'on fasse graver sur la dalle funéraire : Napoléon 1769-1821. Hudson Lowe voulait qu'on y ajoute Bonaparte. La grande pierre resta nue.

X

VINGT ANS APRÈS...

Mes jugements ne sont que des aperçus.

STENDHAL, *Souvenirs d'égotisme*

« Tout n'est-il pas terminé avec Napoléon ? De qui et de quoi peut-il être question après un tel homme ? » À la suite de Chateaubriand, la question a taraudé tous les contemporains. Que sont-ils donc devenus après la chute de l'Empire et la mort de Napoléon ?

Je dis à Francis Beretti que je voulais achever mon livre là-dessus : il ne cacha pas ses réticences, mais ma mère fut enthousiaste : le titre du chapitre, « Vingt ans après », lui évoquait Alexandre Dumas, qui avait enchanté son enfance ; je décidai donc de suivre mon premier mouvement.

On se souvient que Pozzo, à la nouvelle de la mort de Napoléon, murmura que c'était une triste catastrophe. Quand Alexandre mourut à son tour quatre ans plus tard, Pozzo, dans une lettre à Nesselrode, se dit « stupéfait, atterré, anéanti ». Mais il dut se consoler assez vite de sa perte car, à l'occasion du couronnement de Nicolas, il est fait comte par le nouvel empereur et reçoit le cordon bleu, ce dont Nesselrode le félicite : le cordon bleu de Saint-André était la plus haute et la plus rare des décorations russes.

Pozzo ne fut guère influent sous Charles X car il n'aimait en politique que la modération. Il préféra de beaucoup le gouvernement de Louis-Philippe. En 1835, il est nommé ambassadeur de Russie à Londres, où, selon sa nièce, Valentine de Crillon, il déploie une incroyable activité. Elle craint même pour sa santé. Pozzo donne, en effet, des signes d'épuisement, mais poursuit sa mission jusqu'à son terme. Il rentre en France en 1839 et s'installe enfin à Paris, dans son hôtel particulier de la rue de l'Université.

Il a une fin de vie difficile. Le comte Apponyi, attaché à l'ambassade d'Autriche, qui lui a rendu visite, est frappé par le déclin de Pozzo : « C'est à peine si aujourd'hui il est capable de se rendre compte de ce qui se passe autour de lui. Il ne reconnaît plus personne, pas même les gens avec qui il vivait autrefois dans la plus grande intimité. Son regard, jadis si vif, si pénétrant, est éteint[1]. »

Chateaubriand ne vaut guère mieux. « M. de Chateaubriand, écrit Hugo dans *Choses vues*, vieillit par le caractère plus encore que par le talent. Le voilà qui devient bougon et hargneux. Le voilà qui invective, à côté de la monarchie de Louis-Philippe, les nouvelles écoles d'art et de poésie, le drame actuel, les romantiques, tout ce qu'un certain monde est convenu d'invectiver en certains termes. Le voilà qui mêle aux passions politiques les passions littéraires, la jalousie à l'opposition, les petites haines aux grandes. Triste chose qu'un lion qui aboie. »

La formule est féroce. Elle est cependant moins triste que ne le furent les dernières années de

1. Cité par Yvon Toussaint dans *L'Autre Corse*.

Chateaubriand. Juliette Récamier est aveugle et Chateaubriand n'est plus que l'ombre de lui-même. Selon Hugo, qui voit tout, sait tout et le rapporte, en 1847, M. de Saint-Priest, qui a fait une visite académique à Chateaubriand, a vu un « spectre » : « M. de Chateaubriand est complètement paralysé, il ne marche plus, il ne remue plus, il ne parle plus. Sa tête seule vit. Il était très rouge, avec l'œil triste et éteint. Il s'est soulevé et a prononcé quelques sons inarticulés. M. de Saint Priest n'a pu saisir que cette phrase, dite en une grande minute : "L'Académie, Monsieur, ne vous sera pas difficile, j'espère." M. de Saint-Priest n'est resté qu'un quart d'heure, le cœur serré. »

Il n'en va pas de même pour Talleyrand : il semble indestructible. Celui dont Napoléon disait : « C'est un homme d'intrigues, d'une grande immoralité, mais de beaucoup d'esprit et, certes, le plus capable des ministres que j'ai eus », après une longue interruption, a repris une carrière d'ambassadeur sous Louis-Philippe. Il se retire des affaires à l'âge de quatre-vingts ans passés, ce qui ne l'empêche pas de sortir, de recevoir et de mener grand train.

« M. de Talleyrand a posé devant son public jusqu'à son dernier soupir », écrit la comtesse de Boigne. Ainsi, à M. de Montrond qu'il avait envoyé chez le roi et qui lui rapportait qu'il l'avait annoncé comme bien souffrant, il rétorqua : « Bien souffrant ! C'est bien mal qu'il fallait dire ! » et puis il reprit sa conversation avec une aisance et une grâce qui n'auraient pas laissé deviner, si on ne les avait vues, les attitudes douloureuses de corps. Quand il était à l'agonie, le roi vint le visiter. Talleyrand trouva la force d'ordonner tout ce qu'il fallait faire pour mener le roi à lui et le raccompagner, puisque lui seul connaissait encore ces usages.

Il meurt à Paris muni des sacrements de l'Église, ce qui ne fut pas chose aisée à obtenir, mais Mme de Dino, sa nièce, s'y employa et y réussit. Il fut enterré le même jour que son frère cadet, Archambaud de Périgord, tombé en enfance depuis longtemps, et qui l'avait précédé de quelques jours dans la mort.

Alexandre mourut mystique. Quant à Wellington, on dit que Napoléon répugnait à dire son nom et ne le prononçait jamais. On sait aussi que, fasciné par le souvenir de Napoléon, Wellington passait de longues heures assis devant un tableau le représentant ; il contemplait en silence l'image de celui qu'il avait vaincu à Waterloo.

Parvenue au terme de cet ouvrage, je me dis que la profondeur et la mélancolie des personnages m'ont sans doute attirée autant que l'histoire elle-même et je quitte avec un peu de tristesse Napoléon, Pozzo, Chateaubriand, Talleyrand, la comtesse de Boigne, qui furent — avec ma mère et Victor Hugo — les principaux acteurs de ce livre.

Je dois l'avouer, l'*inimicizia* de Napoléon et de Pozzo fut pour moi comme ouvrir l'armoire évoquée par Baudelaire, où : « Parfois on trouve un vieux flacon qui se souvient,/ D'où jaillit toute vive une âme qui revient. »

Faire ce livre fut donc merveilleusement *compliqué*. Songez que Napoléon disait « Je pense plus vite qu'eux » et que cela ne fut jamais vraiment démenti et vaut pour tout le monde. En 1831, étreint sans doute par la nostalgie, Pozzo en convient à sa manière : « Napoléon, dit-il à Vigny, n'est pas encore décrit. Il est peut-être destiné à rester dans une sublime et gigantesque obscurité. » Pozzo semble alors encore soumis à l'étrange pouvoir de fascination que l'Empereur avait toujours exercé sur lui.

Il n'est pas le seul. Victor Hugo soutient qu'en 1847 Chateaubriand avait quatre-vingts ans suivant le compte de son vieil ami, M. Bertin l'Aîné, mais il avait cette faiblesse, disait M. Bertin, de vouloir être né non en 1767, mais en 1769, parce que c'était *l'année de Napoléon.*

Je trouve cette *coquetterie* de Chateaubriand émouvante. Aussi est-il temps de briser l'enchantement et de revenir à la réalité, je veux dire au roman.

« *Acta est fabula*[1] », dit ma mère.

---

1. « La pièce est finie. »

	Avertissement au lecteur	11
I.	Le jardin des Milelli	15
II.	Un jardin anglais	93
III.	Vertige de la métalepse	141
IV.	Le triomphe et l'exil	147
V.	Memento mori	251
VI.	La fatalité moderne	255
VII.	Waterloo	317
VIII.	Fouché, Talleyrand, Pozzo et les autres…	323
IX.	D'une île à l'autre	337
X.	Vingt ans après…	353

DU MÊME AUTEUR

Aux Éditions Gallimard

LES FEMMES DE SAN STEFANO, *roman*, 1995. Prix François Mauriac.

LA CHAMBRE DES DÉFUNTS, *roman*, 1999.

LA FUITE AUX AGRIATES, *roman*, 2000 (« Folio », *n° 3713*).

LE PARADOXE DE L'ORDRE, *essai*, 2002 (« hors série Connaissance).

LA PRINCESSE DE MANTOUE, *roman*, 2002. Grand Prix du roman de l'Académie française (« Folio », *n° 4020*).

LA CHASSE DE NUIT, *roman*, 2004. Prix du livre de la collectivité territoriale de Corse, Grand Prix des lecteurs de Corse (« Folio », *n° 4289*).

LUCIE DE SYRACUSE, *roman*, 2005 (« Folio », *n° 4629*).

LA CADILLAC DES MONTADORI, *roman*, 2008.

UNE HAINE DE CORSE. Histoire véridique de Napoléon Bonaparte et de Charles-André Pozzo di Borgo, 2012. Prix du Livre corse, Grand Prix du mémorial de la ville d'Ajaccio (« Folio », *n° 5578*).

*Composition Cmb Graphic
Impression Maury-Imprimeur
45330 Malesherbes
le 3 novembre 2016.
Dépôt légal : novembre 2016.
1er dépôt légal dans la collection : avril 2013.
Numéro d'imprimeur : 213094.*

ISBN 978-2-07-045170-8. / Imprimé en France.

312951